D1874540

Knaus
K

Gregor Weber

Keine Vergebung

Kriminalroman

Knaus

MIX
Papier aus verantwortungsvollen Quellen
FSC® C014496

Verlagsgruppe Random House FSC® N001967
Das für dieses Buch verwendete
FSC®-zertifizierte Papier *Super Snowbright*
liefert Hellefoss AS, Hokksund, Norwegen.

1. Auflage
© 2013 beim Albrecht Knaus Verlag, München,
in der Verlagsgruppe Random House GmbH
Gesetzt aus der Minion von Uhl + Massopust, Aalen
Druck und Bindung: GGP Media GmbH, Pößneck
Printed in Germany
ISBN 978-3-8135-0413-2

www.knaus-verlag.de

1

Es hatte die ganze Nacht über gestürmt.

Heulende Böen waren um den Wagen getanzt, manchmal hatten sie sogar ein leises Singen in der Karosserie gehört. Wahrscheinlich Einbildung.

Kein Wunder, dass die Geister kamen, wenn man Stunde um Stunde in der Dunkelheit hockte und aus dem Fenster starrte, kaum zehn Meter vom Waldrand entfernt. Der Wind zerrte an den Bäumen, wollte sie aus der Erde brechen und mit sich fortreißen. Immer wieder war der Regen wie Gischt gegen die Scheiben gerast, und die Schläge hatten den Wagen erschüttert.

Kim war ab und zu eingenickt, aber dann hochgeschreckt, wenn Böen auf Blech und Glas hieben. Jetzt war es ruhig, die Dämmerung setzte ein. Nur der Regen spielte immer noch seinen Rhythmus auf dem Autodach.

Bernie schaute ihr beim Schlafen zu.

Sie war hübsch. Eine angenehme Kollegin. Zupackend und robust, aber dennoch weiblich. Er hatte Frauen in diesem Beruf immer skeptisch gesehen, aber Kim war dafür geboren. Sie konnte durch defensives Auftreten fast jede Situation beruhigen, hatte aber überhaupt kein Problem damit, massiv zu werden, wenn es nötig war. Und sie hatte Köpfchen, Ehrgeiz. Aus ihr würde noch was werden, da hatte er keinen Zweifel.

Vor fast genau einem Jahr hätten sie beinahe mal etwas angefangen, als seine Ehe schwer kriselte. Er verbrachte mit Kim ohnehin mehr Zeit als mit seiner Frau, war so etwas wie ein Mentor für sie geworden. Doch damals hatte sich ihre Beziehung für ein paar Wochen ins Gegenteil verkehrt. Kim hatte ihn dazu gebracht, offen über seine Gefühle und Nöte zu sprechen. Und es war alles aus ihm herausgesprudelt, so hatte er sich gar nicht gekannt. Sie verbrachten immer mehr Zeit miteinander, gingen gemeinsam laufen, tranken nach fast jeder Schicht ein paar Bier. Und redeten und redeten und redeten. Er hatte irgendwann geglaubt, dass es Liebe sei, sein musste. Und Kim hatte ihn nach dem Geständnis an der Hand genommen, und so waren sie eine Weile schweigend nebeneinanderher gelaufen, Hand in Hand. Er war so glücklich gewesen. Kims Hand in seiner, das war das Versprechen auf eine Zukunft voller Nähe und Vertrauen. Ein Neuanfang.

Doch dann hatte sie ihn gebeten, ihr jetzt einfach nur zuzuhören, bis sie gesagt haben würde, was zu sagen sei. Er hatte genickt. In den Wochen davor hatte Kim immer ihm zugehört. Aber jetzt redete sie lange, eindringlich und ohne Pause eine halbe Ewigkeit auf ihn ein.

Dass er ein toller Mann sei, dass sie ihn als Kollegen sehr schätze, dass er ihr alles beigebracht habe, was man in der Ausbildung eben nicht lernte. Dass er ein Freund für sie sei. Dass er um Gottes willen bitte nicht fragen solle, ob er zu alt sei oder nicht attraktiv genug, dann würde er kommentarlos eine Ohrfeige kassieren.

Dann war sie stehen geblieben, hatte auch seine andere Hand genommen und ihm tief in die Augen gesehen.

»Du weißt genau, dass es nicht um uns geht. Es geht um deine Ehe. Evelyn ist eine tolle Frau, ich mag sie total gerne. Du kannst auf Knien danken, dass du sie hast. Und dass sie unseren Job aushält.«

Seine Knie waren weich geworden, und er hatte gespürt, dass sich etwas in ihm zu verknoten begann.

»Ihr seid bald zwanzig Jahre verheiratet, ihr habt zwei erwachsene Kinder.«

Er hatte tief Luft geholt, wollte etwas sagen, aber Kim hatte ihm schnell den Finger auf den Mund gelegt.

»Du warst so ziemlich der einzige Kollege, der mich nie angebaggert hat. Du hast immer nur von Evelyn geredet und wie gut du es mit ihr getroffen hast und was ihr alles noch vorhabt, wenn die Kinder mal aus dem Haus sind. Jetzt sind sie aus dem Haus.« Sie drückte seine Hände fester und hob sie wie zur Beschwörung an. »Verdammt noch mal, Bernie. Genau jetzt fangen eure tollen Jahre an, und du willst alles hinschmeißen? Gib das nicht auf. Sag deiner Frau mal alles, was du mir in den letzten Wochen gesagt hast, und dann wart ab, was passiert.«

Er hatte es, während Kim sprach, eine Weile unterdrücken können, aber dann war der Damm gebrochen, und er hatte minutenlang schluchzend in ihren Armen gelegen, während sie seinen Rücken sanft streichelte.

Nur zwei Wochen später hatten er und Evelyn den ersten Termin in der Paartherapie.

»Richard eins vier für Richard eins eins.«

Er griff nach dem Mikro des Funkgeräts und meldete sich.

»Richard eins vier hört. Was geht, Cläuschen?«

»Schön, dass ihr wach seid. Ein grüner Skoda-Kombi, mit mindestens zwei Personen, war fast an unserem Kontrollpunkt und hat dann auf der Straße gewendet und hier den Abzweig von der L 343 in Richtung Kappeller Forst genommen, also auf euch zu. Ihr solltet euch den mal angucken.«

»Kennzeichen?«

»Nicht zu erkennen bei dem Regen. Aber wie viele Kfz sind in den letzten drei Stunden bei euch vorbeigekommen?«

Er musste lachen. »Hast recht, Claus, hier ist tote Hose. Kein Wunder.«

»Na dann, Waidmannsheil, Bernie.«

»Du mich auch. Ihr habt doch bloß keinen Bock gehabt auszusteigen bei dem Sauwetter.«

»Erraten. Ende.«

Bernie griff nach der Thermoskanne und rüttelte mit der anderen Hand sanft an Kims Schulter.

»Aufwachen, Frau Polizeikommissarin. Kundschaft in zehn Minuten.«

Kim gähnte und reckte sich. Ihr Haargummi war verrutscht, und der Pferdeschwanz befand sich in Auflösung. Bernie lächelte sie liebevoll an. Väterlich.

»Noch 'nen schnellen Kaffee? Ich steig schon mal aus.«

Kim hatte das Gummi gelöst und um ihr Handgelenk geschlungen, fasste das Haar zusammen und wand das Gummi wieder darum.

»Ach super, Bernie. Danke.«

»Frühstück ans Bett, gern geschehen. In der Tüte ist noch ein Käsesandwich, wenn du magst.«

Er gab ihr den vollen Becher und zwinkerte ihr zu. Dann schälte er sich in die Regenjacke, blies die Luft aus dicken Backen und öffnete mit einem Ruck die Tür.

Er kniff die Augen zusammen, als könnte er so besser durch den Wasservorhang sehen. Er schaltete die Lampe an seiner Kelle ein und ging ein paar Schritte in die Richtung, aus der das Fahrzeug kommen musste.

Die Tür des Einsatzwagens wurde zugeschlagen. Schnelle Schritte in Pfützen hinter ihm.

»Hey, warte mal. Du hast die Warnweste linksrum.«

Bernie guckte an sich herunter – tatsächlich!

»Da glaubt dir ja keiner, dass du Bulle bist.« Kim lachte.

Er gab ihr die Kelle und drehte die Weste richtig herum, so dass man von vorne und hinten den Aufdruck »Polizei« in Reflektorschrift sehen konnte.

»Du, ich glaube, da kommt was.« Kim wies mit ausgestrecktem Arm nach vorn.

Tatsächlich konnte man im milchigen Dämmerlicht ein Scheinwerferpaar erahnen, noch gut dreihundert Meter entfernt. Der Regen trommelte auf ihre Dienstmützen und die Schultern der Jacken. Polizeioberkommissar Bernhard Glaubke hob die blinkende Kelle.

»Mist, verdammter!« Kurt Grewes linke Hand zuckte zurück. »Scheiß Wasserkessel. Können wir uns nicht endlich mal so einen Elektrokocher anschaffen?«

Stina unterbrach das Stullenschmieren für die Kinder und strich ihrem Mann beruhigend über den Arm.

»Du willst das Geheul von Lotta nicht hören, wenn Omas armer alter Kessel nicht mehr in der Küche steht.«

»Er kann ja hier stehen, aber wir müssen ihn doch nicht mehr benutzen. Ich gehe nach Dienstschluss in die nächste Elektrobude und kauf so ein Teil.« Grewe ließ kaltes Wasser über die verbrannten Finger laufen, während Stina den Tee aufgoss. Grewe trocknete seine Finger an der Hose ab und schnaubte.

»Was hab ich heute?« Klara, die älteste Tochter der Grewes, fegte mit krauser Nase in die Küche und linste auf ihre Brotdose.

»Vollkorntoast mit Mayo, Kochschinken, Senf und Salat. Dazu ein Apfel, ein Schokomüsliriegel und Pfirsicheistee. Recht so, Madame?«

Klara reckte den Daumen. »Supidupi, Mama!« Dann schnappte sie sich Büchse und Trinkflasche und rauschte wieder aus der Küche.

Stina sah ihr mit butterweichem Blick hinterher. »Sie beeilt sich jetzt immer, damit sie Zeit fürs Schminken hat.«

»Scheiße, der Timer läuft nicht«, fluchte Grewe und haute mit dem Finger auf die Tasten. Der Magnet hielt die Uhr nicht mehr am Kühlschrank, und sie zerschellte auf dem Küchenboden.

»So eine Scheiße«, brüllte Grewe und trat auf die Reste.

»Jetzt ist aber mal gut«, fuhr Stina ihn an, und Grewe stürmte in einer Mischung aus Wut und Scham in die Diele. Auf dem Weg nach oben brachte er um ein Haar Klaras Zwillingsbruder Robert zu Fall.

»Was ist denn mit Papa los? Wow, Mama, ist das ein Doppeldecker mit Erdnussbutter? Endscool.«

Stina klappte Roberts Brotdose zu und hielt sie ihm hin.

»Er hat einen blöden Termin vor sich, das ist los.«

»Ach so,« sagte der schlaksige Kerl zerstreut und warf die Plastikbüchse achtlos auf seinen Schulrucksack. »Krieg ich Cornflakes zum Frühstück?«

Das letzte Wort wurde vom Knallen der Wohnungstür fast verschluckt.

»Dir auch einen schönen Tag, Schatz«, seufzte Stina sarkastisch.

Der Skoda verlangsamte die Fahrt und kam gut zehn Meter vor Bernhard Glaubke zum Stehen. Dann rührte sich nichts mehr.

»Was soll das denn werden?«, rief Kim ihm zu.

Bernie sah zu dem Fahrzeug. »Keinen Schimmer.«

Er hob die rechte Hand, Handrücken zum Skoda, und winkte den Wagen näher heran. Nichts.

Der Regen fiel jetzt fast senkrecht, kein Wind mehr. Bernie fühlte, wie Wasser in seinen Kragen rann und den Weg über seinen Rücken nach unten nahm. Ein Schauder.

»Du sicherst.« Er drehte seinen Kopf in Kims Richtung.

»Verstanden.«

Schlagartig schoss Adrenalin in ihre Blutbahn, und wie automatisch ging der tausendmal geübte Griff zum Sicherungsbügel am Holster, klappte ihn nach vorn, und ihre Hand legte sich locker auf den Griff der Walther P99Q.

Bernie näherte sich dem Skoda in möglichst entspannt wirkender Haltung, aber Kim wusste, dass er jetzt jedes Detail geschärft wahrnahm und verarbeitete. Sie hatten oft darüber gesprochen, wie anders die Zeiten heute waren. Bernie war zu jung, um den Terroristenwahn der Siebziger als Polizist mitgemacht zu haben, aber er war gestartet, als das bloße Auftauchen uniformierter Beamter selbst bei übelsten Kneipenschlägereien für Ruhe sorgte. »Wir konnten nicht gut schießen, weil wir es gar nicht können mussten.« Er hatte gelacht dabei, aber sein Gesicht drückte eher Unglauben aus.

Heute war ein einsatzorientiertes Schießtraining unabdingbar. Sie schossen im Stehen, Knien und Liegen, aus Deckungen heraus und übten taktisch überschlagenes Vorgehen unter Deckungsfeuer. Sie trainierten drillmäßig das schnelle Ziehen der Waffe und die Abgabe von Dubletten, zwei schnellen Schüssen direkt hintereinander.

Aber sie mussten sich auch immer wieder sagen, dass das, was sie als »polizeiliches Gegenüber« bezeichneten, in aller Regel ein normaler Mitbürger war, den sie bestimmt, aber stets höflich und freundlich zu behandeln hatten. Den zu schützen ihr Job war.

Bernie stand jetzt an der Fahrertür und klopfte an die Scheibe. Kim stellte sich schräg links vor das Fahrzeug. So, dass sie Fahrer und Beifahrer durch die Frontscheibe gut sehen konnte, bei einem eventuellen Schuss Bernie auf keinen Fall gefährden würde und selbst schnell in Deckung springen konnte, falls der Fahrer plötzlich Gas gab.

Mann, warum ließ die Frau am Steuer das Fenster nicht runter? Die Scheibenwischer liefen auf schnellster Stufe. Der Beifahrer war ein Typ, kurze Haare, schwarzer Hoodie. Beide dürften Ende zwanzig sein. Kims Füße standen etwa schulterbreit auseinander, der linke leicht vorgesetzt, sie hatte die Knie ganz leicht gebeugt, die Hand ruhte immer noch entspannt auf dem Griff der Waffe. Schulmäßig.

Grewe kochte vor Wut. Nicht genug, dass er seine Familie aus blankem Frust angeblafft hatte, jetzt war er bei dem Versuch, eine Straßenbahn früher zum Dienst zu erwischen, ausgerutscht und hatte sich einen Riss in der nun völlig versauten Hose zugezogen. Außerdem blutete sein Knie. Er saß im Wartehäuschen, drückte ein Tempo auf die Schürfwunde und versuchte, sich daran zu erinnern, welchen Anzug er als Ersatz in der Dienststelle deponiert hatte. Als die Bahn anhielt, fiel ihm ein, dass es der grüne Zweiteiler war, den Stina eigentlich hatte wegwerfen wollen. Dazu passten weder Hemd noch Krawatte, die er trug, und außerdem war er ihm derzeit sicher ein bisschen zu eng. Mit einem kaum unterdrückten »Scheiße, verdammte« bestieg Grewe die Bahn. Der Fahrer guckte stur geradeaus. Berufsverkehrsprofi.

Im Büro zwängte Grewe sich in den alten Anzug. Immerhin, es ging besser als befürchtet. Er schaute auf die Uhr. Halb acht. Noch eine halbe Stunde bis zum Gespräch mit Kertsch. Er machte sich auf den Weg in die Kantine.

Der Joghurt war dann doch nur eine Konzession gewesen. Grewe löffelte ihn hastig aus, damit er endlich in sein Brötchen mit Fleischsalat beißen konnte. Er trank Kaffee, obwohl er wusste, dass er davon Bauchgrimmen kriegen würde, und auf den Multivitaminsaft hatte er jetzt überhaupt keine Lust mehr.

»Ich denke, den kann ich haben, oder?« Therese Svoboda setzte sich Grewe gegenüber und stellte das Glas auf ihr Tablett. Obstsalat, grüner Tee, Vollkornschnitte mit Käse.

»Mrgm«, mampfte Grewe. Mehr Freundlichkeit brachte er nicht auf. Dabei war Therese nicht nur seine Stellvertreterin, sondern auch eindeutig seine Lieblingskollegin.

»Dir auch einen guten Morgen.« Therese strahlte ihn an. Grewe schluckte den ersten Bissen Fleischsalatbrötchen runter.

»Mein Morgen ist unwiderruflich verschissen.«

»Vielleicht ist der Herr ja ganz nett. Wart's doch einfach ab.«

Grewe zuckte mit den Schultern.

»So nett wie du kann er natürlich nicht sein. Aber das Thema ist ja nun durch.«

»Ja, und lass es einfach dabei, okay?« Grewe fixierte seine Kaffeetasse.

Bernie sah durch die Scheibe. Die Fahrerin war hübsch, ungeschminkt. Blauer Blouson, bis oben geschlossen. Sie wirkte übermüdet. Eine Hand lag auf dem Steuer, die andere auf dem rechten Oberschenkel.

Der Beifahrer war schlank, athletisch. Sein Gesicht war knochig. Die Augen lagen tief in den Höhlen. Die linke Hand lag auf dem Oberschenkel, die rechte konnte Bernie nicht sehen, die war unsichtbar zwischen Sitz und Beifahrertür. Beide starrten nach vorne.

»Öffnen Sie bitte das Seitenfenster, allgemeine Verkehrskontrolle.«

Das hatte er jetzt zum zweiten Mal gesagt, aber es schien nicht im Wagen anzukommen. Bernie sah kurz zu Kim, sie stand optimal als Sicherung und war voll konzentriert. Ein leiser Anflug von Stolz wärmte Bernie. Er hatte eine gute Partnerin, vielleicht die beste der ganzen Direktion. Sie würde es weit bringen. Vielleicht war sie es, die ihn in fünfzehn Jahren als Leiterin der Bereitschaftspolizei der Stadt mit einer sentimentalen Rede in den Ruhestand schicken würde. Bernie lächelte leicht. Er zuckte kurz, als der Motor des Fensterhebers surrte. Na endlich.

Als er den Kopf drehte, schaute er in die Mündung einer Pistole.

Grewe saß auf der Toilette. Seine Eingeweide explodierten, kein Wunder nach dem Frühstück. Er hasste es, in dieser Situation unter Zeitdruck zu stehen. In zehn Minuten sollte er bei Gebhard Kertsch, dem Leiter der Kriminalpolizeiinspektion im Büro sitzen, um über dessen Nachfolger informiert zu werden. Man hatte sich den Termin an fünf Fingern ausrechnen können, ein deutscher Beamter ging pünktlich in den Ruhestand, aber Grewe hatte immer so getan, als würde Kertsch ewig Chef bleiben.

Nach dem Händewaschen rückte Grewe seine Krawatte zurecht, fuhr sich glättend über die Haare und schaute sich einen Moment selbst an, als wäre er ein Fremder.

»Feiges Arschloch«, murmelte er, und dann machte er sich auf den Weg.

Kim dachte noch, was sucht der Typ denn neben dem Sitz, da brüllte Bernie: »Schusswaffe!!«

Sie riss die Walther blitzschnell aus dem Holster, führte sie perfekt eng am Körper nach oben und vorn, die Linke schloss sich stabilisierend um die Rechte, Korn auf die Fahrerin, die musste Bernie ja meinen, exakt in der Kimme aufsitzen lassen, Druckpunkt nehmen. Bernies Kopf flog nach hinten, gleichzeitig knallte es. Kims Organismus geriet in einen Zustand, der ihr völlig fremd war, ein ohrenbetäubendes Rauschen, ein Zittern in jeder Faser. Sie zog den Abzug gleichmäßig durch, ließ den Schuss brechen. Ein Schlag traf sie gleichzeitig am Hals, es knallte wieder, und Kim wurde nach hinten umgerissen.

Auf der Straße liegend, hörte sie, wie eine Tür geöffnet wurde und jemand ausstieg. Jetzt würden sie ihr den Rest geben, ganz sicher. Kim musste weinen. Sie hörte die Schritte auf sich zukommen, dann gingen sie an ihr vorbei. Kim schloss die Augen, stellte sich tot. Tot. Nein, nicht. Noch nicht. Die Schritte kamen zurück, gingen wieder an ihr vorbei, stoppten für einen Moment, dann schlug die Tür wieder zu, die Fahrerin gab Gas. Kim dachte: »O Gott, nicht mich überfahren, bitte nicht überfahren.«

Mit aufheulendem Motor zog der Wagen knapp an ihr vorbei und raste davon.

Kim spürte, wie das Blut aus ihrem Hals sprudelte. Sie wollte die Blutung mit der Hand stoppen, aber sie war unfähig, sich zu rühren. Bernie würde ihr helfen, sie wollte nach ihm rufen, aber aus ihrem Mund kam nur ein Gurgeln. Was war mit Bernie? Bernie, ach Bernie. Dann dachte sie an ihre Eltern, ihren Bruder. Ihr wurde eiskalt vor Angst und Einsamkeit. Wenn sie sich wenigstens zu Bernie schleppen könnte, sich an Bernie kuscheln und nicht alleine sterben müsste auf dieser verdammten Straße. Sie starrte in den grauen Himmel, dünner Regen fiel auf ihr Gesicht und nahm die Tränen mit.

Mama, Papa, dachte sie. Steven. Es tut mir so leid.

2

Möchten Sie Kaffee?«

Kertsch griff schon nach der Kanne auf seinem Schreibtisch. Grewe schüttelte den Kopf.

»Nein, vielen Dank. Ich hab ein bisschen ...« Er zeigte auf seine Magengegend.

»Wasser?«

»Ja, gerne. Danke.«

Kertsch reichte ihm das randvolle Glas. Grewe trank hastig etwas ab und verschluckte sich. Bei dem Versuch, das Husten zu unterdrücken und gleichzeitig das Glas abzusetzen, schwappte Wasser auf Kertschs Schreibtisch. Grewe durchsuchte Jackett und Hose nach einem Taschentuch und hustete sich dabei die Seele aus dem Leib.

»Meine Güte, soll ich ...?« Kertsch deutete ein Rückenklopfen an. Grewe hatte ein Tuch gefunden und schüttelte, immer noch hustend, den Kopf. Er wischte das Wasser weg, bekam endlich wieder Luft, und sein Husten wurde flacher, hörte auf.

»Entschuldigung.«

Kertsch machte eine abwehrende Geste.

»Nein, nein. Ich bin froh, dass Sie noch leben.« Er lächelte, Grewes Erwiderung geriet zu einem unentschlossenen Mundverziehen, dann verlor sich sein Blick auf Kertschs Schreibtisch.

Der Leiter der Kriminalpolizeiinspektion schlug leicht mit beiden Händen auf die Tischplatte und zog scharf die Luft ein.

»Tja, lieber Herr Grewe. Nun ist es also so weit.«

Grewe sah seinen Chef unglücklich an.

»Ja.«

Kertsch schaute zur Decke, sammelte sich, dann sprach er entschlossen zu Grewe.

»Wir müssen das nicht noch mal alles durchnehmen. Ihre Entscheidung ist schon vor einiger Zeit gefallen, und Sie sollen sich jetzt auch nicht grämen.«

Grewe nickte.

»Heute ist mein letzter Tag im Amt, ab morgen bin ich nur noch für den Übergang hier, und nur so lange, wie es mein Nachfolger wünscht.« Kertsch schob den Aktenstapel auf dem Tisch zusammen, richtete ihn neu aus, ganz beiläufig. »Kriminalrat Steffen Kindler ist trotz seiner nur einundvierzig Jahre ein recht erfahrener Polizeiführer. Er ist schnell, gewandt und entscheidungsfreudig. Im LKA Baden-Württemberg hatte er in den letzten Jahren Leitungsfunktionen, zuletzt in der Führungsgruppe Einsatz- und Ermittlungsunterstützung.«

Grewe zog eine Augenbraue hoch.

Kertsch hob beide Hände. »Ich weiß, das klingt nach oberschlauem Sesselpupser. Aber Kindler hat eine ordentliche Ermittlerlaufbahn durch gewichtige Sachgebiete hingelegt, auch Mord und Totschlag. Hiltrup hat er vor fünf Jahren abgeschlossen. Es ging flott voran, zugegeben, und das lässt durchaus auf Karriereplanung schließen. Aber er ist ein fähiger Mann. Vielleicht tut so ein frischer Wind der Dienststelle gut. Ich bin doch ein altmodischer Knochen, Herr Grewe.« Kertsch lachte. Grewe schüttelte den Kopf.

»Wenn Sie altmodisch sind, dann bin ich prähistorisch.« Kertsch wollte unterbrechen, aber Grewe hob die Hand. »Selbstverständlich kann Ihr Nachfolger auf meine Unterstützung zählen. Wir haben eine klare Hierarchie.«

»Aber? Ich weiß, da ist ein Aber, Herr Grewe.«

Sie sahen sich an. Grewe blies geräuschvoll Luft aus.

»Wir können beide aus dieser Karriere und ihrem Tempo herauslesen, was für ein Typ Polizist das ist.« Grewe sah Kertsch direkt in die Augen. Der hielt den Blick, doch Grewe konnte eine Bitte darin sehen. Plötzlich schämte er sich. Er hatte kein Recht, an dieser Berufung herumzukritteln. Denn Kertschs Stuhl hätte seiner sein können. Das war Kertschs Wunsch gewesen und auch der der meisten Kollegen. Und obwohl es eigentlich üblich war, auf solche Führungsposten Leute von außerhalb zu setzen, um Befangenheiten und Unterordnungsprobleme zu vermeiden, war von oben kommuniziert worden, dass Grewe exzellente Chancen hatte. Und Grewe hatte auch zunächst eingewilligt. Seine Beförderung zum Ersten Kriminalhauptkommissar war in Rekordgeschwindigkeit durchgegangen, so konnte er auch ohne Studium an der Hochschule der Polizei in Hiltrup Leiter werden. Eine absolute Ausnahmeregelung.

Dann hatte er kalte Füße gekriegt. Aus tausend Gründen, für die es tausend Gegenargumente gab, und so war ihm am Ende nur eine Diagnose geblieben: Er war zu feige. Punkt.

»Entschuldigen Sie, Herr Kertsch. Das war … unpassend.«

Kertsch wischte die gedrückte Stimmung mit einer Handbewegung aus der Luft.

»Ich weiß, dass Sie loyal sind. Meine Güte, das Wort könnte für Sie erfunden sein, mein Lieber. Was auch immer an ihm zu kritisieren sein mag – Kindler ist ohne Zweifel ein bestens qualifizierter Dienststellenleiter. Die Soft Skills sind doch immer eine Frage der Erfahrung. Und die haben Sie.« Kertsch wies mit beiden Händen auf Grewe. »Stellen Sie sie Herrn Kindler zur Verfügung, das ist mein großes Herzensanliegen. Sie kennen jeden Kriminalbeamten in- und auswendig. Stärken und Schwächen. Helfen Sie meinem

Nachfolger, nicht nur erfolgreich, sondern – insbesondere was die Personalführung angeht – wirklich gut zu sein.«

Grewe schluckte. Er durfte nicht daran denken, was es alles an Problemen in diesem Bereich gab und dass er sie als Leiter der Kripo ganz nach eigenem Gusto hätte angehen können. Er blinzelte, atmete tief ein und nickte.

»Selbstverständlich, Herr Kertsch. Das mache ich doch gerne.«

Kertsch hatte die Arme auf dem Tisch verschränkt, den Rücken durchgedrückt und das Kinn etwas gehoben, was ihm im Ganzen einen feierlichen Ausdruck gab.

»Schön. Ich weiß doch, Herr Grewe… Also dann, wollen wir ein paar Einzelheiten besprechen?« Kertsch klopfte mit den Fingerspitzen der Rechten auf die vor ihm liegenden Akten. »Personell, meine ich.«

Grewe nickte.

Die Nacht war ruhig gewesen in der Einsatzleitstelle. Ein VU ohne an der AS 12, die Kollegen hatten das bisschen Blechschaden in zwanzig Minuten aufgenommen. Eine häusliche Gewalt auf der Sinzler Höhe, der Mann nüchterte gerade im Gästezimmer aus und würde nach dem Frühstück den Haftrichter kennenlernen. Zweimal Ausrücken wegen »verdächtiger Geräusche im Garten«, hinter denen die Einsamkeit einer alten Frau steckte. Eine Kneipenschlägerei, die vorübergehend zwei weitere Gästezimmer der Direktion gefüllt hatte. Beide Jungs waren zu besoffen gewesen, um sich ernsthaft zu verletzen, aber sie hatten einigen Sachschaden verursacht.

Polizeikommissar Merten Zingerle füllte frisches Wasser in die Kaffeemaschine. In einer guten halben Stunde kam die Ablösung. Zingerle schaltete die Maschine ein und ging wieder rüber an seinen Platz. Er hatte sich noch nicht so recht gefunden in dieser Arbeit. Manchmal war er froh, dass er einen Notruf nur entgegennahm und nicht selbst zum Einsatz musste. Entweder weil schon klar war, dass da etwas Übles auf die Kollegen zukam, oder aber weil der Anlass so nichtig und die Aufregung des Anrufers dazu so unverhältnismäßig war. Beides konnte einem Polizisten den Tag vollständig versauen.

Aber viel öfter blieb in Merten Zingerle eine Leere zurück, wenn er die Meldung weitergeleitet hatte. Eine Sehnsucht, jetzt die angebissene Brezel mit einem Stöhnen fallen zu lassen, den frisch eingegossenen Kaffee bedauernd anzusehen, die Mütze aufzusetzen und mit seinem Partner zum Einsatzfahrzeug zu spurten. Dafür war er Polizist geworden. Für das Kribbeln in der Magengrube, weil man trotz aller Infos nie genau wissen konnte, was auf einen wartete. Für die Befriedigung, eine schwierige Situation gemeistert zu haben. Für das Glück, einem Menschen in Not geholfen zu haben. Für den stillen Stolz, einen von den Bösen aus dem Verkehr gezogen zu haben. Für die Kameradschaft.

Oft verfluchte er den Tag, an dem er seiner Freundin von der frei werdenden Stelle in der Zentrale erzählt hatte. Sie hatte nicht mehr lockergelassen und dabei den schnell wachsenden Bauch gestreichelt. Innendienst. Keine Angst mehr um den Vater ihres Kindes haben müssen. Geregelte Dienstzeiten – Schichtdienst, aber keine Überstunden mehr.

Vielleicht würde sich Svenja beruhigen, wenn das Kind erst mal da war. In ein, zwei Jahren würde sie die Dinge vielleicht wieder ganz anders sehen. Es war ja verständlich. Svenjas Vater war als Feuerwehrmann im Einsatz ums Leben gekommen, da war sie noch ganz klein gewesen.

Merten Zingerle nippte an seinem Kaffee, da klingelte das Telefon. Er hob ab und spulte seinen Spruch runter, neutral, aber offen und freundlich, so hatten sie es auf dem Lehrgang geübt. Eine Frauenstimme.

»Hören Sie genau zu. Ich melde zwei schwerstverletzte Beamte nach Schusswechsel. Eine Kopfverletzung, ein Halsdurchschuss. An der Kreisstraße 3107, zirka sieben Kilometer von der L 343 in Richtung Kappeller Forst fahrend. Haben Sie das verstanden?«

In Mertens Kopf hallte die Meldung nach, verdoppelte, verdreifachte sich. Sein Mund war schlagartig ausgetrocknet, seine Hände schweißnass. Was sollte das? Das konnte nur ein ganz böser Scherz sein.

»Verdammt noch mal, haben Sie das?« Die Stimme wurde nicht schrill, nicht hysterisch, sondern klar, metallisch.

»Ich habe die Meldung aufgenommen, sind Sie noch vor Ort?«

»Ja, und wenn Sie nicht sehr flott machen, dann war's das hier für Ihre Kollegen.«

»Gibt es irgendetwas, das uns hilft, den Ort genauer zu bestimmen?«

»Noch nicht mal Sie können das verfehlen, Mann. Was …?« Die Frau hielt jetzt offensichtlich eine Hand über das Telefon. Merten hatte nur undeutlich eine Männerstimme im Hintergrund gehört. Alles in Zingerle sträubte sich dagegen, dieser Anruferin zu glauben. Das konnte einfach nicht wahr sein.

Plötzlich meldete sich die Frau wieder.

»Da ist direkt ein kleiner Waldparkplatz mit so einem Jesusdings. Ich lege jetzt auf.«

Waldparkplatz? An der L 343? Da standen sie gerne bei Verkehrskontrollen. Heute liefen Kontrollen. O Gott.

»Einen Moment, Sie …« Weg.

Zingerle war kotzübel, aber jetzt griff die Routine. Wie ein Roboter wählte er die Nummer.

»Hier Rettungsleitstelle.«

»Polizeidirektion, Zingerle. Wir haben laut Anrufer zwei schwerstverletzte Kollegen nach Schusswechsel. Ich brauche sofort einen NAW und vermutlich auch RTH an folgendem Ort …« Er lieferte aus dem Gedächtnis die Ortsdaten, und danach rief er die Bereitschaft an. Sein nächster Anruf ging zum Kriminaldauerdienst.

Dann übergab er sich neben seinen Stuhl.

Grewe und Kertsch sprachen über Tony Estanza, den jüngsten Beamten in Grewes Kommissariat 11. Er war vor eineinhalb Wochen im Auswahlverfahren für das Mobile Einsatzkommando gescheitert.

»Ich verstehe seine Motivation«, sagte Grewe, »und ich halte ihn für geeignet. Außerdem denke ich, dass er im Augenblick tatsächlich noch nicht die innere Ruhe für unser doch recht mühseliges Geschäft hat. Ein paar Jahre MEK könnten ihm guttun. Ihn auslasten und festigen.«

Es tat gut, über Tony zu reden, denn er war das kleinste aller Personalprobleme in der Kriminalpolizeiinspektion.

Kertsch nickte.

»Das sehe ich genauso. Woran genau ist er denn gescheitert?«

»Letzten Endes beim Belastungsschießen. Wobei es allerdings mehr um nervliches Versagen als mangelnde körperliche Fitness ging. Er hat sonst immer herausragende Schießleistungen und ist körperlich topfit.«

»Ich finde, Sie sollten sich die Zeit nehmen, Herrn Estanza bei der Vorbereitung auf das nächste Auswahlverfahren zu unterstützen. Sie sind doch prädestiniert dafür.«

»Na ja … Genau genommen bin ich ja ein Musterbeispiel für das Scheitern in Spezialverbänden.« Grewes Bundeswehrzeit hatte vor über zwanzig Jahren mit dem Rauswurf aus der damals neuen Kommandoausbildung traumatisch geendet.

»Nein, so würde ich das absolut nicht sehen. Sie haben da Erfahrungen gemacht und durch ihr ganzes Berufsleben vertieft, die Sie pädagogisch in hohem Maße befähigen, Estanza ein wenig auf die Sprünge zu helfen.«

Grewe wollte gerade etwas entgegnen, da wurde die Tür des Büros ohne vorheriges Klopfen aufgerissen. Didi Noss, der schwergewichtige Leiter des KDD stand käseweiß in der Tür.

»Sorry, Herr Kertsch. Wir haben da eine Riesenscheiße.«

3

Es war ein Albtraum.

Die Leiche von Bernie Glaubke lag verdreht auf der Straße. Kim Mauerbach war nur noch als weißer Umriss der Tatortbereitschaft anwesend. Die riesige Blutlache um sie herum hatte sich mit den letzten Regentropfen in Schlieren aufgelöst. Sie selbst rang in der Klinik um ihr Leben. Es sah nicht gut für sie aus, das wussten alle.

Kims Dienstwaffe steckte schon in einer beschrifteten Tüte. Sie war abgefeuert worden, so viel war klar. Bernies Waffe war bisher nicht aufgefunden worden. Die Ringfahndung lief. Die Kreisstraße hatten sie auf voller Länge gesperrt, die Einsatzhundertschaft durchstreifte den Wald beidseitig der Straße. Die Beamten vom Dauerdienst unterstützten die Tatortbereitschaft beim Sicherungsangriff. Die Bundespolizei hatte ebenfalls eine Hundertschaft auf den Weg geschickt. Ein Hubschrauber mit hochauflösender Kamera war im Luftraum. Alle verfügbaren Einsatzkräfte kontrollierten, beobachteten, registrierten. Einziger Anhaltspunkt: Ein grüner Skoda-Kombi wurde gesucht. Niemand wusste, wie viele Personen darin saßen, niemand wusste, ob es das Fahrzeug der Täter war. Ob sie überhaupt in einem Fahrzeug gesessen hatten. Wobei Letzteres nach erster Einschätzung von Gerd Drossel höchstwahrscheinlich war.

»Die Lage von Bernie und Kim lässt den Schluss zu, dass Bernie ein Fahrzeug kontrollieren wollte und Kim als Sicherung vom Fahrzeug aus gesehen schräg vorne rechts gestanden ist. Schulmäßig.« Drossel schüttelte den Kopf. »So ein Dreck. So eine verfluchte Scheiße.«

Drossel, Kertsch und Grewe standen neben dem Einsatzfahrzeug der beiden Kollegen, in ausreichendem Abstand zu den Arbeiten. Um Kims Umriss herum lagen aufgerissene Verpackungen von Verbänden, Nadeln und Schläuchen. Es fanden sich noch vereinzelt blutige Schuh- und Knieabdrücke von Notarzt und Rettungsassistent. Ebensolche Spuren zeichneten den Weg der Helfer mit der Trage zum Notarztwagen, der wiederum nur knapp vierhundert Meter gefahren war, um auf einem Feld Kim an den Rettungshubschrauber zu übergeben. Um Bernie herum gab es kaum Spuren. Die Profis der Feuerwehr hatten sofort diagnostiziert, dass ihm nicht mehr zu helfen war.

»Wir haben bisher kein Projektil gefunden. Der Schuss auf Kim ging glatt durch den Hals und hat die Schlagader erwischt. Auch keine Hülsen der Tatwaffen bisher, eine Hülse aus Kims Dienstwaffe, das Projektil fehlt. Bei Bernie«, Drossel sah für einen Moment zur Seite, musste heftig atmen. Mit flackernder Stimme setzte er seinen Bericht fort. »Bei Bernie hab ich richtig gucken müssen, um den Einschuss zu sehen. Sitzt in der Augenbraue. Keine Austrittswunde. Also in jedem Fall Kleinkaliber, vermutlich …«, er stöhnte leise, »steckt das Geschoss noch im Kopf. Bei Kim muss es zumindest ein Kaliber mit mehr Wumms gewesen sein, sonst wäre der Schuss nicht durchgegangen.«

Drossels Blick flog kreuz und quer über den Tatort. Alle Kollegen arbeiteten schweigend. Immer wieder sah man jemanden ein paar Schritte auf Abstand gehen, sich abwenden. Meist ging dann eine Hand zum Kopf, rieb über Stirn oder Augen, verharrte schließlich. Dann begann das Zucken in den Schultern, breitete sich aus.

Auch Gerd Drossel sah gezeichnet aus. Während des letzten Jahres waren sein Haar und sein Schnurrbart ergraut von der Sorge um seinen ältesten Sohn. Niklas Drossel hatte sich für zwölf Jahre beim Bund verpflichtet und war seit vier Wochen in Afghanistan.

Heute schienen Gerds Haare noch grauer und seine Falten noch tiefer. Er gehörte ohnehin nicht zu der Sorte Spurensicherer, die sich eine dicke Haut zugelegt hatten, auch deswegen war er so gut in seinem Job. Aber ein solcher Tatort, ein solcher Angriff auf Kollegen brachte jeden an die Grenze.

»Herr Drossel, besteht Hoffnung, dass sich noch aussagekräftige Spuren finden?« Auch der stets so ruhige Kertsch klang tief erschüttert.

»Ich sage niemals nie.« Drossel starrte auf einen Punkt irgendwo im Gewühl der Beamten. Dann wiegte er den Kopf einige Male hin und her. »Es ist immer möglich, dass wir beim dritten oder fünften Durchgang doch noch eine Hülse finden. Am ehesten besteht Hoffnung, dass wir an«, er schluckte, »an Bernies Leiche etwas finden. Seine Waffe und das Ersatzmagazin sind verschwunden, vermutlich von einem Täter mitgenommen. Wenn an Kim etwas zu finden war, ist es sicher mittlerweile weg oder verunreinigt. Und das ist mir ehrlich gesagt scheißegal. Hauptsache, sie kommt durch.« Drossel sah für einen Moment in den Himmel. Grewe und Kertsch taten es ihm wie unter Zwang nach. Wenn da oben jemand war, dann sollte er jetzt seine ganze Aufmerksamkeit einer achtundzwanzigjährigen Polizistin schenken, die nur noch ein seidener Faden mit dem Leben verband, weil ein paar Irre jede Menschlichkeit hinter sich gelassen hatten.

»Fahrzeugspuren gibt es auf dem Asphalt natürlich nicht, ebenso wenig Schuhspuren. Wenn ein Täter sonstwo DNA hinterlassen hat, dann hat der Regen sie unauffindbar gemacht. Hat ja erst vor einer Stunde aufgehört«, setzte Drossel seine Überlegungen fort. »Also Bernies Obduktion und eine Aussage von Kim sind derzeit unsere einzigen Hoffnungen.«

»Aber es bedeutet doch etwas, dass wir keine Projektile oder Hülsen finden. Dass Bernies Waffe verschwunden ist.«

Grewe sah Drossel an. Der kniff die Augenbrauen zusammen. Arbeiten hilft, dachte Grewe, wir müssen arbeiten, damit wir nicht durchdrehen.

»Vorausgesetzt«, Drossel hob einen Zeigefinger, »dass wir die Geschossteile nicht einfach deshalb nicht finden, weil sie unter irgendeinem Scheißgrashalm oder in einer verdammten Mausehöhle liegen, was auch immer – vorausgesetzt also, dass tatsächlich keine da sind, bedeutet das, dass wir es mit Tätern zu tun haben, die nicht in Panik geraten nach«, er wischte mit einem Arm über die Szene, »so etwas. So, wie Bernie vermutlich gestanden hat, kann die Hülse gut ins Täterfahrzeug geflogen sein, das wäre also eine Erklärung. Aber Kim wurde, sage ich jetzt mal einfach, vom Beifahrer beschossen. Abstand also mindestens drei Meter, eher fünf.«

»Moment«, Grewe hob beide Hände, um Drossel kurz zu unterbrechen, »du gehst von zwei Schützen aus, ist das richtig?«

»Ja. Absolut. Wie gesagt, können wir davon ausgehen, dass auf Bernie mit einem Kleinkaliber geschossen wurde, 6.35 mm oder so was. Die Waffe hatte kaum Wumms, deswegen keine Austrittswunde, obwohl der Schuss aus ganz kurzer Distanz gekommen sein dürfte. Bernie hat meiner Meinung nach durchs Fahrerfenster ins Kfz geguckt.«

Grewe und Kertsch nickten. Es war eine Verkehrskontrolle gewesen. Routine. Es war jedem hier klar, wie man als Polizist so etwas machte. Bernie hatte tausendmal in seinem Leben Fahrzeuge kontrolliert. Und heute zum letzten Mal.

»Bei Kim ging der Schuss glatt durch. Diese Munition muss deutlich mehr Durchschlag gehabt haben. Vielleicht sogar eine Neunmillimeter oder so was. Also ziemlich sicher zwei Tatwaffen und also auch wahrscheinlich zwei Täter.«

Grewe blies laut Luft aus. »Aber kein Projektil, keine Hülse? Von dem Schuss auf Kim, meine ich.«

Drossel schüttelte den Kopf. Grewes Blick flackerte über den Tatort. »Die schießen auf zwei Polizeibeamte, steigen aus, sammeln die Geschossteile ein, stehlen eine Dienstwaffe und fahren dann erst weg?«

Drossel sah in dieselbe Richtung wie Grewe. »So sieht es zumindest aus.«

Die drei Männer schwiegen eine Weile. Hin und wieder schüttelte einer den Kopf oder atmete hörbar. Dann entfernte sich Grewe ein paar Schritte, schloss für einen Moment die Augen, ging wieder zu Kertsch und Drossel.

»Wie sollen die Familien denn mit so was umgehen?« Seine Stimme fand keinen Halt. »Was sollen wir denen denn jetzt sagen?«

Evelyn Glaubke sah starr aus dem Wohnzimmerfenster in den Garten. Grewe wusste nicht, welchen Zustand er am schlimmsten fand. Als sie manisch Kaffee gekocht und irgendwelchen Knabberkram auf den Tisch gehäuft hatte? Als sie einen Keks in den Fingern zerbröselt und immer nur »Nein, nein, nein« gestammelt hatte? Als ihr die Kaffeekanne aus den Händen gerutscht war und sie plötzlich hysterisch zu schreien anfing? Als sie brüllend auf Grewe eingeschlagen hatte? Als sie von konvulsivischem Schluchzen auf die Knie gezwungen wurde und sich mit lautem Weinen an den Boden gepresst hatte?

Oder diese Stille jetzt?

Evelyn flüsterte etwas. Grewe beugte sich vor.

»Die guten Jahre …«, wisperte sie. Immer wieder. »Die guten Jahre, die guten Jahre.« Plötzlich sah sie Grewe an. »Das hat er in letzter Zeit dauernd gesagt: Schatz, das sind unsere guten Jahre, wir sind mittendrin.« Ihr Gesicht zerfiel zu einer Schmerzensmaske. Grewe weinte, sie nahmen sich in den Arm, krallten sich ineinander.

Nach einer Weile bemerkte Grewe, dass Kertsch wieder das Wohnzimmer betreten hatte, in der Hand sein Mobiltelefon. Er hielt es, als hätte er vergessen, dass es da war. Sein Blick lag fast flehend auf Grewe, sein Mund stand leicht offen, er atmete schwer. Grewe wusste sofort Bescheid. Er schüttelte sanft, fast unmerklich den Kopf und streichelte Evelyns Rücken. Er hätte gerne seine Augen geschlossen, sich ausgeruht, aber er fürchtete die Bilder von Notärzten, die ihre Gummihandschuhe auszogen, Schwestern, die Schläuche aus Kims Körper zogen und Geräte ausschalteten. Sie konnten Evelyns Schmerz nicht auch noch diese Nachricht hinzufügen.

Nach einer Unendlichkeit klingelte es an der Tür. Bernies Schwester war gekommen, um die Wache zu übernehmen. Grewe schlafwandelte nach draußen, wo Kertsch schon am Wagen wartete. Sie waren Verdammte. Ihr Fluch war, durch ein Meer aus schwarzen Tüchern zu segeln und Kummer und Gram in der Welt zu verbreiten.

4

»So eine Scheiße.«

Sie hatte den Wagen in ein Parkhaus gefahren, ein Riesending. Es füllte sich gerade mit städtischen Angestellten; wer fing schon sonst so früh an, in der City zu arbeiten? Bald würden die Ladenbesitzer und ihr Personal kommen und dann die Muttis zum Einkaufen.

»Scheiße, echt. So ein Dreck.« Er schüttelte wieder und wieder den Kopf.

Sie steckte den Autoschlüssel in die Jackentasche und schloss die Augen. Klar, es war beschissen gewesen. Überbeschissen. Aber Männer waren immer schwächer, als sie dachten, das war ihr schon lange klar.

Sie sah ihn an. Er war so jung. Kaum dreißig. Sie war nicht älter, und sie war auch nicht länger dabei, aber sie kam sich viel erwachsener vor, tougher. Und das war sie auch.

Er vermied ihren Blick. An dem Punkt waren sie schon öfter gewesen, er hatte ein bisschen Schiss vor ihrer Reaktion. Nein, vor ihrer Missachtung. Ihre Zuwendung war ihm wichtig.

Sie waren kein Paar, kein Liebespaar, sie wussten beide, dass das unprofessionell wäre. Aber trotzdem ging es immer auch um das. Weil sie jung waren und hart, weil es im normalen Leben kaum Altersgenossen gab, die verstehen würden, was sie machten.

Sie verbrachten viel Zeit miteinander, fast ihr ganzes Leben eigentlich. Sie schliefen dauernd zusammen im selben Zimmer, meistens im selben Bett, schon allein, um unauffällig zu bleiben.

Ein junger Mann und eine junge Frau am Check-in, da stutzt jeder Portier, wenn die zwei Einzelzimmer nehmen.

Und hin und wieder hatten sie auch Sex. Zum Druckabbau. Weil sie für niemand anderen Zeit hatten. Weil sie fand, es wäre einfacher, wenn er sie dann und wann haben konnte. Und weil es ihr Spaß machte. Professionell.

»Geht's wieder?«

Er schloss die Augen.

»War das richtig?« Ganz leise fragte er, kaum zu verstehen.

Sie holte Luft, hielt sie einen Augenblick, dimmte ihren Puls.

»Was hättest du denn machen wollen?« Gut, sie sagte das ganz ruhig.

Er setzte zu einer Antwort an, presste die Lippen zusammen, versuchte es wieder. Schüttelte den Kopf.

»Nein. Vergiss es.« Trotzig. Verstockt. Immer dasselbe.

Sie wäre am liebsten einfach ausgestiegen und gegangen. Aber er würde entweder sitzen bleiben und so womöglich Aufmerksamkeit erregen oder ihr nachlaufen und irgendwas rufen. Da hatte die ganze Ausbildung nichts genützt, er war ein Junge geblieben. Empfindlich und leicht zu kränken. Deswegen wollten die Kerle auch nicht, dass Frauen immer mehr von den Dingen taten, die eigentlich *ihre* Sache waren. Aber sie hatten sie nur zu Männersachen erklärt, in Wirklichkeit waren sie nicht besser darin. Zumindest nicht wegen dem Chromosomending oder dem, was sich zwischen ihren Beinen befand. Ihrem Gehirn. Sie gluckste.

Fehler.

»Wüsste nicht, was daran komisch ist«, zischte er.

Sie legte ihm sofort beruhigend die Hand aufs Knie.

»Sorry. Übersprungsreaktion.« Das mochten sie, wenn die Frauen sich nicht im Griff hatten. Lustig. Oder traurig.

Egal.

Er nickte. »Okay.«

Immer noch beleidigt. Sie schaltete auf weich um.

»Es war eine absolut beschissene Situation. Aber wir haben klare Handlungsanweisungen auch für so etwas. Und wir haben uns daran gehalten.« Sie schaute ihn fest an. Er versuchte, weiter nach vorne raus an die Parkhauswand zu starren, aber er musste den Kopf doch zu ihr drehen. Shit, er war so weich. Wie hatte er die Auswahl überstanden?

Nein, das war unfair. Er war nicht ohne Grund hier. Er war härter als die meisten, aber er war einfach weicher als sie. Oder weniger abgefuckt? War es das?

Sie strich ihm über die Wange.

»Komm jetzt. Wir brauchen ein Hotel. Ich rufe von dort aus an, dann kannst du schon mal schön heiß duschen.«

Er sah wieder zur Wand.

»Wir könnten beide duschen.« Sie gab ihrer Stimme ein dezentes Zittern mit.

Er schnaubte.

Auch gut. Sie hatte eh keine Lust, aus Mitleid mit ihm zu vögeln. Wenn die Typen auch vieles nicht checkten, *das* merkten sie dann doch meistens. Und dann war die Stimmung komplett im Eimer.

Sie öffnete die Wagentür und stieg aus. Er tat dasselbe.

Schweigend holten sie die Taschen aus dem Kofferraum, schlossen den Wagen mit der Fernbedienung, und kurz danach waren sie im Gewühl der Fußgängerzone verschwunden.

Merten Zingerle war nicht zu Hause. Obwohl seine Schicht in der Leitstelle schon längst vorbei war, war er in der Direktion geblieben. Hatte seine Kotze weggewischt und seinen geschockten Nachfolger eingewiesen. Dann war ein Sturm über die kleine Leitstelle hereingebrochen. Hundertschaften hatten sich in Bewegung gesetzt, Helis waren aufgestiegen. Ständig riefen Kollegen an, die eigentlich frei hatten und fragten, ob sie etwas tun könnten, ob sie irgendwo gebraucht würden. Sie hatten größte Mühe, alles zu koordinieren, nichts zu vergessen. An ihren Tischen wurde nichts entschieden, sie nahmen Nachrichten auf und gaben sie weiter, aber meist konnten sich die Einheiten überhaupt nicht direkt austauschen, sie mussten alles über die Leitstelle schicken. Wenn hier eine Information unterging, dann war sie vielleicht unrettbar verloren oder kam viel zu spät zu ihrem Empfänger.

Es war grauenvoll, das Schlimmste war geschehen, das Unfassbare. Zwei Kollegen waren tot. Erschossen. Sie hatten beide im Regen auf der Landstraße gelegen, wie überfahrene Tiere. Und praktisch die ganze Direktion war jetzt draußen auf der Jagd nach den Schweinen, die das angerichtet hatten. Am Anfang war Merten fast irre geworden, weil er unbedingt dabei sein wollte, aber irgendwann war ihm klar geworden, dass ohne die Leitstelle da draußen nur Chaos herrschen würde.

Zum ersten Mal, seit Merten hier arbeitete, war er eins mit dem Job.

Bernie und Kim konnte er nicht mehr zurückbringen, keiner konnte das. Aber er leistete seinen Beitrag, darum ging es. Er versorgte die Kollegen mit Kaffee und Wasser, holte was zu beißen aus der Kantine. Wenn jemand aufs Klo musste, übernahm Merten. Er bediente Telefone und Funk, las Infos von Bildschirmen, holte Lagemeldungen ein, wenn er von irgendwo länger nichts gehört hatte. Aus der Leitstelle liefen Verbindungen zu allem und jedem, der mit der Suche befasst war. Es war wie ein über die Stadt und ihre Umgebung gespanntes Netz, und hier war das Zentrum, das Gehirn. Und dieses Gehirn war aufgeputscht durch Wut und Jagdfieber, durch Kaffee und Energydrinks. Bilder aus Amifilmen schossen durch Mertens Kopf. Aufgeregte Cops mit den Gesichtern von Robert de Niro und Colin Farrell, die entschlossen guckten und Entscheidungen trafen.

So ein Schwachsinn.

Wie konnte er nur so eine Scheiße denken? Das war kein Film und niemand hier Robert de Niro. Sie waren deutsche Provinzbullen und irgendwelche Drecksäue hatte zwei von ihnen erschossen. Erschossen. Totgeschossen. Aus kürzester Entfernung eine Kugel in Bernies Gesicht gefeuert. Bernie. Den Alten, den »Sergeant«. Den meistrespektierten Sheriff hier, neben Claus-Peter Wolf. Bernie, der jetzt nur noch ein Loch im Leben seiner Frau und seiner Kinder war. Eine immer schmerzende Stelle. So wie Svenjas Vater in seiner Familie. Bammm. Stirb, Bullenschwein. Das hatten sie dabei gedacht.

Und Kim, die vor dem verdammten Wagen stand, Kim mit den schönen schwarzen Haaren und dem karamellbraunen Teint, die aussah, als käme sie aus Italien, aber in Wirklichkeit aus Thüringen stammte, was man auch hörte. Kim, die Kumpelige, die Toughe. Kim, die vor drei Jahren angetrunken mit Merten geknutscht hatte, da war er schon seit einem halben Jahr mit Svenja zusammen. Und ihr Kuss hatte wirklich nach Karamell geschmeckt und nach Äpfeln und kühlem Weißwein. Und Merten war schwindelig geworden, nicht vom Bier, sondern vom Kuss, der so voller Leben war, so kraftvoll, dass er die ganze Nacht geheult hatte, allein in seinem Bett. Weil in dem Kuss und in Kim so viel Versprechen auf eine Zukunft war, die ganz anders sein würde als alles, was Merten kannte. Und weil er den Mut nie haben würde, ihr zu sagen, dass er sie ab jetzt jeden verdammten Tag seines Lebens küssen wolle, gleich, was der Preis sei. Und weil er wusste, dass er für Svenja niemals so etwas schmerzhaft Schönes empfinden würde, auch wenn er sie liebte.

Kim war einfach ausgelaufen auf der Straße. Aus ihrem zerfetzten Hals, dem wunderschönen, glatten und karamellbraunen Hals, war ihr Blut in den Regen gespritzt und auf den nassen Asphalt gesickert. Sie hatten nicht genug Blut im Krankenhaus, nicht genug Blut im Land, nicht genug Blut auf der ganzen Welt, um all das großartige, wunderschöne und starke Leben wieder in Kim zurückzubringen. Und sie war verreckt an Schläuchen und Maschinen, wie eine uralte kranke Frau. Das Letzte, was sie gesehen hatte, war grauer Himmel, aus dem es regnete.

So eine Scheiße. So eine gottverdammte Scheiße, Scheiße, Scheiiiißeeeeee.

»Merten. Merten, verdammt noch mal, hör auf. Hör auf damit.« Hände rissen ihn zurück. Merten schlug um sich. Mehr Hände griffen, packten seine Arme.

»Jetzt beruhig dich endlich, Herrgott noch mal.«

Jemand presste Mertens Kopf an seinen Bauch, fest, aber seine Hand lag beruhigend auf Mertens Stirn. Jürgen. Der Riesenbär, der Handballtrainer und Familienpapa.

»Is gut, Merten. Is ja gut. Danke, Kollegen, alles klar.«

Mertens Arme kamen frei, Hände strichen über seine Schultern. Seine Stirn tat höllisch weh. Das Telefon vor ihm hatte einen Sprung im Gehäuse, der Hörer hing am Kabel vom Tisch herunter.

Er schloss die Augen.

»Komm mal kurz raus, Merten.« Jürgen drückte ihm sanft die Schulter.

Er schlief.

Lag da wie ein Baby. Noch vor einer Viertelstunde hatte er sich wie ein Neandertaler an ihr ausgetobt, und jetzt war sein Gesicht glatt und entspannt. Er atmete tief und ruhig, eine Speichelblase hing in seinem Mundwinkel.

Sie hätte jetzt gerne eine geraucht, wenn sie rauchen würde. Es wäre wie in einem Film. Eine hübsche, von ihrer Wildheit etwas verbeulte Frau und ein echt süßer Kerl mit harten Muskeln und glatter Haut. Schwarz-Weiß. Das Zimmer dunstig vom Sex und fein sich zur Decke kräuselnder Rauch.

Es gäbe nur sie beide und die träge Stimmung, und die ganze Scheiße wäre einfach weg.

Sie rekelte sich, streckte ihren Rücken, die Arme. Dann schwang sie die Beine aus dem Bett und ging ins Bad.

Während sie auf dem Klo saß, lief die Dusche heiß.

Anstrengend. Männer waren total anstrengend. Er hatte kein Wort rausgekriegt auf dem Weg. Sie hatten lange nach einem passenden Hotel gesucht. In der Regel waren die Businesshotels perfekt, da gab es ständig An- und Abreisen, und die Angestellten merkten sich die ewig gleichen Gesichter in Anzug und Kostüm nicht.

Aber sie trugen gerade weder Anzug noch Kostüm.

In einer Seitenstraße hatte sie dann so eine Art Backpacker-Hostel entdeckt. Überraschend für eine Stadt dieser Größe und perfekt für sie beide. In der Lobby war er muffelig neben dem Gepäck stehen geblieben, während sie eincheckte. Er hatte ihre beiden Taschen geschultert (Macho, Macho) und war mit großen Schritten Richtung Treppe gestiefelt. (Ich hab keinen Bock, auf den verdammten Lift zu warten, außerdem ist das was für Weicheier.) Sie war ihm, halb grinsend, halb seufzend hinterhergestiegen, hatte ihn oben im Flur überholt, die Tür aufgeschlossen, ihn hineingezogen, die Taschen von seinen Schultern gestreift, mit dem Fuß die Tür zugekickt und ihm die Zunge in den Mund geschoben. (Oh, oh, ich stehe so auf harte Jungs.) Sein Verhalten war die perfekte Vorlage gewesen, und er war überhaupt nicht auf die Idee gekommen, dass sie ihn ruhigvögeln wollte.

Abgesehen davon fand sie, dass er wütend am besten im Bett war.

Sie schloss die Augen und ließ das Wasser an sich herunterlaufen. Zehn, fünfzehn Minuten. Nur zehn, fünfzehn Minuten Ruhe. Hoffentlich schlief er weiter. Sie wollte nur eine Viertelstunde lang nichts denken, nichts wahrnehmen, außer dem heißen Wasser.

Und irgendwann später würde sie anrufen.

Die Scheiße melden und sich anhören, was auch immer am anderen Ende der Leitung zu hören sein würde. Fuck.

Die Dunkelheit glänzte in den Scheiben der Straßenbahn. Schaufenster, Kneipen, Autos. Die Stadt flog an Merten vorbei. Er hielt eine leere Bierflasche in der Hand, den Kopf ans rüttelnde Fenster gelegt, sein Atem beschlug die immer selbe Stelle.

Jürgen hatte ihn heimfahren wollen, er sei übermüdet, kein Wunder, dass er so fertig sei. Merten hatte sich gewunden, Jürgen darauf bestanden, dass er ihm den Autoschlüssel gab und ihm versprach, sofort mit der Bahn nach Hause zu fahren.

»Das wird nicht schnell gehen mit den Schweinen, das hab ich im Gefühl, Merten. Die sind danach in null Komma nix verschwunden. Die sind geschickt. Wir brauchen jeden Einzelnen in den nächsten Tagen, ausgeruht und frisch in seiner Schicht. Schlaf dich aus.«

Merten hatte sich umgezogen und war in Richtung Haltestelle gewankt. Seine Bahn war gerade weg, er hatte zwanzig Minuten warten müssen. Nach ein paar Minuten war sein Handy in der Tasche losgegangen. Das hatte er gestern vergessen, in die Uniformhose zu stecken. Die Mailbox. Zwölf Anrufe von Svenja. Er hatte sofort bei ihr angerufen und Svenjas Mutter drangehabt.

Die war total ausgeflippt. Was ihm einfiele, sich nicht zu melden, Svenja hätte um ein Haar in die Klinik gemusst, sie hätte das Baby verlieren können, er sei total verantwortungslos.

Merten hatte aufgelegt, er war zu schwach, um sich zu streiten, und verstand nichts. Dann hörte er Svenjas Nachrichten ab. Beziehungsweise die acht Nachrichten von Svenja und die vier von ihrer Mutter. Svenja war kaum zu verstehen, sie hatte geheult und geschrien. Radionachrichten. Polizisten. Tot. Tot. Merten. Merteeeeeeeeeen-ogooootttt. Ihre Mutter hatte dann Svenja offensichtlich abgeholt und sie erst mal daran erinnert, dass Merten im Innendienst war und garantiert bei keiner Verkehrskontrolle am frühen Morgen.

Es hatte Merten entsetzlich wehgetan, Svenja so außer sich zu hören und so voller Angst. Er hatte sich geirrt, damals, als er wegen Kims Kuss geweint hatte. Er empfand jetzt schmerzhaft tief für Svenja. Aber nur, wenn sie so war. So einsam in ihrer bitterkalten Angst, jemanden zu verlieren, den sie liebte.

Doch die Nachrichten seiner Schwiegermutter waren voller Vorwürfe und Anklagen. Sie hatte es Merten nie verziehen, dass er Polizist war. Er könne seinen Anstand nur beweisen, indem er Svenja verlasse, hatte sie ihm vor zwei Jahren entgegengezischt. Sie würde nicht zulassen, dass ihre Tochter das alles noch mal durchmache.

Die nächste Bahn hatte er vorbeifahren lassen, die übernächste auch. Dann war er durch die Altstadt gelaufen, ziellos, kreuz und quer. Als die Gefahr größer wurde, Bekannte zu treffen, die nach Feierabend noch was trinken wollten, war Merten ins Bahnhofsviertel gewechselt. Hier würde er keine Bekannten treffen und heute auch keine Kollegen. Niemand würde heute hier Streife laufen. Die Nutten und Zuhälter und Dealer konnten machen, was sie wollten.

Merten war in den ersten miesen Schuppen gewankt, an dem er vorbeikam. Trank ein Bier, dann wurde es ungemütlich, weil er kein Mädchen einlud. Also war er in den nächsten Laden gegangen. Ein Stripclub. Das war besser, er zahlte Eintritt, das Bier war schweineteuer, aber er konnte sitzen bleiben. Nach drei Bier hatte ihn Selbstekel zurück auf die Straße getrieben.

Er hatte nichts mehr richtig wahrgenommen, war einfach nur

gegangen. Lichter, Stimmen, Schritte, Autos. Merten war gegangen, und sein Weinen hatte das Angesicht der Stadt zu glänzenden Schlieren verzerrt. Eine Tramhaltestelle mit einem Kiosk hatte seine Trance gestoppt, er hatte ein Bier gekauft, dann war aus dem Nichts seine Bahn gekommen, sogar in die richtige Richtung. Er war ewig weit draußen gewesen, fast an der Endhaltestelle.

»Nächster Halt: Garnisonsplatz«, so die kalte, aber irgendwie auch angenehme Frauenstimme der Ansage. Merten starrte auf den Platz. Auf der anderen Seite der Bahn könnte er die Polizeidirektion sehen. Die Türen schlossen sich mit einem Zischen. Leute trampelten an ihm vorbei. Es würde sich keiner neben ihn setzen; nur, wenn es nicht anders ging. Er sah wie ein Gespenst aus und hatte eine Bierflasche in der Hand. Er roch nach kaltem Schweiß.

Die Bahn fuhr ruckelnd an.

»Entschuldigung, Sie arbeiten doch in der Leitstelle, oder?«

Merten zuckte zusammen.

Ein schwerer Mann im Anzug hatte sich neben ihn gesetzt. Mist. Der Mordchef. Grewe.

Merten nickte. Grewe auch.

Grewe gehörte zu den älteren Kollegen, zu denen Merten immer Abstand hielt. Er hatte eigentlich einen guten Ruf. Galt als fair und umgänglich. Sehr professionell. In seiner Abteilung mochten ihn offensichtlich alle.

Aber er war auch irgendwie unwirklich. Seine Anzüge saßen ziemlich gut, obwohl er keine Idealfigur hatte. Er trug im Winter immer elegante Mäntel und schöne Schals. Seine Schuhe wirkten teuer, obwohl sie robust waren. Eigentlich interessierte so was Merten nicht, und er hatte auch keine Ahnung davon, aber bei Grewe fiel es ihm trotzdem auf. Er wirkte wie ein Filmbulle, vielleicht war es das. Aber gleichzeitig war er auch irgendwie ungelenk und altmodisch.

Claus-Peter Wolf und Bernie Glaubke, die mochten ihn sehr und standen auf vertrautem Fuß mit ihm.

Falsch, Bernie nicht mehr.

Das war es vielleicht: Sie waren Väter. Richtige Familienväter. Männer. Sie trugen Verantwortung, ihre Frauen – starke, selbständige und geduldige Frauen – schmissen zu Hause den Laden, und die Männer gingen auf die Straße und jagten die Bösen.

Merten würde nie so sein. Nicht wenn er mit Svenja zusammenblieb. Und wenn er sie verließ, sie und das Kind, dann könnte er zwar ein richtiger Bulle sein, aber er würde trotzdem nicht so sein wie Grewe und die anderen, weil er seine Familie verlassen hatte.

»Geht's Ihnen nicht gut?« Der Mordchef sah Merten besorgt an.

Mertens Gesicht verkrampfte sich, und dann übergab er sich auf Grewes Hose.

In einem Zimmer in Köln saß ein Mann auf einem Bett und starrte aus dem Fenster. Sein Gesicht war hart, wie aus Holz geschnitzt. Kurzes Haar, eisgrau, obwohl er nicht alt wirkte. Sein Körper hatte eine sichtbare Spannung und Kraft. Er war hager, zäh. Er telefonierte.

»Es ist jetzt, wie es ist. Nicht zu ändern. Bleibt, wo ihr seid, ich komme in den nächsten Tagen nach. Verhaltet euch einfach ruhig. Er soll einfach cool bleiben, sag ihm das. Du machst das gut. Ja. Ja. Bis dann.« Er legte auf. Schloss die Augen. Atmete ein. Konzentrierte sich. Sie waren eben jung. Hatten keinen anderen Weg gesehen. Nicht zu ändern. Und was man nicht ändern konnte, musste man akzeptieren. Auch wenn das Vorhaben dadurch nicht einfacher wurde. Er öffnete langsam die Augen wieder. Atmete lautlos aus.

5

Grewe schloss vorsichtig auf. Es war dunkel in der Diele, alle schliefen.

Fast alle.

»Oskar«, flüsterte Grewe dem aufgeregten Hund zu, »ja, du bist ja ein ganz Feiner, ein so Feiner.« Im Licht des Treppenhauses sah Grewe das Wedeln, während Oskars riesige, ein wenig raue Zunge seine Hände vollsabberte.

Grewe schob Oskar Zentimeter für Zentimeter zurück in die gemütliche Maisonettewohnung, damit er die Tür schließen konnte. Dann hatte Oskars Nase etwas viel Interessanteres als Grewes Hände entdeckt.

Er stürzte sich auf Grewes Hose, genau da, wo der junge Kollege seine letzte Mahlzeit hinterlassen hatte.

»Nein, Oskar, Schluss jetzt.« Grewe drückte immer wieder Oskars Kopf weg. Es half nichts, Oskar wollte um jeden Preis das großartige Leckerli von Herrchens Hose schlabbern.

Also zog Grewe so schnell wie möglich die Hose aus, knüllte sie in der Küche in eine Tüte und warf das zusammengewickelte Bündel in den Wäschekorb im Bad.

Mit einer Flasche Bier schlich sich Grewe ins Wohnzimmer, legte sich eine Decke über die nackten Beine und ließ sich aufs Sofa sinken, Oskar zu seinen Füßen.

Leise hörte er den nächtlichen Verkehr hinter den Doppelglasfenstern. Gegenüber war in ein paar Fenstern noch Licht, aber Grewe hatte über die vielen Jahre jede Neugier und jede Scheu vorm Beobachtetwerden verloren. Es gehörte zum Leben in der Stadt, und er fand es oft tröstlich, dass es überall um ihn herum lebte. Jeder in seiner Welt.

In Bernie Glaubkes schönem Haus am Stadtrand und auf dem kleinen Bauernhof von Kims Familie in Thüringen war die Welt heute in tausend blutige Splitter zerfallen. Sie würde nie wieder heil werden.

Grewe trank einen Schluck. Oskar schnarchte laut.

Der Wasserkessel. Der Timer. Die zerrissene Hose. Dauernd passierte so was. Man schlug die Tür zu und ging grußlos.

Und eine Stunde später lag man tot auf der Straße, und die zugeschlagene Tür und das Gebrüll waren die letzte Erinnerung.

Grewes Blick wanderte über die vielen Fotos an der Wand. Klara. Robert. Lotta. Tausendfach. Im Kinderwagen. Auf dem Spielplatz. Kita. Grundschule. Geburtstag. Urlaub. Gymnasium. Einfach so irgendwo. Dazwischen ein paarmal Oskar. Klein und süß. Groß und süß. Groß und dreckig. Im Schnee. Zweimal Grewe. Keinmal Stina. Wie auch? Stina machte immer die Fotos. Sie kaufte oder bastelte Rahmen, sie hängte die Bilder auf. Rahmte die Kinderzeichnungen.

Von Stina kam alles, was an Grewes Leben schön war.

»Du weinst ja.«

Stina war im Schlafanzug ins Wohnzimmer gekommen, Grewe hatte sie nicht gehört.

»Rutsch mal.«

»O Gott nein, ich stinke.«

Stina lachte dunkel und kuschelte sich neben ihren Mann. Eine ganze Weile saßen sie nur so da. Ab und zu trank Grewe einen Schluck Bier. Oskars Pfoten zuckten, im Schlaf jagte er Schafe oder Hasen. Oder große Säcke mit Trockenfutter.

»Sabine hat mich angerufen.« Die Frau von Claus-Peter Wolf.

»Sie war bei Evelyn. Ihre Schwester ist noch da, und die Kinder sind auch gekommen.«

Grewe nickte nur. Stina streichelte sanft seinen Bauch.

»Wie ist das mit der Familie von Kim?«

Grewe blies die Luft aus.

»Therese hat Kollegen von dort informiert. Die gehen dann hin. Mit Kriseninterventionsteam. Oder Pfarrer.«

Stina machte ein schmerzvolles Gesicht.

»Wie sagt man so was?«

Grewe schüttelte den Kopf.

»Ich weiß es nicht. Es ist immer falsch.«

Stina fröstelte. Grewe wickelte die Decke um sich und seine Frau, drückte sie an sich, roch an ihrem Haar. Ihr Kopf in seiner Halsbeuge, ihre Arme um seine breiten Hüften geschlungen. Grewe schloss die Augen.

»Lass nie wieder zu, dass ich so aus dem Haus gehe. Du darfst mich sogar schlagen.«

Merten hatte geduscht, sich die Zähne geputzt, aus dem Fenster gestarrt. Und vor allem der Wohnung, in der eigentlich Svenjas und sein Leben stattfinden sollte, den Rücken zugewandt.

Er sah nichts vor sich, außer dem nächsten Tag, der ja kommen musste. Jürgen hatte den Schichtplan geändert, Merten würde erst morgen Vormittag wieder in der Leitstelle sitzen müssen.

Sein Magen meldete sich wieder dienstfähig, er hatte plötzlich Hunger. Aber nicht auf Vollkornbrot und fettarme Wurst oder Lightkäse und Margarine. Was Svenja so für gute Ernährung hielt.

Es war vor Mitternacht. Spießi's Ein Euro Imbiss hatte noch auf. Svenja hasste es, wenn er von dort kam.

»Bääh, du stinkst nach Bratfett.«

Merten hatte noch fünf Euro einstecken. Doppelt Currywurst mit Pommes rot-weiß und ein Bier, vier siebzig. Dreißig Cent Trinkgeld. Perfekt.

Er bog in die Querstraße, nur einen halben Block von zu Hause. Noch fünfzig, sechzig Meter bis zum Langemarkplatz.

Er sah sie sofort.

Sie war fast so groß wie er, sportlich. Ihre Jeans saß eng, sie trug eine kurze Jacke. Dunkle Haare. Sogar aus der Entfernung sah man, dass sie Kraft hatte, körperlich und mental. Sie war wie auf dem Sprung. Als könnte sie aus dem Stand einen Roundkick losschießen, ohne dabei einen einzigen Pommes aus der Pappschachtel zu verlieren.

Im Näherkommen sah er ihr Gesicht. Sie drehte sich zur Straßenlaterne neben dem Imbiss, durchsuchte ihren Geldbeutel.

Hübsch. Großer Mund. Die Nase war sicher mal gebrochen gewesen, aber das machte sie noch interessanter.

Spießi stand ein bisschen genervt hinterm Tresen. Merten war nicht oft genug hier, um von Spießi als Stammgast betrachtet zu werden, aber der Grillmeister ließ zumindest immer erkennen, dass er Mertens Nase nicht zum ersten Mal sah.

»Grüß dich.«

»Grüß dich, Spießi.«

Merten sah die Frau an. Drauf geschissen, heute kam es auf einen Kick in seine Eier auch nicht mehr an.

»Kann ich dir helfen?«

Ihr Kopf schoss herum. Mann, hatte die Dampf.

»Wohow!« Merten hob beide Hände. »Langsam. Ist nur 'ne Frage. Kein blöder Spruch.«

Spießi lachte.

»Der Herr ist Polizist. Da müssen Se sich nix denken.«

Sie sah ihn interessiert an.

»Bulle? Echt?« Die Stimme. Sie kam ihm so vertraut vor, so nah. Dieser Tag war voller Unglaublichkeiten. Grausamen und schönen.

Merten nickte, Spießis Gequatsche ließ ihm keine Wahl.

Sie lächelte, ihr linkes Auge bekam einen nervösen Tick.

»Ist total blöd, aber mir fehlen tatsächlich zwei Euro fünfzig.« Sie zeigte auf eine vollgepackte Tüte.

Merten nahm den Fünfer und gab ihn Spießi.

Der kramte nach Wechselgeld.

Ihre harten blauen Augen bekamen einen matten Glanz.

»Danke. Ist ja supernett.«

»Die Polizei, dein Freund und Helfer.«

»Ja, stimmt.« Sie lächelte schief. »Wie soll ich das ... na ja, weißt schon.«

Merten schaltete die Welt aus. Er schob mit Macht sein ganzes Leben, seine Ängste und seine Zukunft auf die Seite, schnappte sich eine Serviette und zog einen Kuli aus der Jacke.

»Ruf an, wenn du Bock hast.«

Sie nahm die Serviette, las die Nummer noch mal vor. Merten nickte.

Sie griff sich die Tüte und wollte losgehen. Aber plötzlich beugte sie sich vor und gab Merten einen Kuss. Ihre Lippen waren weich und schmeckten nach Pfefferminzkaugummi. Merten schloss die Augen. Für einen Sekundenbruchteil spürte er ihre Zungenspitze, es rauschte in seinen Ohren. Das Nächste, was er hörte, waren schnelle Tritte auf Asphalt.

Spießi lachte glucksend.

»Na, du bist mir ja en Ordnungshüter. Willste noch was?«

Merten guckte auf die Preisliste.

»Rostwurst. Mit Senf.«

Der Tag hatte also doch noch was Gutes gehabt.

»Ich möchte Ihnen zuerst sagen, dass wir alle Vorstellungs- und Verabschiedungsrituale hintanstellen.«

Die Beamten der Kriminalpolizeiinspektion waren vollzählig im Konferenzraum versammelt. Steffen Kindler trug einen perfekt sitzenden dunkelblauen Anzug, ein hellgraues Hemd und eine schmale, bordeauxrote Krawatte. Mittelgroß, sehr schlank, kurze, leicht graumelierte Haare, modische Koteletten. Gesunde Bräune und männliche Lachfalten, graublaue Augen.

Grewe war erstaunt, dass er all das wahrnahm. Es interessierte ihn sonst außerhalb ermittlungstechnischer Erfordernisse überhaupt nicht, was andere Männer anhatten oder wie sie aussahen.

Er beobachtete Kindler, taxierte ihn. Wieso?

Weil er der neue Chef war? Weil Grewe nicht der Chef geworden war? Weil er ihm misstraute?

»Kollegen durch Gewalt zu verlieren, das gehört zu den härtesten Schlägen, die man in unserem Beruf erleiden kann. Diese Täter dingfest zu machen, ist unser Job. Aber es ist auch eine Chance, mit dem Verlust fertigzuwerden. Den Hinterbliebenen ein wenig von ihrem Schmerz zu nehmen.«

Grewe sah sich unauffällig um. Die Kollegen hörten aufmerksam zu. Kindler machte das gut, keine Frage. Grewe wäre es ähnlich angegangen.

»Ich sage es mal klar und deutlich, wir sind hier unter uns. Wir wollen jeden Täter kriegen, aber diesen oder diese wollen wir so sehr kriegen wie kaum je andere. Das ist ja wohl klar.«

Es entstand Bewegung. Räuspern, Zustimmung, aber konzentriert und leise. Ja, Kindler war sehr gut, dachte Grewe. Aber gut reden war nur das eine.

»Und ich weiß, dass jeder von Ihnen jetzt nichts anderes möchte, als an dieser Ermittlung zu arbeiten, das ist auch völlig verständlich.«

Kindler ließ den Blick über die Gesichter schweifen und nickte dazu langsam.

»Aber, und das sind wir unserem Berufsethos schuldig, wir werden diese Ermittlung nicht anders behandeln als jede andere auch. Weil wir jede Ermittlung in einer Todessache mit aller professionellen Hartnäckigkeit und mit allen Mitteln führen, die wir zur Verfügung haben. Und das bedeutet, einerseits alle Kräfte einzusetzen, die nicht anderweitig fest gebunden sind, und andererseits aber auch, keine Arbeit liegen zu lassen, die trotz allem auch getan werden muss.«

Er nickte zur Bestätigung, dann blickte er freundlich zu Kertsch.

»Ihr Chef, und das wird er sicher noch eine Weile für Sie bleiben, da mache ich mir keine Illusionen«, er lächelte leicht, »hatte ohnehin zugesagt, mir in der Übergangszeit zur Seite zu stehen. Dafür bin ich ihm jetzt umso dankbarer.

Auch wenn die Amtsgeschäfte als Leiter der Kriminalinspektion mit dem heutigen Tag vollumfänglich in meiner Verantwortung liegen, so wird Herr Kertsch mit seiner gesamten Erfahrung als Polizist und vor allem als Ihr Chef«, seine Hand beschrieb einen Bogen über die Anwesenden, »in den nächsten Tagen von unschätzbarem Wert für die Arbeit und Ihr und mein Zusammenwachsen sein. Wenn wir die Mörder unserer Kollegen gefasst haben, erst dann nehmen wir uns die Zeit für Ansprachen. Lassen Sie mich zum Abschluss, also bevor ich das Wort an Herrn Grewe als Leiter der SoKo ›Straßenrand‹ übergebe, lassen Sie mich Ihnen einfach mein Beileid ausdrücken für den Verlust und gleichzeitig die Hoffnung, dass diese so schwere, aber wichtige erste gemeinsame Arbeit uns gut miteinander starten lässt. Vielen Dank. Herr Grewe, bitte.«

Grewe kramte in seinem Jackett nach einem Zettel.

»Ich gebe jetzt erst mal die vorläufige Zusammensetzung der

SoKo bekannt, die übrigen Kollegen verfügen dann über ihre Zeit, wie sie müssen oder wollen.«

Kaum einer ging. Sie wollten wissen, was Sache war.

»Klopf, klopf«, Therese stand in der Tür des Büros.

»Komm rein«, Grewe lächelte, »ist ja schließlich auch dein Büro.«

Sie schloss die Tür, hängte ihre Jacke auf.

»Wie läuft es?«

Therese lächelte traurig.

»Ach Gott. Das ist doch jetzt gerade wirklich egal.«

Grewe schüttelte den Kopf.

»Nein, mir ist das nie egal.«

Therese nahm sich Kaffee aus der Thermoskanne, stellte die Tasse auf ihren Schreibtisch und ließ sich in den Bürostuhl fallen.

»Ach, du.«

Grewe spürte einen Stich und sah ihr in die Augen.

»Nein, du.«

Therese schüttelte den Kopf und lächelte. Grewe vermisste ihre langen Locken. Obwohl ihr der kurze Schnitt auch gut stand, erinnerte er ihn immer daran, dass sie seit einer versuchten Vergewaltigung vor etwas mehr als einem Jahr in ihrer früher so lässigen Weiblichkeit tief erschüttert war.

»Anstatt zur Therapie zu rennen, sollte ich dich Stina ausspannen. Du Bär.«

Sich auf den Boden knien und alle heruntergefallenen Teile von Thereses Leben zusammensuchen. Sie ihr reichen, damit sie sie an ihren alten Platz zurücklegen kann.

Vielleicht hätte ihr die Verantwortung als Leiterin genau jetzt gar nicht gutgetan. Sie gezwungen, einfach so zu tun, als wäre sie in Ordnung, und dann wäre sie irgendwann zu Asche zerstoben.

Rede es dir nicht schön, Grewe.

»Wie geht es Heiko?«

Therese lachte glockenhell.

»Gut pariert, mein Großer.«

Grewe schaute sie an. Stille. Dann weinte Therese, und es war, als wäre Grewes Herz in Eis gefallen.

Sie hielten sich lange im Arm. Schwiegen. Irgendwann löste sich Therese aus der Umarmung, zupfte ein Tempo aus der Tasche und schnaubte es donnernd voll.

»Es tut mi neid, ausgerechded du«, lachte sie mit einem kleinen Schluchzen, schnäuzte sich noch mal, »meine Therapeutin lobt dich immer. Du fändest so gute Sätze.«

»Ich? Ich kriege doch kaum den Mund auf.«

»Falsch. Du hältst ihn, wenn du nix zu sagen hast. Das ist nicht dasselbe.«

Sie nahmen wieder gegenüber Platz.

»Ich erzähl dir einfach, was es Neues gibt, okay?«

Therese nickte.

»Es ist leider nicht wirklich viel.« Grewe kramte ein Ingwerbonbon aus der Dose vor sich und hielt sie dann Therese hin. »Der Ringalarm hat gestern schnell gestanden, zwanzig Kilometer Radius. Wir haben bevorzugt nach grünen Skoda-Kombis mit zwei Insassen gesucht, und es war nicht einer dabei, auf den alles zugetroffen hat. Wir wissen ja noch nicht mal, ob das überhaupt die Täter waren, es war die letzte Meldung, die Wolf an die beiden gegeben hat, danach kam nur noch der Anruf an die Leitstelle, dass sie auf der Straße liegen.«

»Irgendwas zu der Anruferin?«

Grewe zuckte mit den Schultern.

»Die Aufnahme ist bei der KTU, die veranlassen eine Stimm- und Sprachanalyse. Ich habe die Frau gehört. Meiner Ansicht nach eher jung, aber es war ein Handyanruf, keine sehr gute Qualität. Ich habe auch keine Mundart herausgehört, aber da gibt es ja Spezialisten. Sie hat mit einem Mann gesprochen, also mindestens zwei Leute. Was auffällt, ist ihr sehr kontrolliertes Melden, professionell. Als wären ihr Meldeschemata bekannt und auch unter Stress für sie gut einzuhalten. Die Wortwahl war sehr präzise, sie war genau orientiert über die Straßennummerierung und hat die Entfernungen sehr exakt eingeschätzt. Sie klang irgendwie nach Behörde, Rettungsdienst oder Militär. Verstehst du, wie ich das meine?«

»Klar. Völlig. Stellt sich die Frage, warum bleibt so jemand nicht dabei und hilft? Oder wartet zumindest, bis Hilfe kommt.«

»Genau. Wer so meldet, der ist ziemlich sicher in der Lage, Erste Hilfe zu leisten. Sie war nicht nervös oder unsicher, sondern sehr bestimmt zu dem Kollegen in der Leitstelle, der viel mitgenommener von der Sache war. Na ja, kein Wunder. Das sind entweder die einzigen Zeugen, die wir haben, oder die Täter. So oder so müssen wir alles daransetzen, sie zu finden.«

»Sonst was?«

Grewe schaute auf seinen Zettel von vorhin.

»Gerd und seine Leute haben das Areal um- und umgegraben, alles abgesperrt und sind jetzt schon wieder dort. Sie haben nichts. Gar nichts. Nur die Hülse aus Kims Waffe. Ob sie an den beiden etwas finden, muss man abwarten. Lyske wird sie heute noch obduzieren. Gerd hat gestern sogar schon mal anhand des vermuteten Kalibers rumgerechnet, wie weit das Geschoss, das Kim getötet hat, noch geflogen sein kann, und will nach Eingrenzung des Schusswinkels heute gezielt nach Resten suchen, aber er hat nicht viel Hoffnung.«

Er legte den Zettel wieder zurück.

»Das war's im Wesentlichen bisher.«

Therese sah aus dem Fenster.

»Die sind irgendwo da draußen. Essen. Trinken. Schlafen. Tun alles, damit wir sie nicht kriegen.«

»Aber wir kriegen sie.«

»Ja, wir kriegen sie. Aber das ist nicht der Punkt.«

»Was dann?«

Therese flüsterte fast.

»Wie können die glauben, sie hätten das Recht zu entkommen?«

6

Er joggte am Flussufer.

Weit ausgreifende, ruhige Tritte. Seine Brust hob und senkte sich nur wenig, fast beiläufig. Und das, obwohl er ein hohes Tempo lief.

Er war immer gelaufen, sein ganzes Leben lang, schon als kleiner Junge. Damals lief er meistens davon. Seinem Vater, der den Krieg und vor allem alles, was danach war, nicht aus sich herausbekam. Der Schule. Dem engen Dorf.

Irgendwann war er stehen geblieben, um zu kämpfen. Und lernte schnell. Er war ein geborener Kämpfer, das war gut und gefährlich zugleich. Gut, weil er dadurch stark war und keine Angst kannte. Gefährlich, weil er süchtig nach dem Kampf wurde. Er suchte ihn immer und überall. Und er liebte das Siegen. Nein, er liebte es, den anderen verlieren zu sehen. Am Boden.

Eine Weile hatte er versucht, den Krieger in sich auszumerzen, aber das Schicksal hatte es nicht zugelassen.

Heute, so viele Jahre später, hatte er längst Frieden geschlossen mit dem Krieg. Er war seine Natur, sein Wesen. Er war ruhig im Kampf, ruhig, wenn er sich vorbereitete. Nur absolut kontrollierte Hitze, zweckgerichtet. Gerade genug, um zu siegen. Um zu töten.

Er trug einen Sack aus Canvas und eine längliche Tasche aus demselben Material auf dem Rücken. Im Rhythmus seiner Schritte schwang beides hin und her.

Noch etwa einen halben Kilometer, dann müsste er den Fluss verlassen, in Richtung City weiterlaufen. Die Militärringstraße entlang, anschließend quer durch den Park, dann hatte er das Dojo erreicht.

Eine Schulsporthalle eigentlich, aber jeder Raum, in dem Menschen ernsthaft Budo betrieben, wurde zum Dojo. Ihm gefiel der Dojo-Gedanke sehr. Er hatte kein Zuhause, keine Identität, keine Familie, keine Freunde. Er besaß wenig mehr als seine Kleidung und sein Gepäck. Geld war Mittel zum Zweck, sonst nichts. Er hatte nur seinen Geist, seinen Körper und den Kampf, den er führte. Alles, was ihn ausmachte, ging an jeden Ort mit, den er betrat.

Und so war auch ein Dojo. Es wurde, was es war, allein durch den Geist und das Verhalten der Menschen, die im Dojo lernten.

Wenn sie gegangen waren, war das Dojo nur noch ein Raum.

Er betrat die Umkleide. Grüßte, wurde zurückgegrüßt. Er war nur Gast, zahlte bar für jedes Training. Er kam her, wenn er in der Stadt war, und dann oft monatelang nicht mehr. Er war viel unterwegs, meist in Gegenden, in denen es kein Dojo gab. Aber es gab keinen Tag ohne Übung für ihn. Er betrieb auch andere Kampfsportarten, Krav Maga, aus Israel, sehr effektiv, und Mixed Martial Arts. Er machte sogar Yoga, zur allgemeinen Kräftigung und zur Erhaltung der Beweglichkeit, er war schließlich schon über fünfzig. Kendo war als Technik nicht relevant für seine Arbeit. Aber er brauchte es zur Reinigung. Er tat es nicht für seinen Job, er tat es für sich.

Beim Training musste man nicht sprechen, alles war ritualisiert, nur der Sensei sprach, leitete das Training. Ansonsten konnte man vollkommen schweigend durch einen Abend kommen, wenn man wollte.

Er zog die Laufsachen aus, öffnete den runden Sack, entnahm als Erstes das Fundoshi, den traditionellen japanischen Lendenschurz.

Sein Körper zog Blicke an, bei den ersten Malen. Er war schmal, aber mit gemeißelten Muskeln. Sehnen, Haut, Fleisch. Kein Fett. Er hatte Narben. Von Stichen, von Schüssen, von Schrapnellen. Seine Unterschenkel waren beide schon gebrochen gewesen. Ein Unfall beim Fallschirmspringen, das andere Mal wollte man ihn zum Reden bringen.

Ein Arzt, der hier trainierte, hatte mal versucht, ihn über die Narben auszufragen, er konnte sich natürlich präziser deren Ursachen erklären als andere.

Er hatte ihm erzählt, er sei in der Fremdenlegion gewesen als junger Mann, aber spreche nicht gerne darüber. Und dazu ein bisschen traumatisiert aus der Wäsche geschaut. Das hatte gereicht. Und es war noch nicht mal wirklich gelogen. Nur traumatisiert hatte ihn die Zeit in der Legion überhaupt nicht. Es war erstens bloß ein mehrwöchiger Lehrgang in Guyana gewesen, und zweitens hatte er sich ein Jahr lang darum bemüht, diesen Lehrgang besuchen zu dürfen. In diesem Leben, in dem er noch um Erlaubnis gefragt hatte, obwohl er schon längst ein Killer geworden war.

Das Ritual des Fundoshi-Bindens mochte er. Es war ein guter Übergang, zuerst ganz nackt zu sein. Dann legte er sich ein Ende des langen Tuchs über die Schulter und begann, es um seine Scham und seine Hüften zu binden. Er verdrehte Enden, schlang sie umeinander und ineinander. Währenddessen begann er, in die Gestalt des Kendoka zu schlüpfen.

Fundoshi trug so gut wie niemand in Europa. Er fand eine westliche Unterhose unpassend beim Kendo, außerdem blieb damit immer ein äußeres Zeichen des Lebens außerhalb des Dojos am Körper und behinderte die Transformation. Nach dem Fundoshi folgte der Keiko-Gi, die schwere blaue Jacke, dann der Hakama, die gefältelte, sehr weite schwarze Reiterhose.

Er spürte, dass es ihm heute nicht so leichtfiel, das Draußen abzustreifen. Er dachte immer wieder an das Telefonat. Und was der Tod der beiden Polizisten für die Operation bedeuten würde.

Natürlich war es vollkommen überflüssig gewesen, eine Panikreaktion. Wenn man relativ neu war in dieser Welt, die er schon so lange bewohnte, dann konnte so etwas passieren. Er hatte ihr keinen Vorwurf gemacht. Dafür gab es keinen Grund, denn es war die Panik des Jungen gewesen, die dazu geführt hatte. Sie war gut, aber noch nicht Führerin genug, den Jungen einfach in die Schranken zu weisen. Und sie war in Zweifel geraten. Aber die Ausführung, so wie sie sie geschildert hatte, war in Ordnung gewesen. Schnell, konsequent und sehr wahrscheinlich ohne Zeugen.

Auf den Jungen musste er ein Auge haben. Er war in vieler Hinsicht fähig und seine Emotionalität manchmal sogar eine Stärke; sie ließ ihn glauben. Aber auf lange Sicht brachten Kälte, Unbeeindruckbarkeit, Logik einen in dieser Arbeit weiter.

Er war jetzt fertig angezogen, nahm den Sack mit der Rüstung und die Tasche mit den Shinais, betrat das Dojo. Zum Vormittagstraining kamen nur sehr wenige Kendoka, ein Grund, warum er es bevorzugte.

Er verbeugte sich, legte seine Sachen ab. Dann nahm er ein Shinai, begab sich in einen Winkel des Dojo und begann mit den Suburi. Dreißig Jogeburi, ganz gerade, nicht zu schnell, er achtete sehr auf die Ausführung. Danach fünfzig Nanameburi, flüssiger, lockerer.

Dann ging er wieder ins Chodano-Kamae, atmete, die Spitze des Shinai auf den imaginären Gegner gerichtet.

Er fasste den Entschluss und führte unmittelbar das Bambusschwert in perfekt gerader Linie über den Kopf, brachte seinen Körper mit einem fließenden, gleitenden Okuri-ashi nach vorn. Diese Bewegung nahm das Shinai mit, und der Schlag auf das Men, den Kopf, sollte ohne bewusste Kraftanstrengung, nur durch das

Fließen der harmonischen Bewegung seine tödliche Energie erhalten. Und der Atem stieß unmittelbar vor dem Treffer, aber noch in seine Energie hinein, »Men« aus. Einhundertmal.

Nach und nach betraten ein paar Kendoka das Dojo, aber niemand quasselte, alle achteten seine Übung und umgingen ihn so, dass er sich entfalten konnte.

Jetzt kam die Ruhe wieder, endlich.

Noch zweihundert gesprungene Haya-suburi – Ichi. Ni. San. Chi. Go. Roku –, dann war er bereit zu üben.

Sie hatte die Arme hinter dem Kopf verschränkt, schaute zur Decke des Hotelzimmers. Es gab im Augenblick nichts, was sie tun konnten. Ihr Ziel würde sich vorerst nicht wegbewegen. Ihr Wagen würde abgeholt und ein neuer gebracht werden, dann war diese Gefahrenquelle auch ausgeschaltet. Der Fahndungsring stand sicher nicht mehr, und gegen Abend würde die Aufmerksamkeit der Polizei auch abnehmen. Die würden es drangeben. Es war nicht wahrscheinlich, dass sie überhaupt eine taugliche Beschreibung des Kfz hatten, konnten sie eigentlich nicht wirklich. Aber sicher war sicher.

Der kleine Bulle.

Immer wieder nahm sie den Zettel in die Hand und las die Nummer. Süßer Typ. Total naiv bestimmt, aber süß. Wie ein Neandertaler würde der nicht auf ihr herumhämmern. Sie kicherte. Nein, das war das Metier ihres Superpartners. Der hatte eine kostengünstige Muckibude gefunden und reagierte sich jetzt an den Geräten ab.

»Noch ’n bisschen Sauna. Können ja später was picken gehen.« Tasche auf die Schulter, Kaugummi und Tür zu.

Ja, ja. Er war so durchsichtig. Wollte in der Sauna seinen scharfen Body rumzeigen, und falls keine der Tussen dort auf ihn ansprang, würde sie sich überlegen müssen, ob sie sich heute schon wieder von ihm quer durchs Zimmer vögeln lassen wollte. Er war nicht gemacht fürs Warten, das wusste sie schon lange. Keine Nerven, dafür nervte er. Sie lachte.

Der Bulle würde sie auf Dauer auch nerven, das war klar. Sie stand überhaupt nicht auf die Verständnisvollen, auch wenn es nicht gleich solche Arschlöcher wie der Neandertaler sein mussten. Aber gerade fand sie es ganz nett.

Vor allem aber konnte der Typ ihnen total nützlich sein. Ihr Vorhaben hier war langwierig und riskant. Durch die Toten war die Polizei nun sowieso im Spiel, und es könnte noch überlebenswichtig sein, eine interne Quelle bei denen zu haben.

Sie sah auf die Uhr. Vor acht würde sie vom Neandertaler nichts zu sehen kriegen. Jetzt war es Viertel nach zwei. Sie schnappte ihr Handy.

Mailbox. Mist.

»Hey, du. Ich bin's, die Hungrige ohne Geld von gestern Abend. Jetzt siehste ja meine Nummer. Ruf an, ich freu mich.«

Sie biss sich auf die Lippe, schaute in den Spiegel an der Garderobe.

Sie war sexy. Super durchtrainiert, das machte natürlich manchen Männern Angst. Definierte Muskeln, aber süße Titten, schöner Po. Sie verwuschelte ihr Haar und machte Schmollmündchen. Marilyn-Pose und Hu-du-starker-Mann-Blick, in Slip und Sport-BH.

Richtig blöd, dass er jetzt nicht drangegangen war. Sie hatte sich tatsächlich gefreut. Man musste gucken, dass bei dem Job der Spaß nicht zu kurz kam.

Ihr Handy. Sie schaute aufs Display. Strike.

Ihr Herz machte tatsächlich einen kleinen Hüpfer. So was aber auch…

Merten starrte auf sein Handy.

Das konnte doch nicht wahr sein. Sie hatte angerufen. Er hatte zurückgerufen. Sie waren verabredet. Um kurz nach acht, direkt nach Feierabend.

Er hatte fast den ganzen Vormittag geschlafen. Auf seiner Mailbox waren vier Nachrichten von Svenja gewesen. Und natürlich zwei von Svenjas Mutter.

Keine davon klang so, als könnte er einfach auftauchen und die Dinge wieder ins Lot bringen. Er war, ehrlich gesagt, noch nie gut darin gewesen, Dinge ins Lot zu bringen. Andererseits wusste er verdammt noch mal überhaupt nicht, was denn bitte *aus* dem Lot sein sollte zwischen ihm und Svenja. Er hatte sein Handy nicht in der Tasche gehabt, es war ein traumatischer Tag gewesen, er hatte wie in Trance und völlig übermüdet gearbeitet. Und?

Zwei Kollegen waren gestorben.

Bernie war tot.

Kim.

Kim war tot und hinterließ in Mertens Leben diesen einen Moment, in dem alles hätte anders werden sollen. Und die Nacht, die er durchgeweint hatte, weil ihm klar wurde, dass er dafür nicht den Mut hatte. Und der Schuss in Kims wunderschönen Hals hatte das unumkehrbar gemacht. Nichts davon würde je wieder zurückkommen. Für immer. Für immer. Für immer.

Und Svenja drehte durch, *weil er sein Handy nicht dabeihatte.* Sie hätte in der Dienststelle anrufen können. Sie hätte wissen müssen, dass schon längst jemand bei ihr gewesen wäre, wenn ihm etwas passiert wäre. Das war die Routine.

Sie wusste doch ganz genau, wo er arbeitete, dass ihn dort niemand erschoss. Man wurde auf der Straße erschossen. Oder im Bahnhofsviertel. Oder bei häuslichen Auseinandersetzungen. Bei Banküberfällen oder Geiselnahmen.

Und bei Verkehrskontrollen.

Aber doch nicht in der Scheißleitstelle mitten in der Scheißpolizeidirektion. Das wusste sie verdammt noch mal ganz genau.

Sie hatte doch eben deswegen keine Ruhe gegeben, bis er die Streife hatte sein lassen.

Es war heute total ruhig hier. Kaum Anrufe, nur der normale Funkverkehr. Gestern war es hier zugegangen wie in einem Katastrophenfilm. Heute war es wie an einem ganz normalen Tag. Sie hatten noch keine Bitte um Mithilfe der Bevölkerung rausgegeben. Damit warteten die Kripokollegen manchmal noch, weil wegen irgendetwas noch Unklarheit herrschte oder sie bestimmte Informationen noch zurückhalten wollten.

Die Ich-habe-da-was-gesehen-Tage waren immer furchtbar. Jeder Anruf konnte *der* Anruf sein. Jeder musste genau angehört werden. Wenn er nur einen Funken glaubwürdiger Information enthielt, musste er protokolliert werden. Eigentlich sollten die Leute gar nicht bei ihnen in der Leitstelle landen, sondern bei den im Aufruf angegebenen Nummern. Aber die ganzen Freaks, die eigentlich nichts zu sagen hatten, aber fanden, dass der Notruf für sie genau das Angemessene war, die wählten 110, um ihren Scheiß loszuwerden.

Aber eigentlich war Merten das alles gerade egal.

Außer dass Kim und Bernd tot waren, interessierte ihn nur seine Verabredung. Er konnte es nicht fassen. Vielleicht würde er diesmal alles ändern.

Die Frau war nicht Kim. Sie war auch ziemlich sicher nicht einfach. Aber sie war etwas Besonderes. Irgendwie … gefährlich.

O Gott, was dachte er da? Er war verlobt. Er wurde Vater. Vater.

Und Svenja war die Mutter. Das Kind wäre das nächste Lebewesen der Familie, das in Angst ersticken müsste.

Merten wurde übel. Nicht schon wieder, dachte er, das wird ja zum Hobby. Denk an was Schönes, an was Schönes.

Das Erste, was er sah, als er an was Schönes denken wollte, war Kim.

Fünf Minuten später übergab er sich ins Waschbecken.

Gerd Drossel sah aus dem Fenster. Er wirkte völlig übermüdet, was er vermutlich auch war. Grewe, Therese Svoboda und Staatsanwalt Blum standen bei ihm im kalten Flur der Rechtsmedizin.

Kim und Bernie waren abgeklebt worden, die Fingernägel geschnitten, Haarproben entnommen. Sie hatten ihre nackten, toten Körper fotografiert. Nahaufnahmen von den Ein- und Ausschüssen. Weitere Verletzungen gab es eigentlich nicht. Die Täter hatten die beiden erschossen, und dann waren Bernie und Kim einfach auf die Straße gesackt. Ende. Kim hatte noch fast fünfzig Minuten gelebt, aber nur zwei oder drei davon noch mitbekommen.

Während Drossel und ein Kollege ihre Arbeit machten, hatte Dr. Lyske seine Diagnose des äußeren Anscheins auf Band gesprochen. Dann hatte er die Leichen geöffnet.

Es hatte ihnen das Herz zerrissen.

Keiner war zum ersten Mal bei einer Sektion. Sie hatten hier schon geschundene Frauenkörper gesehen, tote Kinder, verweste Rentner, die nach einem demütig geführten Leben noch nicht mal von irgendjemand vermisst worden waren.

Es war immer schwer, das zu sehen. Aber bei Kim und Bernie war es, als sähen sie ihnen noch mal beim Sterben zu. Und fühlten, wie einsam sie gestorben waren auf der nassen Straße.

Jeder kannte ihre Stimmen, ihren Gang. Sie hatten hundertmal ihr Lachen gehört, vor allem das von Kim. Therese hatte Kim mal für ein paar Wochen bei sich wohnen lassen, als diese Ärger mit einem Vermieter hatte. Grewe hatte mit Bernie über dessen Eheprobleme gesprochen, sie waren manchmal zusammen joggen gewesen. Hatten unzählige Dienststunden miteinander verbracht.

Und dann zu sehen, wie Dr. Lyske und sein Helfer ihre Brustkörbe aufstemmten. Wie die Kreissäge Bernies Schädel aufschnitt, um die verdammte Kugel zu finden.

Sie drehten gemeinsam Kim auf die Seite, damit Dr. Lyske und Gerd Drossel sich den Schusskanal durch ihren Hals ansehen konnten. Therese hatte nicht aufhören können, Kims Arm zu streicheln, und dabei geweint.

Sie hatten weitergemacht, weil es ihre Aufgabe war. Weil sie wissen wollten.

Warum? Wer? Wie? Irgendetwas. Alles.

»Nichts.« Gerd Drossel schloss die Augen.

Sie schwiegen.

»Du hast die Kaliber bestimmt.« Grewe legte seine Hand auf Gerd Drossels Schulter. Drossels Mundwinkel zuckten.

»Du hast belegt, dass es zwei Waffen waren. Zwei Täter. Und wir haben gewisse Wahrscheinlichkeiten, was für Waffen es sein könnten. Ihr habt bewiesen, dass beide aus einem Auto heraus erschossen worden sind. Bernie vom Fahrer, Kim vom Beifahrer. Es ist eindeutig.«

Drossels Kopf nickte resigniert, und er streifte Grewes Hand von der Schulter, hielt sie noch einen Augenblick.

»Ja.«

Gerd Drossel ging. Und ließ zurück: alles, was er nicht wusste.

Es war ein Büro wie Millionen andere. In einem Gebäude, wie es nicht viele im Land gab. Riesig, flach, effektiv. Von hohen Mauern umgeben, gesichert mit Stacheldraht.

In dem Büro saß ein Mann. Er passte in dieses gesichtslose Büro; wenn man ihn auf der Straße sehen würde, würde man ihn gleich wieder vergessen. Das war wichtig in seinem Beruf. Gesichtslos sein.

Es klopfte an seine Tür.

»Ja.«

Fast lautlos schwang die Tür auf, ein weiterer unauffälliger Mann, deutlich jünger, betrat das Büro, schloss die Tür, setzte sich.

Der erste sah den zweiten fragend an.

»Wir hatten Kontakt. Sie sind in der Stadt.«

Der erste nickte. Erleichtert.

»Gut.«

Doch er sah etwas in den Augen des anderen. Er hob sein Kinn, die Augenbrauen.

»Sie… es ist etwas passiert.« Der andere wusste, dass es keinen Sinn hatte, es hinauszuzögern, aber etwas in ihm wollte es doch.

»Was denn?«

»Sie haben gestern früh zwei Polizisten erschossen. Verkehrskontrolle. Panik. Dachten wohl, es hätte mit dem Überfall zu tun.«

Der erste schloss kurz die Augen, stieß Luft aus. Dachte einen Moment nach.

»Hat man sie erwischt?«

Der zweite schüttelte den Kopf.

»Sie sind sicher.«

Der erste bekam das kurze Flackern seines Blicks schnell unter Kontrolle.

»Ist unser Team in der Nähe?«

»Ja.«

Der erste nickte. Mehrmals.

»Sollen sich absolut ruhig verhalten. Wir müssen abwarten.«

7

Sie hatte dem Neandertaler eine Nachricht hinterlassen, dass sie erst später wieder im Hotel sein würde. Er solle ohne sie essen.

Wahrscheinlich hatte er eh irgendeine Tussi im Fitnesscenter aufgerissen. Guck mal meinen harten Body. Guck mal, mein süßes böses Gesicht. Soll ich dir mal von meiner Arbeit erzählen, Babe? Nein, so blöd war er nicht. Er redete mit niemandem außerhalb über das, was er tat. Darüber würde keiner von ihnen je mit einem Fremden reden. Viele Familien wussten es noch nicht mal so richtig.

Sie hatte sich geduscht, geschminkt, sogar eine Kombi von Klamotten gefunden, die als »für dich schick gemacht« durchging. Dunkle, sehr enge Jeans, halbhohe Retro-Achtziger-Stiefel, Hose in die Stiefel gesteckt, ärmellose Bluse im Westernstil, darunter ein tief ausgeschnittenes weißes Top. Jeansjacke, fertig.

Sie sah immer wieder in Schaufenster auf dem Weg, checkte ihre Frisur, perfekt verwuschelt, ihre Figur war sowieso ein Kracher, kein Wunder bei ihrem üblichen Trainingspensum. Ihre großen Lippen dunkelrot, schwarzer Kajal.

Sie war genau die Sorte gefährlicher Braut, auf die die süßen Jungs immer total standen, aber die sie nie ansprachen. Der würde sein Glück nicht fassen können, ihr so nahe zu sein.

Und das machte sie an.

Kontrolle.

Dass sie den Neandertaler kontrollierte und der es noch nicht mal merkte, versüßte ihr jeden Arbeitstag mit ihm.

Dass sie den kleinen Bullen eigentlich süß fand und sich einiges mit ihm vorstellen konnte, das sie auch genießen würde – aber nie vergessen, dass sie ihn benutzte.

»Bad girl«, summte sie vor sich hin, »always on the run… looking for riot, 'cause riot is fun.«

Harte Songs schreiben und auf der Bühne stehen, davon hatte sie immer geträumt. Es war sehr anders gekommen.

Aber ehrlich gesagt, war es so viel geiler. Es war echt. Sie hatte keine Bad-Girl-Attitüde für eine Bühnenshow, sie *war* ein Bad Girl. Sie konnte einen Typen innerhalb von zwei Minuten zu Matsch prügeln. Sie hatte gelernt, so schnell und so gnadenlos zu kämpfen, dass die meisten Kerle noch überrascht gucken würden, wenn sie ihnen schon ihre Nase und mindestens drei Rippen gebrochen hätte. Sie konnte schnell laufen und lange. Keiner würde sie je kriegen.

Und wenn doch, dann würde er sich sehr schnell wünschen, er wäre langsamer gelaufen.

Karten. Fotos. Luftaufnahmen. Flipcharts. Diagramme.

Sie hatten innerhalb von nicht mal zwei Tagen Tonnen von Material zusammengetragen. Doch sie konnten im Grunde nichts herauslesen, als dass die Täter verschwunden waren.

Sie konnten von der Autobahn gekommen sein, aber auch aus dem benachbarten Landkreis. Sie konnten noch in der Stadt sein oder schon wieder weiter.

Wenn sie in dem grünen Skoda-Kombi gesessen hatten, dann gab es gewisse Chancen, dass sie noch im Stadtgebiet waren, denn den Fahndungsring konnten sie in einem solchen Fahrzeug nicht durchbrochen haben.

Aber was dann? Was würden sie tun?

Das Fahrzeug loswerden. Ein neues besorgen. Jeder grüne

Skoda-Kombi, der irgendwo herumstand, würde überprüft werden. Kein Kfz-Diebstahl in den letzten vierundzwanzig Stunden. Die Autovermietungen waren alle kontaktiert worden und checkten, ob zwei in irgendeiner Weise auffällige Kunden aufgekreuzt waren. (Seit wann benahmen sich Mörder dankenswerterweise auffällig?)

Nichts.

»Sie können also schon längst wieder auf und davon sein«, schloss Grewe seine Ausführungen.

Sie schwiegen. Therese. Gerd Drossel und seine Stellvertreterin Martina Stützel. Tony Estanza. Markus Fuchs. Claudi Pallaske. Fritz Burckhardt von der OK. Didi Noss mit Wetschinsky und Bogdan vom Dauerdienst. Joos und Stein. Claus-Peter Wolf, nach Bernies Tod jetzt dienstältester Beamter der Direktionshundertschaft. Seine Kollegen Laske, Theiß und Bär. Derksen, der MEK-Leiter. Kertsch.

Und Kindler.

Der Neue hatte aufmerksam allen Ausführungen zugehört, wenige, aber zielführende Zwischenfragen gestellt, und trotzdem fühlte sich Grewe unwohl mit ihm. Fühlte sich infrage gestellt, beurteilt, zu Auskunft verpflichtet, die er aber nur widerwillig zu geben bereit war. Als hätte Kindler kein Recht, ihn das zu fragen. Als würde Kindler bezweifeln, dass er alles tat, um den Mord an zwei Kollegen aufzuklären.

Was zur Hölle war mit ihm los?

»Irgendwelche Fragen bis hierher?«

Grewe schaute in die Runde.

Kleines Kopfschütteln, Blicke auf Notizen, Finger auf Mündern, Stifte, die in der Luft schwebten. Sie warteten.

»Wichtiger Punkt ist die Anruferin. Gerd hat die Aufnahmen ans LKA gegeben, dort wird eine Sprach- und Stimmanalyse vorgenommen, so schnell es geht. Die lokale Presse und der Rundfunk werden morgen einen Aufruf an die Zeugin oder eventuelle andere Zeugen bringen. Wir brauchen diese Frau und den Mann, der vermutlich bei ihr war. Allerdings besteht die Möglichkeit, dass die Anruferin auch die Täterin ist. Wie auch immer das zusammenhängen könnte. Es ist möglich.«

Grewe sah auf seine Uhr, die wie immer bei solchen Besprechungen auf dem Tisch lag.

»Ich denke, wir kommen dann auch bald zum Schluss.« Blick zu Kindler, der leicht nickte. Grewe band seine Uhr wieder um.

»Abschließend: Wir haben Gewissheit über die Kaliber der Tatwaffen. Bei Bernie war es eine 6.35 mm. Bei Kim wurde ein 7.65 mm benutzt. Wir haben keine Geschossteile, von daher wird es schwierig, die Waffen zu bestimmen. Aber bei Kleinkalibern, wie 6.35 mm kann man entweder von einem Laien mit Glückstreffer ausgehen oder einem trainierten Schützen, der sicher war, mit dieser kleinen Waffe aus einem nicht sehr günstigen Schusswinkel zu treffen. Da beide Täter beim ersten Schuss tödlich getroffen haben, tendiere ich dazu, von geübten Schützen auszugehen.«

Gerd Drossel nickte bestätigend.

»Was sagt uns das?« Grewe hob die Hand und zählte an den Fingern. »Sie können schießen, sie zögern auch nicht, es zu tun. Sie wollten nicht kontrolliert werden, um keinen Preis, aber sie haben die Nerven, möglicherweise Geschossteile einzusammeln und Bernies Dienstwaffe samt Ersatzmagazin mitzunehmen. Sie haben zwei Polizisten getötet, um etwas anderes zu verdecken. Was? Es muss sich um eine weitere Straftat handeln. Eine, die sie begangen haben, oder eine, die sie planen oder im Begriff waren zu begehen.«

Seine Hände schwebten in der Luft.

»Bin ich zu voreilig? Oder ist das eine gute Hypothese?«

Therese strich durch ihr kurzes Haar, als wäre es noch immer lang. »Wir haben nichts außer Hypothesen. Und diese klingt richtig und nach etwas, mit dem wir arbeiten können. Wir sollten das verfolgen, Grewe.«

Danke, dachte Grewe. Du weißt, dass wir etwas zu tun brauchen, sonst werden wir verrückt.

»Okay, Folgendes: Wir checken alle Meldungen aus dem Bundesgebiet und dem angrenzenden Ausland. Kapitalverbrechen, Kfz-Diebstähle, alle Mietautos, auf die die Beschreibung passt, wobei uns immer bewusst bleiben muss, dass der grüne Skoda möglicherweise nichts mit den Tätern zu tun hat. Vielleicht müssen wir nach dem auch öffentlich suchen, weil bloß harmlose Bürger darin saßen, die uns irgendetwas Wichtiges erzählen könnten, es aber jetzt noch gar nicht wissen. Tja.«

Grewe schaute wieder auf die Uhr.

»Es sind gut sechsunddreißig Stunden seit den Schüssen vergangen. Es wird nicht schnell gehen. Es wird schwierig werden. Sehr schwierig.«

Merten saß im Sozialklub Müller und trank ein kaltes Budweiser. Das Müller war ein für die Verhältnisse der Stadt schon fast overstylter Szeneladen. Sehr studentisches Publikum, viele Kreative. Definitiv keine Bullenkneipe. Und auch andere Freunde von Merten und Svenja würden sich hier eher nicht herumtreiben. Außerdem dürfte es so ziemlich der einzige Laden sein, der dem Karate-Girl nicht vom ersten Moment an peinlich spießig vorkommen würde. Merten hatte mit Svenja telefoniert, aber nur fünf Minuten. Danach hatte er noch eine Viertelstunde den Vorwürfen ihrer Mutter zugehört, sich klaglos eine vorläufige Kontaktsperre zu seiner eigenen Verlobten verpassen lassen und dann seltsam erleichtert aufgelegt. Er war ein Monster. Svenja war seit vier Jahren seine Freundin, er liebte sie, und sie brauchte ihn. Sie erwartete sein Kind. Er würde ein Familienvater sein und ein Polizist.

Falsch.

Er wusste nicht mehr, ob er sie liebte, und sie brauchte nicht ihn, sondern einfach einen, der da war und die Angst aus ihrem Leben raushielt, was eigentlich aussichtslos war. Sie erwartete sein Kind, das stimmte. Aber er würde dieses Kind nicht vor der alles fressenden Angst in Svenjas Familie schützen können, weil er Teil dieser Angst war, gleich, was er tat. Er würde kein Familienvater sein, sondern entweder der Typ, der das Geld verdiente und sonst nichts recht machte, oder der getrennt lebende Vater, der strikte Kontaktregeln zu seinem Kind einhalten musste. Ein Kind, das von Anfang an lernen würde, Angst vor ihm zu haben oder nicht an die Liebe seines Vaters zu glauben oder sie abzulehnen, weil Papa böse zu Mama gewesen war.

Er trank die Flasche leer und bestellte die nächste, die sofort vor ihm stand. Sein Magen war ruhig. Erstaunlich. Er hatte sogar Hunger. Merten studierte die Schiefertafel neben der Bar, auf der die Tagesgerichte standen.

»Hey, du.«

Er drehte sich um.

Sie.

Lachte mit diesem großen Mund. Hatte sein Bier in der Hand und trank einen großen Schluck. Hinterließ Lippenstift und ihren Geschmack auf der Flasche und hielt sie ihm direkt vor den Mund. Wild kisses …

Er nahm sie, lächelte blöde, weil man als Mann so eine Frau nur blöde anlächeln konnte, es sei denn, man war *ihr* Mann. Trank. Stellte die Flasche ab.

»Hey.« Lächelte immer noch blöde, gewöhnte sich daran. »Auch eins?« Nickte zum Bier.

Sie nahm die Flasche wieder, trank einen Schluck. Lachte. Fuhr ihm mit dem Finger leicht über die Lippen, zeigte ihm den Schaum auf dem Finger.

Rauschen. Stimmen.

Aber nichts schien sich zu rühren. Alles stand still.

»Wir haben doch eins.«

Ja. Sie hatten ein Bier. Das war alles, was Merten wollte. Sie. Er. Und ein Bier. Manchmal war alles ganz einfach.

Ein schwerer BMW rollte leise und langsam durchs Bahnhofsviertel. Autos dieser Klasse sah man hier selten. Er rollte an den Bars vorbei, den Peepshows. Die grellen Lichter des Eroscenters spiegelten sich in seinen dunklen Scheiben, flogen hindurch. Ein Stripclub. Auf den Bürgersteigen angetrunkene Männer und die Schlepper der Clubs. Dealer und Schläger, Händler von Träumen und Sehnsüchten und die mit dem Tod im Angebot. Der große dunkle Wagen fuhr unberührt an all dem vorbei, bog in eine etwas ruhigere Seitenstraße. Dort stand ein großer breitschultriger Mann, die Hand erhoben. Der Wagen hielt, der Mann öffnete die hintere Tür, beugte sich in den Fond und sagte ein paar knappe Sätze. Gab den Ausstieg ehrerbietig frei, und dann stieg ein kleiner, kräftiger, sehr elegant gekleideter Mann aus dem Wagen. Dunkles, glänzend schwarzes Haar. Polierte Schuhe.

Er schaute missbilligend auf den schmutzigen Bürgersteig, setzte seine Schuhe achtsam so, dass sie nur Asphalt berührten.

Eine Gruppe aufgedrehter Anzugträger auf Rotlichttour lärmte in Richtung Puffstraße. Der Große sah träge in ihre Richtung. Sie blieben sofort stehen.

Der Mann aus dem Wagen beachtete sie nicht, ging mit schnellen Schritten auf eine Tür zu, der Große winkte dem BMW loszufahren und eilte dann, seinem Boss die Tür zu öffnen. Wie Geister schlüpften die beiden Männer in das Haus, und die losgelassene Horde leitender Angestellter fragte sich, ob sie wirklich da gewesen waren.

Steak. Dicke Pommes. Original amerikanische BBQ-Sauce, eiskaltes Bud. Sie teilten sich wieder die Flasche. Sie hatten ein Ritual.

Sie biss in ihren riesigen Housemadeburger, redete, lachte, trank.

»Ist nicht zu fassen, dass du für eine Softwarebude arbeitest.«

»Wiesondas?« Ketchup und Mayo im Mundwinkel, ein Zwiebelring guckte noch aus dem Mund. Sie stopfte ihn mit dem Finger nach, wischte nachlässig die Saucen weg und leckte sie ab. Kaute. Grinste breit. Ihre dunklen Augen glänzende Kugeln.

Merten wollte ihr so nah sein, dass er sich in den Kugeln sehen konnte.

»Man denkt bei dir überhaupt nicht an einen Beruf. Außer so was wie, keine Ahnung, Sängerin. Oder Türsteherin. DJane. Cowgirl.« Merten hatte wild herumgestikuliert, bis er ihren Blick sah. »Was denn, ist doch so.«

Sie hielt mit Mühe ihren vollen Mund zu, so musste sie lachen. Ihre Schultern zuckten, sie kaute und gluckste. Schluckte. Schluckte wieder.

Merten sah die Bewegung in ihrem Hals, Licht und Schatten. Ihr Hals war wunderschön. Wie der von Kim.

Sie sah ihn strahlend an.

Kims Hals. Zerfetzt.

»Sorry.«

Merten stürzte zur Toilette.

Der Große ging seinem Boss voraus. Stieg die enge Treppe im dunklen Treppenhaus nach oben. Aus der Bar drang billiger Pop, es roch nach Trockeneisnebel, altem Schweiß und scharfen Reinigern. Oben klopfte der Große an eine schwere Tür und öffnete sie sofort. Sah in den Raum, drehte sich dann zu seinem Boss und nickte.

Der Große schloss die Tür hinter seinem Boss und stellte sich dann neben einen Mann, der sein Bruder hätte sein können. Tatsächlich waren sie Vettern. Stammten aus demselben Dorf in Erzerum.

Der Boss setzte sich auf den freien Sessel vor dem Schreibtisch, schlug die Beine übereinander und legte die Hände locker auf die Lehnen.

»Gut, hier bin ich.« Er sah den Mann hinter dem Schreibtisch kalt an. Ein Hüne. Muskelbepackt. Wikingerschnauzbart, lange Haare, zum Zopf geflochten. Enges Harley-Davidson-Shirt. Tattoos. Schräg hinter ihm ein Türstehertyp, auch in Bikerkluft, aber mit kurzen, schwarz glänzenden Haaren, orientalischen Zügen. Der Mann auf dem Sessel sah ihn gelangweilt an. Fragte ihn dann etwas offensichtlich Provozierendes auf Türkisch.

Der schwarzhaarige Rockertyp schnaubte. Gab eine fraglos ebenso provozierende Antwort.

Alle drei Besucher starrten den Türstehertyp an. Dem Rocker hinterm Schreibtisch wurde unwohl, weil er kein Wort verstand.

Plötzlich lachte der Boss, zeigte auf den türkischen Rocker, sah seine Bodyguards an, dann den Gastgeber.

»Dein Schläger hat Eier, Perschel. Gefällt mir. Ist eben ein Türke.«

Mike Perschel grinste, aber es sah nicht wirklich cool aus.

Der Besucher lehnte sich zurück.

»Also, Perschel. Warum lädst du mich in dein schäbiges Puff ein? Das ist nicht meine Klasse hier. Ich bin Odhan Celik, kein hergelaufener anatolischer Dorfgangster.«

Perschel ignorierte die Beleidigung. Daran hatte er sich gewöhnen müssen. Vor etwas über einem Jahr hatte er fünf Mann mit Handgranaten, Shotguns und Pistolen zu Odhan Celiks Haus geschickt. Sie hatten einen Leibwächter von Celik erschossen, selbst einen Mann verloren, vier waren verletzt worden, drei davon schwer. Die Bullen hatten Mike nichts nachweisen können, aber es waren Jungs von seinem Motorradclub, den »Skulls«. Der Club war noch in eine andere Scheißsache verwickelt gewesen. Da konnten sie ihm auch nichts anhängen, aber der ganze Ermittlungsdreck hatte Mikes Geschäfte so nachhaltig gestört, dass ihm am Ende nur noch sein legales Geschäft geblieben war. Das Hush-Hush. Ein Stripschuppen, den sich Mike früher nur wegen des Images, der verfügbaren Weiber und der easy Möglichkeiten, Geld zu waschen, gehalten hatte. Jetzt lebte er davon.

»Apropos einladen. Kann ich dir etwas anbieten?« Ohne eine Antwort abzuwarten, drückte Perschel auf einen Knopf.

Sofort rissen Celiks Männer schwere Pistolen aus ihren Holstern. Perschel hob beide Hände, sein Bodyguard blieb ruhig, was vernünftig war, denn seine Pistole hatten die Jungs von Celik sowieso längst einkassiert. O ja, Perschel war nicht mal Herr in seinem Puff. Nicht wenn er mit Odhan Celik über Geschäfte reden wollte.

»Ey, cool, Leute. Ich hab nur was zu trinken geordert. Ganz ruhig.«

Es klopfte. Perschel guckte fragend zu Celik. Der machte eine Kopfbewegung zu seinen Leuten, einer ging zur Tür.

Davor stand eine groß gewachsene, schlanke Nutte. Viel zu große Brüste. Kinnlanges schwarzes Haar. Sie trug eine geschnürte Ledercorsage, einen knappen Ledertanga, glänzende Lackstiefel und hatte ein Tablett in der Hand. Celiks Mann ließ sie rein, schloss sofort wieder die Tür.

»Ivanka, Baby …« Perschel gab den stolzen Besitzer.

Die Nutte lächelte ihn an, schwang überraschend elegant die Hüften und stellte das Tablett so auf dem Schreibtisch ab, dass Celik ihren Hintern praktisch im Gesicht hatte.

Der sah angewidert zu Perschel.

»Whis-chi, Maiki, und Wassär und Eis«, ließ sie mit rauchiger Stimme und viel russischer Sääle hören.

»Danke, mein Engel … Wir bedienen uns selbst.« Perschel sah Celik an. Ivanka war sichtlich aus dem Konzept.

»Abärr Maiki, bedien isch eusch gäärrne, weißt du dooch.« Sie wackelte mit ihrem Hintern vor Celiks Gesicht.

»Zisch ab, verdammt.« Was dachte die Kuh eigentlich? Nur weil er mit ihr zusammenlebte …

Ivanka schob beleidigt ab, aber was sie für einen Ausdruck des Missvergnügens hielt, geriet dank Botox zu einem irgendwie verzerrten Pornoblick. Die Tür fiel zu.

Perschel hob die Flasche Jim Beam und sah Celik fragend an.

Der schnaubte verächtlich.

»Wenn ich überhaupt mal etwas trinke außer einem Glas sehr guten Wein oder Champagner, dann Raki. Oder einen Single Malt. Aber dieses Zeug kannst du ohne mich saufen.«

Perschel zuckte mit den Schultern, warf Eis ins Glas und goss sich ein. Er wollte sich nicht provozieren lassen, aber es fiel ihm zusehends schwerer.

Celik trommelte mit den Fingern auf der Sessellehne.

»Jetzt sag, was du so dringend zu sagen hast.«

Perschel lehnte sich zurück, versuchte, Stärke zu demonstrieren.

»Die Kunden sind in der Stadt. Sie haben das Geld. Und sie wollen das Geschäft abschließen.«

Celik starrte ihn an. Lehnte sich weit vor und hob einen Zeigefinger.

»Jetzt pass gut auf. Ich will genau wissen, wer die Typen sind und wie du an so einen Kunden kommst. Du bist raus aus allem. Ich habe dich zerkaut, geschluckt und den Rest ausgespuckt. Der Rest ist dieses Puff. Nein, ich rede jetzt!«

Perschel trank wütend einen Schluck Whisky.

»Wie also kommst du an Leute, die so was kaufen wollen? Ich muss wissen, wer die sind, um das Risiko abzuschätzen.«

Perschel drehte das Glas in seinen Händen. Er beherrschte seine Wut, weil er sicher war, ein gutes Blatt zu haben.

»Ich denke, entscheidend ist nicht, wer sie sind, sondern was sie vorhaben.« Er sah Celik in die Augen. »Und sie haben Probleme. Etwas ist … schiefgelaufen, und jetzt stehen sie unter Druck. Das könnte sich günstig auf die Abwicklung auswirken.«

Celik legte den Kopf schief. Sein Blick wurde schärfer. Er sprach gefährlich leise.

»Mike. Versuch keine krummen Dinger mit mir. Für die Sache letztes Jahr hätte ich dich ohne Weiteres umlegen können. Du bist mir immer noch was schuldig.«

Perschel nickte.

»Ich weiß. Aber diese Sache dürfte für dich weit übers Geschäftliche hinaus von großem Interesse sein.« Er trank einen Schluck. »Von sehr großem Interesse, Odhan.«

Sie saß auf dem Sofa, ein Glas Weißwein in der Hand.

»Leider kein Bier mehr. Ich komme im Moment nicht zum Einkaufen.«

Er war echt süß. Aufgeregt. Zuvorkommend. Alles, was der Neandertaler nie war. Und alles, was sie sonst nicht sonderlich antörnte bei Typen. Hatte die Plane, die vom Gerüst um das Haus hing, wie einen Vorhang für sie aufgehalten. War nervös vor ihr die Treppe hochgegangen, hatte die Tür aufgeschlossen, war schnell vorgegangen, als könnte er jetzt noch irgendetwas wegräumen. Die Spuren seiner Freundin beseitigen. Dabei sah man der Wohnung sofort an, dass hier kein Mann alleine wohnte.

Er war käseweiß vom Klo zurückgekommen, hatte versucht, das zu überspielen. Halbherzig weitergegessen, aber es nach zwei Gabeln gelassen. Sein Herz ausgeschüttet. Über seine Freundin. Über die toten Kollegen. Vor allem über die Frau.

Sie hatte sich alles angehört und kein Bedauern empfunden, nur das sichere Gefühl, dass sie hier die richtige Entscheidung getroffen hatte.

Sie hatte sich verständnisvoll gegeben und seine Hand genommen. Und befürchtet, dass er gleich heulen würde. Tat er aber nicht. Immerhin.

Jetzt saß sie auf dem Sofa, mit dem Weißwein in der Hand. Er hatte Kerzen und Teelichter im Raum verteilt und Musik aufgelegt. *Coldplay*. Ging ja noch. Sie hätte sich über Kuschelrock nicht wirklich gewundert bei ihm. Und war dann im Bad verschwunden.

Sie hatte dem Neandertaler noch im Restaurant eine SMS geschrieben, er musste Bescheid wissen, sonst drehte er noch durch. Für einen Moment entspannte sie sich. Schloss die Augen.

»Hey ...«

Fuck. Sie war eingeschlafen, hatte den Weißwein aber immerhin noch abgestellt. Er saß neben ihr, das fahle Licht der Straßenlampe vorm Haus fiel auf sein Gesicht. Das Sofa stand direkt vor dem Fenster.

»Sorry.« Er hatte zart ihr Gesicht gestreichelt und jetzt schnell die Hand zurückgezogen. Sie schüttelte den Kopf, lächelte und holte seine Hand wieder zurück. Es war so auch mal ganz schön, fand sie. Und von ihm war nichts anderes zu erwarten.

Er streichelte sie weiter, sie machte ein liebes Gesicht und näherte langsam ihren Mund dem seinen. Er schloss die Augen.

Sie sah ihn an. Er war eigentlich hübsch. Ein gut aussehender, normaler junger Typ. Sensibel, aber kein Weichei. Bereit, Verantwortung für eine Frau zu übernehmen. Absolut nicht ihre Liga, aber dafür easy zu handhaben. Sie küsste ihn.

Er seufzte. Erwiderte den Kuss.

Nicht schlecht. Er küsste echt nicht schlecht. Der Neandertaler hatte fraglos ziemliche Qualitäten als Lover, aber küssen konnte er nur hart und nass. Sie wollte gerade die Augen schließen, sich ein bisschen treiben lassen. Wie es weitergehen würde, hatte sie ja eh schon beschlossen, also könnte sie es auch so weit als möglich genießen.

Plötzlich war da ein Schatten auf dem Gerüst. Sie küsste Merten intensiver, legte ihre Hand auf seinen Schenkel und beobachtete aus dem Augenwinkel das Fenster.

Der Schatten schob sich von der Seite ins Bild. Ein Gesicht, durch das Licht von hinten nicht zu erkennen.

Sie öffnete ihren Mund weit, ließ Merten ihre Zunge spüren, die Hand unter sein Shirt gleiten. Merten stöhnte leise.

Wer war das?

Und dann erkannte sie ihn.

Sein hübsches böses Gesicht. Der Mund weit offen, die Augen aufgerissen, starrte er sie an. Er verdrehte die Augen, seine Zunge war weit rausgestreckt, und er gab die obszöne Parodie eines Kusses.

Verdammter Vollidiot. Sie starrte ihn an und küsste weiter Merten. Er sollte doch …

Der Neandertaler ging in eine Ein-Mann-Pantomime über, sein Becken schob sich vor und zurück, die Zunge immer noch eklig weit rausgestreckt.

Arschloch.

»Du …«

Mist. Sie hatte aufgehört, Merten zu küssen. Sie sah ihn an, nahm seinen Kopf in die Hände.

»Was denn, mein Süßer.«

Merten hatte feuchte Augen.

»Ich weiß nicht. Das ist ...«

Sie legte einen Finger auf seine Lippen.

»Schschh.« Dann setzte sie sich mit angezogenen Beinen auf seinen Schoß.

Der Neandertaler verzerrte sein Gesicht zu einer Pornofratze und machte weiter Fickbewegungen. Sie verdrehte die Augen über den Arsch, als Merten sein Gesicht an ihre Brüste drückte und sie fest umarmte.

Sie lehnte sich zurück, nahm wieder Mertens Kopf und sah ihn an. Dann knöpfte sie ihre Bluse auf, streifte sie ab. Zog das Top über den Kopf. Mertens Mund stand offen.

Sie legte die Arme um seinen Nacken und bot ihm ihre Brüste dar.

Als sie Mertens Küsse auf ihnen spürte, hätte sie sich gerne gehen lassen, aber der Neandertaler machte keine Anstalten, das zu tun, was er tun sollte. Sie produzierte ein lautes Stöhnen und rekelte sich wohlig auf Mertens Schoß, dabei starrte sie ihren Vollidiotenpartner wütend an.

Der grinste. Griff in die Tasche. Und zog den Fotoapparat raus.

Na endlich. Wurde auch Zeit. Sie wollte loslegen.

8

Er saß hinter einer niedrigen Eibe, völlig im Dunkeln. Sah durch das riesige Fenster hinter dem Pool ins Wohnzimmer. Also, es hieß bei dem Bewohner wahrscheinlich Wohnzimmer, normale Menschen hätten daraus ein Appartement für vier Personen gemacht.

Aber der Mann, dem dieses Haus gehörte, war kein normaler Mensch. Hatte es nie sein wollen.

Ebenso wie er selbst.

Sie kannten sich schon eine Ewigkeit. Ein ganzes Leben würde man bei normalen Leuten sagen, aber bei ihnen beiden waren es in Wirklichkeit viele Leben.

Vor allem bei ihm selbst.

Der Mann, den er beobachtete, wusste entweder nicht, dass er noch lebte, oder aber er wusste sogar, dass er gerade in seinem Garten hinter der Eibe saß und ihm zuschaute, wie er einer blutjungen Frau Wein eingoss.

Bei dem Mann im Haus war alles möglich. Zu wissen, wo jemand war und was er dort tat, und ihn über dieses Wissen im Unklaren zu lassen – das hatte er über viele Jahre zur Perfektion gebracht. Es war Teil seines Berufes genauso wie Teil seiner Persönlichkeit geworden. Er war ein grauer Mann mit einem nichtssagenden Büro, aber er hatte in seinem Leben Dinge getan, die den Fortbestand von Staaten gefährdet hatten.

Jetzt saß er in dieser obszön überdimensionierten postmodernen Villa, gebaut von einem Vermögen, das er allein seiner Frau verdankte, die schon lange tot war. Mit einer jungen Frau, die seiner toten Frau so ähnelte.

Der Mann hinter der Eibe verharrte regungslos, während er durch die Vergangenheit reiste. Er hatte wohl Tage und Wochen seines Lebens so verbracht. Regungslos in Verstecken. Beobachtend. Abwartend. Bei Kälte und Hitze, bei Regen und Schnee. Oft blickte er durch Ferngläser oder Zielfernrohre. Er hatte, um sich nur ja nicht zu bewegen, hundertmal unter sich gepinkelt und war in der Pisse liegen geblieben. Er hatte stundenlang mit schmerzhaftem Rumoren im Darm auf das Eintreten der Dunkelheit gewartet, um sich dann unendlich langsam wie ein Reptil ein paar Meter wegzubewegen, damit er sich entleeren konnte. Er hatte über Tage fast nichts gegessen, kaum etwas getrunken.

Er war jetzt über fünfzig. Aber er war schon mit Ende zwanzig grau gewesen. Er war schon mit Ende zwanzig hundert Jahre alt gewesen. Und sein Körper, der das Altern nicht verleugnete, in seiner Ausgezehrtheit und mit den Narben, ertrug alle Strapazen immer noch, weil er gewohnt war, gezwungen zu werden. Weil es der Körper eines Kriegers war. Eines Kämpfers. Eines Kendoka.

Er erinnerte sich noch, wie er den Namen »Gandalf« gefunden hatte, aber nicht mehr genau, wann. Irgendwann in den frühen Achtzigern, als er mit linksradikalen Irren durch die Gegend gezogen war. »Du bist grau«, hatte eine Frau bekifft gekichert, »du bist der Graue…«, und dann hatte sie ihm gedankenverloren mit dem Finger über die Wange gestrichen und geflüstert: »Gandalf, der Graue…«

Sie waren in einer konspirativen Wohnung in Amsterdam, er war erst seit Kurzem im inneren Kern der Gruppe, und die anderen waren bei einem geheimen Treffen, zu dem sie ihn nicht mitgenommen hatten.

Die Frau hatte den Auftrag, ihn zu bewachen. Dachte sie. In

Wirklichkeit vertrauten ihre Genossen ihr nicht. Vor allem die Genossinnen, die sowieso immer das Sagen hatten. Weil sie am Leben hing, gerne feierte, gerne vögelte. Für sie war das Bonny and Clyde, mit wechselnden Clydes.

Sie hatte sich ihm angeboten, er war nah daran gewesen, ihr nachzugeben. Sie war hübsch, sinnlich. Und er war jung. Aber er war ein gut geschulter Profi in Paranoia und Konspiration. Schon damals. Er hatte geahnt, dass ihn das in den Augen der anderen zum Risiko gemacht hätte. Die anderen Typen durften mit ihr ins Bett, sie waren erprobte Genossen, da diente es der Triebabfuhr. Aber er war neu. Er musste sich beweisen.

Er hatte also nicht mit ihr geschlafen, und das hatte ihn in der Gruppe weitergebracht. Vier Monate später wurde die Frau, die ihn gestreichelt hatte, in einem Ausbildungscamp im Jemen erschossen. Es hieß, weil sie unzuverlässig gewesen sei. Es habe eine Verhandlung gegeben, und sie habe das Todesurteil bekommen.

Aber das war gelogen. Ein Genosse hatte ihr in den Kopf geschossen, während sie mit einem anderen im Bett war. Weil sie ihn nicht gewollt hatte. Der andere Typ war im Affenzahn aus dem Bett gerollt und schreiend aus der Unterkunft gerannt. Er kannte die wahre Geschichte ihres Todes, weil er zwei Tage vorher in dem Lager angekommen und derjenige gewesen war, der dem Killer die Pistole weggenommen und ihm damit die Fresse poliert hatte.

So war das mit der linken Revolution. Der Befreiung von allen Zwängen.

Seitdem nannte er sich selbst Gandalf. Er hatte damals schon geahnt, dass er einen Namen brauchen würde, den er für sich behielt, weil die Namen, die er anderen gegenüber verwendete, dauernd wechselten. Jetzt war er an einen Punkt seines Lebens gekommen, an dem er diesen Namen auch innerhalb der Gruppe, mit der er arbeitete, benutzte. Er war gewissermaßen einem Ziel nah, vielleicht dem Ende.

Das Lager im Jemen war der reinste Kindergarten gewesen, aber einer voller Kinder mit bipolarer Störung. Die Palästinenser hatten ständig rumgebrüllt und sich aufgeführt, als hätten sie den Guerillakrieg erfunden. Die Deutschen fuhren total drauf ab, fühlten sich wie in einer Kommandoausbildung. Er hätte darüber gelacht, wenn er nicht derart damit beschäftigt gewesen wäre, sein tatsächliches Können zu verbergen. Er hatte zu dem Zeitpunkt schon zwei militärische Ausbildungen durchlaufen. Eine offizielle bei den Fernspähern der Bundeswehr und eine inoffizielle bei verschiedenen verbündeten Armeen. Er war in Herefordshire beim SAS gewesen und bei der Sayeret Matkal in Israel. Er hatte Überlebenstrainings in Wüsten, Dschungeln und in der Arktis absolviert.

Und dann musste er so tun, als würde ihn eine Horde fanatisierter Araber und ein Haufen wirrer deutscher Pastorenkinder beeindrucken. Er stellte sich also talentiert, aber noch ungeschickt mit Waffen und ein bisschen ängstlich mit Sprengstoff an. Spielte seine offensichtliche Fitness aus, ohne Einblick in seine Fähigkeit zu geben, Schmerzen und Entbehrungen zu ertragen. Er wurde Musterschüler, und niemand im Camp hatte die leiseste Vorstellung, wer er wirklich war. Und als er wieder in Deutschland war, nahm er Kontakt zu dem Mann auf, den er jetzt in seinem Wohnzimmer beobachtete.

Der hatte sich der jungen Frau gegenüber gesetzt. Sie prosteten sich zu und tranken. Im Hintergrund brannte ein Feuer in einem riesigen Kamin. Der Mann redete. Unterstrich, was er sagte, mit ausholenden Gesten. Dozierte, aber charmant. Das wusste Gandalf. Ja, er konnte sehr charmant sein, einnehmend. Er hatte eine angenehme Stimme.

Die junge Frau lächelte unentwegt, lachte öfter. Warf den Kopf zurück. Sie hatte ihre Schuhe ausgezogen und die langen Beine auf das Sofa gezogen. Lehnte sich zur Seite, legte den Kopf schief. Schaute den Mann ein bisschen von unten an, wie es ältere Männer mit Macht gerne hatten. Trank Wein. Strich ihr Haar zurück.

Sie sah ihr so ähnlich. Gandalf atmete tief ein, schloss die Augen. Ließ ihr Bild entstehen. Und das Ziehen in seiner Brust. Das aufstieg. In seine Kehle. Er öffnete den Mund. Spürte, dass seine Augen sich röteten. Atmete aus. Und wischte das Bild weg und alles, was er fühlte.

Legte den Mantel aus Eis an. Senkte seinen Herzschlag. Ließ sein Blut gefrieren. Wartete.

Therese Svoboda kurvte jetzt schon seit fast einer Viertelstunde auf der Suche nach einem Parkplatz durch die Gegend. Eigentlich liebte sie ihr Viertel, ihre Wohnung, das Haus. Aber einfach so einen Parkplatz zu finden, war unmöglich. Vor allem bei der Größe ihres Autos.

Sie hatte sich vor einem halben Jahr von ihrem heiß geliebten Sportwagen getrennt. Unter Tränen. Und sich einen gebrauchten SUV gekauft, eine Autosorte, die sie immer belächelt, wenn nicht verachtet hatte. Viel zu groß für die Stadt, viel zu schick fürs Land. Drinnen meistens weißhaarige Angeber oder hypersportliche, bezopfte und in sehr teure Markensachen scheinbar lässig gekleidete Vorstadtmuttis. Ihre Erscheinung täuschte einen praktischen Lebensstil vor, doch in Wirklichkeit verwendeten sie ihre ganze Konzentration, ihre Zeit und das Geld ihrer Männer darauf, so auszusehen, dass die gestressten Normalmütter sich neben ihnen wie Scheiße fühlten. Was genau genommen ihr einziger Triumph war, denn ihren Männern war es völlig wurscht, wie sie aussahen, wenn sie sie nicht gerade zum Angeben bei einem Geschäftsessen brauchten. SUVs waren also Autos für Leute, die etwas demonstrieren mussten.

Und dann war die Sache passiert. Dann war das Schwein über sie hergefallen. Und hatte ihr alle Sicherheit genommen. Das war das Schlimmste. Therese misstraute. Ständig. Das war ihr früher völlig fremd gewesen. Sogar mit Grewe hatte es eine Krise gegeben, weil sie ihm unterstellt hatte, er sei nur deswegen nicht der Nachfolger von Kertsch geworden, weil er ihr nicht zutraute, seinen Job zu übernehmen.

Sie hatte sich in ihrem roten Flitzer wie ausgeliefert gefühlt, glaubte zu spüren, wie dünn das Blech des Wagens war. Wie zerbrechlich. Therese konnte nichts Zerbrechliches um sich haben. Sie brauchte Schutz.

Und jetzt saß sie in diesem Monster von Auto, fühlte sich sicher, aber fand nie unter zehn Minuten Suche einen Parkplatz.

Sie dachte an Evelyn und ihre großen Kinder, die jetzt um Bernie weinten, und Kims Familie in Thüringen.

Und daran, wie machtlos sie gerade waren. Sie hatten nichts. Therese hatte Gerd Drossel noch nie so mutlos und verzweifelt erlebt. Der Tatort war die Hölle für ihn und seine Leute. Sie hatten zwar Unmengen von möglichen Spurenträgern gesichert, aber es war nichts Verwertbares dabei. Bis jetzt zumindest. Sie jagten Phantome. Schatten. Das machte aus einem Doppelmord an Kollegen, an Freunden ein fast unheimliches Rätsel. Eine Provokation. Als hätten die Täter genau deswegen zwei Kollegen ausgesucht, um ihnen ihre Machtlosigkeit vorzuführen.

Ein großer Mercedes setzte rückwärts aus einer Parklücke. Therese konnte gerade noch bremsen und setzte sofort den Blinker.

Das war immerhin ein ziemlicher Vorteil an so einer Schüssel. Da überlegten es sich Parkplatzschnapper zweimal, ob sie vor einem in die Lücke stießen.

Sie schoss das Monster mit der Fernbedienung zu und beeilte sich, die nächste Querstraße zu erreichen. Angst. Sie hatte dauernd Angst.

Der Hausflur war still, dunkel. Bis zum zweiten Stock waren die Lampen kaputt, und der Hausmeisterservice war entweder überbeschäftigt oder sang- und klanglos pleite gegangen. Alle Hausbewohner warteten seit zwei Monaten, dass etwas passierte.

Therese wohnte im vierten. Dachgeschoss. Superschön.

Die Stufen knarzten, Altbau. Im dritten blieb Therese plötzlich stehen. Lauschte.

Lautloser Griff in die Handtasche, beruhigend die Hand um den Griff der Dienstwaffe. Leise einatmen. Ausatmen. Weitergehen.

»Ich gebe auf.«

Heiko Leptien saß mit erhobenen Händen auf der letzten Stufe vor ihrem Absatz.

Sie ließ die Waffe in der Handtasche los und atmete laut aus.

»Mann! Du kannst doch nicht so … leise sein, verdammt.«

Heiko legte den Kopf schief und lächelte. Traurig.

Therese sperrte auf. Ging kommentarlos in die Wohnung und schloss die Tür vor seiner Nase. Lehnte sich sofort dagegen. Versuchte, das Weinen zu unterdrücken.

Öffnete wieder. Ließ stumm die Tränen laufen. Sah seine.

»Du darfst mich die ganze Nacht nicht loslassen. Versprich das.«

Leptien nickte. Flüsterte.

»Ja. Nicht eine Sekunde.«

Merten erwachte. Allein. Sah nach der Uhr. Halb zwei.

Das Kissen roch nach ihr. Ihrem Schweiß. Und seinem. Mein Gott, hatten sie geschwitzt. Merten kicherte und spürte, dass er allein von der Erinnerung einen schmerzhaften Ständer bekam.

So etwas hatte er noch mit keiner Frau erlebt. Sie war so wild.

Und kannte keine Scham, nichts war falsch. Sie benutzte Worte, die Merten normalerweise noch nicht mal dachte. Und sie sagte sie gerne, richtig gerne. Und tat Dinge …

Jana.

Jana. Wie Jane. Ich Tarzan. Uaaaaahiiiiaaaaiaaaaa. Merten tastete nach seiner Erektion. Er war total klebrig da unten. Von ihr. Von sich. Er schloss die Augen, ließ den ganzen Film noch mal ablaufen. Den Porno mit ihm und Jana in den Hauptrollen. Rieb sich. Stöhnte. Seufzte.

Wie sie es gleich auf dem Sofa getan hatten. Jana auf ihm, nachdem sie ihm die Kleider vom Leib gerissen hatte. Er war so schnell gekommen, es war ihm peinlich gewesen. Aber Jana hatte nur gelacht, nicht ihn ausgelacht, sondern lüstern. Ja.

Merten stöhnte lauter. Seine Hand ging schneller.

Und dann hatten sie rumgealbert. Sich nackt im Wohnzimmer gewälzt. Gerungen. Sie war verdammt stark. Zäh. Nur Muskeln und Sehnen. Aber wunderschöne Brüste. Gar nicht so klein, obwohl sie ansonsten schmal war. Und beim zweiten Mal hatte er viel länger durchgehalten. Und sie war so irre abgegangen. So laut geworden.

Mertens Mund stand weit offen, seine Augen zusammengepresst, er kam gleich. Oh. Oh.

Ooooooh.

Er ließ den Kopf zurückfallen, atmete. Lächelte.

»Na, du bist ja ein Knallkopf.«

Merten schrie vor Schreck.

Jana stand lachend im Türrahmen.

»Na, ich dachte, du«, Merten merkte, dass er rot wurde, »ich dachte, du bist weg.« Mist. Das hatte beleidigt geklungen.

Sie hob eine Augenbraue. Grinste.

»War ich auch schon fast. Ich schreibe dir gerade ’nen Zettel in der Küche und geb dem Weißwein den Rest.« Sie ging langsam auf das Bett zu. »Und da höre ich Töne, die mir irgendwie bekannt vorkommen.« Wiegte sich übertrieben in den Hüften.

Merten stützte sich auf die Ellbogen. Brachte ein schiefes Lächeln zustande.

Sie blieb vor dem Bett stehen. Hüfte raus, kühler Blick. Augenbraue.

»Ich schau gerne dabei zu …« Gurren.

Merten schluckte.

Sie zeigte auf die Decke.

»Lass mal sehen.«

Mertens Hals wurde schlagartig trocken. Er schlug die Decke beiseite.

»Mhmmm. Unfassbar, da geht ja immer noch was.«

Sie knöpfte ihre Bluse auf.

Die junge Frau war schon lange nach oben gegangen. Der Villenbesitzer hatte noch den Kamin ausgehen lassen und dazu einen Whisky getrunken. Er war sicher mittlerweile bei den dreistelligen Flaschenpreisen angekommen, hatte Gandalf gedacht.

Die Dunkelheit im Haus dauerte jetzt schon eine gute Stunde. Das dürfte reichen. Es war kein Licht mehr angegangen, niemand mehr auf dem Klo gewesen. Sie schliefen beide.

Geduld war entscheidend. Die meisten Fehler passierten, weil einer nicht mehr warten konnte. Gandalf konnte zu Stein werden. Er konnte eine Stunde zu einer Minute schrumpfen lassen.

Lautlos glitt er hinter der Eibe nach rechts. Setzte in wenigen Schritten am Pool vorbei zu der riesigen Glastür. Er war in den letzten Wochen viele Male hier gewesen. Das Haus war durch modernste Sicherheitstechnik geschützt. Bewegungsmelder. Alarme an allen Türen und Fenstern. Und der Besitzer war bewaffnet und würde nicht zögern, diese Waffe zu benutzen. Das war seine Schwäche. Er verließ sich völlig auf sich und sein Gespür. Die Alarmeinrichtungen waren nur eingeschaltet, wenn er nicht im Haus war.

Gandalf schob mühelos die Tür auf und schlüpfte ins Haus. Blieb zwei Minuten stehen und lauschte. Dann schloss er die Tür. Blieb fünf Minuten stehen.

Ging mit ruhigen Schritten an der Sitzlandschaft vorbei, dem Kamin, der noch stark roch, und bog nach rechts ab. Durch den kurzen Flur und dann wieder rechts.

Er bewegte sich absolut sicher hier, es war nicht sein erster Besuch.

Die Tür des Arbeitszimmers war nur angelehnt. Er schob sich hinein, lehnte die Tür wieder an.

Natürlich war auch das Arbeitszimmer riesig. Der Besitzer mochte es groß und teuer. Wahrscheinlich hielt er es nur durch diese Neigung aus, dass er in seinem Beruf so grau und leer sein musste. So durchsichtig und doch undurchschaubar.

Ein Monstrum von Schreibtisch. Bücherregale voll ungelesener Werke, viele besondere Ausgaben. Die hatte seine Frau noch gekauft.

Sein PC war ein Gerät, das man auf dem freien Markt gar nicht kaufen konnte. Der Dienstherr bestand darauf, dass leitende Mitarbeiter zu Hause nur mit geprüftem und von den eigenen Spezialisten eingerichteten und gewarteten Geräten arbeiteten. Die Daten- und Telefonleitungen waren so sicher wie irgend möglich. Auf dem Tisch lagen Akten, die vermutlich gar nicht dort liegen durften. Hybris. Macht.

Gandalf schaute sich die Akten an, aber es war keine für ihn interessant. Dann kniete er sich neben die Tasche, die neben dem Schreibtisch stand. Ein äußerst exklusives Modell. Sehr teuer, aber von beeindruckend schlichter Eleganz.

Natürlich von seiner Frau gekauft, er benutzte sie immer noch.

Gandalf öffnete sie, checkte ihren Inhalt.

Dann griff er in seine Jackentasche, entnahm ihr ein Foto. Schaute es an. Lange.

Steckte es vorsichtig zwischen das kalbsledergebundene Filofax und einen Aktendeckel in der Tasche. Schloss die Tasche und beließ für einen Augenblick die Hand darauf.

Fünf Minuten später schlüpfte er aus dem Haus, huschte durch den Garten und sprang auf die Mauer. Mit einem weiteren Sprung verschwand er in der Dunkelheit.

9

Grewe saß in der Straßenbahn, die morgenmüde Stadt ruckelte vorüber. Er hielt einen Packen Papiere in der Hand. Gregor Humpert, der Pressesprecher der Polizeidirektion, hatte ihm gestern spät noch die vorbereitete Erklärung gemailt. Grewe hatte alle Angaben mit der aktuellen Ermittlungsakte abgeglichen, obwohl er genau wusste, dass Humpert in solchen Dingen niemals Fehler passierten.

Die lokalen und regionalen Medien hatten schon erste Meldungen draußen, und es hatte daraufhin Anfragen von überregionalen Journalisten gegeben. Erschossene Polizisten – das war noch ein Aufreger. Ein Schock. Das war noch nicht normal. Immerhin.

Für zehn Uhr war eine Pressekonferenz anberaumt. Grewe würde nur eine schnelle Fragerunde unter den Kollegen abhalten, ob es etwas Neues gab, und sich dann mit Humpert und Kertsch bei Kindler treffen. Alles durchsprechen.

Man musste sich heute wirklich gut vorbereiten auf solche Fragerunden mit Journalisten. Manche sendeten erste Kurzberichte noch aus der Konferenz per Smartphone an Agenturen oder Redaktionen. Da kriegte man nichts mehr eingefangen, was einem rausgerutscht war.

Modern Times.

Grewe lächelte. Schönes Album vom ollen Dylan. Hatte Stina ihm zum Geburtstag geschenkt. Und dass die Kinder auswärts übernachteten. Und. Ja. Und. Daran erinnerte er sich am liebsten. Grinste wie ein Honigkuchenpferd. Dylan und Sex.

»Ist der frei?«

Grewe rutschte schon zur Seite, bevor er überhaupt geschaut hatte, wer da stand.

»Ach Sie. Morgen.«

Der Junge aus der Leitstelle. Zingerle.

»Muss ich mir was auf die Hose legen, vorsichtshalber?«

Zingerle schüttelte den Kopf und lachte.

»Nein, echt nicht. Mir geht's blendend. Echt super.«

Grewe nickte und dachte sich seinen Teil. Zingerle sah furchtbar aus. Leichenblass. Erschöpft. Aber tatsächlich grinste er. Mist, genauso musste er selbst gerade gegrinst haben. Vielleicht hatte der Junge einfach nicht geschlafen, sondern …

»Na dann«, lachte Grewe und schlug sich mit den Papieren munter aufs Knie.

Die Bahn zockelte gemütlich weiter. Zingerle glotzte verstrahlt vor sich hin und konnte das Grinsen nicht vollständig loswerden.

Wann würde das erste seiner drei Kinder mit so einem Grinsen beim Frühstück aufkreuzen?, dachte Grewe. Oder beim Abendessen. Die Zwillinge wurden bald fünfzehn. Robert war ein Schlaks mit breiten Schultern und großen Füßen. Er hatte die Bassstimme von Stinas Vater geerbt und den Dickkopf von Grewe. Es krachte oft zwischen ihnen beiden, aber sie rauften sich auch schnell wieder zusammen. Klara war wie Stina. Klar. Emotional. Ausgleichend. Eigentlich immer gut drauf. Aber sie hatte die Verletzlichkeit ihres Vaters geerbt. Sein überzogenes Ehrgefühl. Sie würde leiden an der Welt.

Und Lotta, das Nesthäkchen, zog seit neuestem Kleider an, die farblich perfekt zueinander passten, und ließ sich von Klara die Haare machen.

Stina weinte jetzt schon manchmal, dass sie bald keine Kinder mehr im Haus hätten. Grewe grummelte dann immer beleidigt, immerhin sei er doch noch da und ob das vielleicht keine schöne Aussicht wäre. Und guckte dabei vorsichtshalber so, als wäre es ein Scherz.

»Na, dann …« Zingerle war aufgestanden. Grewe folgte ihm zur Tür.

»Sagen Sie mal …«

»Ja?«

»Hatten Sie nicht vorgestern Dienst?«

Merten Zingerle nickte. Die Tür der Bahn ging mit einem Zischen hinter ihnen zu.

Sie schlängelten sich zwischen geparkten Autos durch und steuerten die Direktion an.

»Haben Sie den Anruf entgegengenommen?«

»Ja, hab ich. Die Kollegen haben auch schon mit mir gesprochen.«

Grewe klingelte am Eingang, die Tür summte.

»Ich würde trotzdem gerne noch mal mit Ihnen reden. Haben Sie jetzt kurz Zeit?«

Merten nickte.

»Klar.«

Grewe zeigte mit seinen Unterlagen in Richtung Kantine.

»Ich lade sie ein.«

Der schwere BMW von Odhan Celik knirschte über den Kiesweg.

Celik sah aus dem Fenster. Wald. Dann wieder ein Feld. Irgendwelche Kühe und Schafe. Er konnte mit dem Land nichts anfangen. Er war Städter durch und durch. Geboren in Istanbul, aufgewachsen in Köln und Berlin. War mit Hauptschulabschluss (gerade so) und ohne Ausbildung als Hilfsarbeiter gestartet. Boxer geworden. Türsteher. Milieu. Die Luden hatten ihn immer angeekelt, aber hier lernte er sein künftiges Geschäft. Drogen. Und an den Drogen hingen immer irgendwo hinten auch die Waffen.

Celik hatte schnell gelernt. Und immer mehr wissen wollen. Und dann war ihm Aydan begegnet. Und das war sie: schön wie der Mond. Und so weit weg von Odhan Celik. Beste Familie. Beide Eltern Akademiker, sie selbst machte gerade Abitur.

Odhan erklärte ihr seine Liebe und dass er sie heiraten werde, wenn er ihrer würdig sei. Aydan hatte eine Augenbraue hochgezogen und gelächelt, seine Hand genommen und ihn lange angeschaut.

»Ich gebe dir fünf Jahre.«

Odhan hatte das Abitur nachgeholt und ein Fernstudium in Wirtschaftswissenschaften aufgenommen. Nach dem Vordiplom stellte Aydan ihn ihren Eltern vor. Sie steckte mitten in den Abschlussprüfungen. Architektur, wie ihr Vater.

Die Eltern waren nett, offen. Luden Odhan in ein sehr teures Restaurant ein, und er trank zum ersten Mal einen wirklich guten Wein. Sie redeten. Odhan erklärte, was er vorhatte im Leben und dass er Aydan immer versorgen würde. Und der Vater lachte, dass Odhan hier offensichtlich um seine Erlaubnis fragen wolle. So denke er nicht. Und er hoffe sehr, dass er, Odhan, seine Tochter nicht als Besitz betrachten würde, wenn sie jemals heirateten.

Odhan sah ihn an, nickte. Dann ging er vor Aydan auf die Knie und bat sie, seine Frau zu werden. Und Aydan nickte und küsste ihn.

Die Mutter brach sofort in Tränen aus. Der Vater wurde rot und lachte überlaut. Dann bestellte er mit großer Geste eine Flasche Champagner.

Später, im Bett, nach der Liebe, sah Aydan ihn mit feuchten Augen an.

»Du hast ihn beeindruckt. Das ist noch nicht vielen gelungen.«

Odhan lächelte.

»Und ich habe nicht gelogen. Ich werde immer für dich da sein.«

Aydan setzte sich auf, lehnte sich an die Wand und zog seinen Kopf auf ihren nackten Schoß. Ihr schwarzes Haar fiel glänzend über ihre Schultern und Brüste.

»Ich will dir jetzt antworten.«

Erst ein paar Tage vorher hatte Odhan Aydan gesagt, womit er sein Geld verdiente. Sie war nicht erschrocken. Hatte ihm genau zugehört.

Und jetzt würde sie antworten.

»Mir war klar, dass du kein Mann bist, den man mit üblichen Maßstäben messen kann. Und ich sehe vieles in dir, vor dem man Angst haben kann. Aber ich habe keine Angst vor dir. Du warst ehrlich über deine Geschäfte. Ich liebe dich. Du bist mein Mann. Deine Geschäfte werden Teil meines Lebens sein, weil sie mich ernähren. Und unsere Kinder.« Hier wurde ihre Stimme kurz weich. Er nahm ihre Hand und küsste sie. Aydan seufzte, dann sprach sie weiter, jedes einzelne Wort war ihr wichtig. »Deswegen wirst du mir niemals etwas verheimlichen. Ich werde immer alles über deine Geschäfte wissen. Und du wirst dich nicht umbringen lassen. Sonst kann ich dich nicht heiraten und nicht deine Kinder bekommen. Du bleibst dein Leben lang bei mir, und unsere Kinder werden erst um dich weinen, wenn sie selbst Kinder haben.«

Sie schwiegen lange. Odhan musste sich klar werden, ob er das alles versprechen konnte.

Und dann tat er es.

Sie fuhren jetzt an einem großen See vorbei. Odhan Celik wohnte noch nicht sehr lange in der Gegend, er hatte noch nie von diesem See gehört. Aber er interessierte ihn auch nicht. Er sah auf die Uhr. In zehn Minuten sollten sie da sein. Can war ein guter Fahrer, er würde die Fahrzeit schon richtig kalkuliert haben. Celik lehnte sich entspannt in die Polster.

Letztes Jahr hätte er um ein Haar sein Versprechen gebrochen. Wegen Perschel. Er nahm es ihm nicht wirklich übel. Geschäft war Geschäft, und Celik hatte dem Rockerboss und seinen »Skulls« damals gehörig Feuer unterm Arsch gemacht, und sie dachten, er hätte einen ihrer Brothers umbringen lassen. Perschel hatte die Nerven verloren. So was passierte. Seine Leute waren ein undisziplinierter Haufen von Säufern, Drogenwracks und Hurenböcken gewesen. Keine Profis. Sie hatten den Mumm, aber nicht das kalte Herz für diese Arbeit.

Celiks Leibwächter hatten sie lange genug im Vorraum aufgehalten, dass er seine Familie in Sicherheit bringen konnte. Aydan hatte ihn angezischt, er solle das seine Leute erledigen lassen, aber es hatte ein Blick von ihm genügt, dass sie verstand. Er musste sich stellen. Seine Männer waren in der Unterzahl, auch wenn sie die besseren Kämpfer waren. Er durfte sich nicht verstecken.

Es war knapp gewesen. Aber dafür gehörte ihm jetzt die Stadt. Alles, was mit Gift oder Waffen zu tun hatte, lief nur über ihn. Und Perschel war jetzt sein Zuträger. Lebte dank Odhan Celiks Gnade.

Der Wagen kam zum Stehen. Can sah seinen Boss im Rückspiegel an.

Celik pfiff durch die Zähne.

»Mein Wochenendhaus«, hatte Uwe von Carst gesagt, »du kannst es jederzeit nutzen, wenn du möchtest. Auch für Besprechungen, bei denen ich als Anwalt nicht zugegen sein sollte.« Er hatte gelächelt. »Ich habe dort offiziell ein Büro, so dass niemand das Recht hat, diese Räume abzuhören.«

Wie Perschel an einen so hochklassigen Anwalt gekommen war, war Celik ein Rätsel. Wahrscheinlich einfach nur Kohle und eine gewisse Faszination für das Milieu. Und jetzt konnte sich Perschel von Carst nicht mehr leisten, und faszinierend war er auch nicht mehr mit seinem klebrigen Puff. Celik hatte von Carst vor Gericht beeindruckend gefunden. Und jetzt war er Celiks Anwalt.

Von Carst war nicht bestechlich. Er fand einfach, dass auch ein Berufskrimineller ein Recht auf eine gute Verteidigung hat. Aber Dienste, die nicht nach der Rechtsanwaltsvergütungsordnung abgerechnet wurden, ließ Uwe von Carst sich sehr gut bezahlen. Die von Carsts waren »altes Geld«. Diesen Begriff hatte Celik von Hamburger Geschäftspartnern gelernt. Er bedeutete, dass Geld einerseits selbstverständlich da war, andererseits aber durchaus verdient sein wollte. Eine gute Haltung, sie gefiel Celik. Tradition. Werte. Das war wichtig.

Odhan Celik war der jüngste von vier Brüdern. Aber er allein hatte der ganzen Familie Wohlstand gebracht. Er kam für das Alter der Eltern auf und sorgte für jeden Einzelnen in seiner Familie. Er wollte, dass die Kinder seiner Kinder und später deren Kinder irgendwann »altes Geld« wären.

Tarik kam auf den Wagen zu. Also war Okan schon im Haus. Celik ließ die Scheibe herunter, sah Tarik an. Der nickte.

Celik öffnete die Tür und stieg aus.

Merten Zingerle rührte seinen Kaffee um und um. Das machte Grewe nervös, aber er bemühte sich, es nicht zu zeigen. Hatte seine Fragen wie nebenbei gestellt. Vernehmungen. Darin war Grewe gut. Am besten mit Therese zusammen, sie waren ein Topteam.

»Nee, also mir fällt sonst nichts ein. Tut mir leid.«

Grewe konnte sich nicht dagegen wehren, sauer auf Zingerle zu sein. Warum? Weil er so mit dem Löffel klapperte? Weil er nichts zu sagen hatte? Grewe hatte das Protokoll natürlich gelesen, Zingerles Aussage war sehr ausführlich gewesen. Er hatte nichts gemutmaßt, was er nicht wissen konnte, und war ansonsten in seinen Angaben absolut präzise gewesen.

Das Rühren konnte einen irre machen, vor allem weil er weder Zucker noch Milch in die Brühe getan hatte. Aber das war nicht der Punkt.

»Na gut. Ich wollte einfach nur mal selbst mit Ihnen sprechen. Ein bisschen Abstand verändert die Erinnerung. Meistens wird sie schlechter, aber manchmal auch besser, präziser. Oder man bewertet Dinge anders.«

Er sah Zingerle fast starr in die Augen. Der hielt den Blick und nickte dann. Eifrig?

»Ja klar, das versteh ich. Aber bei mir«, er machte eine unbestimmte Handbewegung um seinen Kopf herum, »hat sich da nix verändert. Ich kann nicht mehr sagen.«

Grewe schob seine Unterlagen zusammen und lächelte Zingerle an.

»Prima. Dann ruhige Schicht und danke.«

»Nichts zu danken. Ich danke für den Kaffee.«

Grewe winkte ab und stand auf. Schob den Stuhl an den Tisch und zwinkerte noch mal.

Zingerle öffnete den Mund. Sagte dann aber nichts.

Grewe sah ihn an. Gespannt.

Zingerle rührte schon wieder.

»Es ist… also… Jeder hier mochte Bernie, und wir Jungen hatten alle einen Riesenrespekt vor ihm. Das ist ja klar.«

Grewe nickte. Zingerle schloss kurz die Augen, atmete ein. Dann aus. Nickte sich selbst zu.

»Ich hatte Kim wahnsinnig gern. Ich… also… na ja.« Er wurde rot. So gut es ging mit einem Leichengesicht.

Grewe hatte auf etwas anderes gehofft.

»Wir alle hatten das.«

Er wusste genau, was Zingerle gemeint hatte, aber wollte ihm nichts zugestehen. Warum war er so sauer auf den Jungen?

Auf dem Flur wäre Grewe um ein Haar in zwei Kollegen gelaufen und entschuldigte sich zerstreut.

Er drückte auf den Aufzugknopf und schlug sich beim Warten immer wieder mit den Unterlagen gegen den Oberschenkel. Der Lift war leer, und Grewe drückte den Knopf, der zu Kindlers Etage führte.

Als die Tür sich schloss, wusste er es endlich.

Zingerle hatte ihn angelogen.

Von Carsts Wochenendpalast, Fachwerk, gekiester Innenhof, wurde von einem älteren Ehepaar verwaltet, das offensichtlich noch über weiteres Personal verfügte. Celik war beeindruckt von den alten Stilmöbeln, den fast schwarzen Eichenregalen in der Bibliothek mit Hunderten von in Leder gebundenen Büchern und einer kunstvoll gedrechselten, verschiebbaren Wendeltreppe, dem Esszimmer mit den Ölgemälden. Alles nicht sein Geschmack, er war durch das absolut moderne Stilbewusstsein seiner Frau geprägt, die auch ihr Haus entworfen und geplant hatte, aber er mochte die Echtheit der Ausstattung. Das war alter Familienbesitz und nicht für viel Geld auf Antikmärkten zusammengekauft.

Die Verwalterin führte ihn in das »Jagdzimmer« (Geweihe an den Wänden, schrankhoher Kamin mit riesigen Buchenscheiten). Auf einem Tisch standen ein Samowar mit Tee und türkisches Gebäck sowie frisches und getrocknetes Obst. Uwe von Carst war sehr aufmerksam, was Vorlieben seiner besten Klienten anging.

Perschel stand von seinem Sessel auf. Bemühte sich, freundlich zu lächeln, kriegte aber nur ein gemeines Grinsen hin, das auch noch schüchtern war. Erbärmlich.

Und seine Kutte trug er auch nicht, stattdessen einen Anzug aus glänzendem Stoff, in dem er erst recht wie ein mieser Zuhälter aussah. Was er ja schlussendlich auch war.

»Wo ist der Kunde?«

Sollte gar nicht erst auf dumme Gedanken kommen, der Typ.

Perschel machte eine schlechte Kopie von Marlon Brandos »Nie kommst du zu mir…«-Gesicht samt ausgebreiteten Armen. Lächerlich. Immerhin checkte er gleich, was Sache war.

»Die kommen sicher jeden Moment. Die wollen ja schließlich was von dir.«

Perschel stand unschlüssig. Gut. Er hatte kapiert, dass er sich noch nicht mal hinsetzen durfte ohne Odhan Celiks Einverständnis.

Okan öffnete die Tür einen Spalt und sah seinen Boss an. Der nickte und setzte sich.

Die Tür ging ganz auf, und im Rahmen erschien ein leicht übergewichtiger Mann in schlecht sitzendem Anzug. Metallbrille und grauer Klobrillenbart. Und er hatte tatsächlich Haar von einer Seite des Kopfes über die Glatze zur anderen hin gekämmt. Celik hätte vermutet, dass es diese Frisur nicht mehr gab, aber diesen Mann kannte er natürlich vom Sehen und wusste also, dass es mindestens noch einen Menschen in Deutschland gab, der so herumlief.

Celik sah zu Perschel, dann zu dem Mann in der Tür. Der wischte sich mit einem Stofftaschentuch Schweiß von der Stirn. Celik schlug die Beine übereinander und lächelte.

»Das verspricht wirklich interessant zu werden, Herr Kreisvorsitzender Schwankwitz. Nehmen Sie doch Platz.«

Der Dicke trat ein, und ein Schrank in schwarzer Kluft folgte. Direkt danach betrat Tarik den Raum und nickte Celik zu. Das bedeutete, dass der Kunde und sein Begleiter gefilzt worden waren. Schwankwitz setzte sich schwer schnaufend hin.

»Wenn ich derzeit irgendein Amt in meiner Partei hätte, dann würde ich sicher nicht hier sitzen. Das dürfte Ihnen klar sein, Herr Celik.«

Aus dem fetten und weichen Mann kam eine überraschend metallische und harte Stimme. Seine Augen waren kalt.

Celik lachte laut.

»Und spätestens wenn man in ihrer sogenannten Partei mitkriegt, dass Sie mit einem Kümmeltürken über Geschäfte reden, werden Sie vermutlich auch nie wieder eines bekommen.«

Schwankwitz zog eine Augenbraue hoch.

»Herr Celik, ich weiß, dass Sie einer politischen Organisation Ihres Heimatlandes sehr nahestehen, deren Vorstellungen sich mit unseren an sehr vielen Punkten berühren. Natürlich jeder in seinem Land. Sie würden mich dort auch nicht gerne haben wollen. Aber wir haben im Grunde eine Menge gemeinsam. Solche Zusammenhänge sind für den Durchschnitt natürlich zu komplex«, Schwankwitz lächelte süffisant, »aber ich denke, Sie und ich dürften in der Lage sein, über die Differenzen hinwegzusehen, wenn die Gemeinsamkeiten uns wesentlich weiterbringen.«

Celik fixierte Schwankwitz die ganze Zeit über. Ließ die Sätze des dicken Mannes ein bisschen in der Luft stehen. Gab Tarik ein Zeichen.

»Sie nehmen doch Tee, Herr Schwankwitz? Und dann bin ich sehr gespannt, bei was Sie und ich wohl Gemeinsamkeiten haben könnten.«

Grewe stand am Rand. Der offizielle Teil der Pressekonferenz war vorbei. Ein paar Radio- und Fernsehleute wollten noch »Statements«, was immer das sein sollte. Kindler jedenfalls schien genau zu wissen, was ein Statement war, denn er gab eines nach dem anderen. Mit ernstem, aber entschlossenem Gesichtsausdruck.

»Können wir beide eigentlich Kaffee trinken, oder Grewe?« Gregor Humpert neigte den Kopf in Richtung Kantine.

»Na, sei doch froh, dass er dich nicht braucht. Mir müsstest du die Hand halten. Und vorsagen.«

Humpert zuckte mit den Schultern.

»Das stimmt, aber dann weiß ich immerhin, wofür ich bezahlt werde.«

Humpert. Ausbund an Neutralität. Nie erste Reihe. Meinung nicht hinterm Berg, sondern hinterm Mount Everest. Interessant.

Grewe musste sich Gehässigkeit immer verbieten. Er schämte sich für die Neigung.

»Gregor, ich würde gerne, aber ich muss hoch. Schon so spät.«

»Alles klar, du. Anderes Mal, Grewe.« Humpert klopfte ihm auf den Oberarm. »Muss eh hierbleiben. Und wenn's nur der Form halber ist.«

Grewe lachte.

Im Lift musste er wieder an Merten Zingerle denken und an seine Lüge. Wo war sie gewesen? Grewe wusste es nicht.

Die Bürotür war geschlossen. Wahrscheinlich telefonierte Therese, dabei brauchte sie oft Ruhe. Er klopfte kurz und öffnete dann leise die Tür. Therese telefonierte nicht.

Sie weinte.

Hatte ihn nicht bemerkt. Er traute sich weder vor noch zurück. Dann sah sie ihn doch, und sofort schlüpfte Grewe ins Büro und schloss die Tür.

Sie saß schlaff in ihrem Stuhl. Die Hände wie etwas Fremdes auf ihren Beinen. Kajal lief in Streifen an ihren Wangen runter (seit wann benutzte sie eigentlich Kajal? Klara sagte immer, Kajal ist Emo. Therese war nie Emo gewesen.)

»Kann ich dir …« Grewes Hals wurde eine Sahara, als er versuchte, das zu sagen.

Therese schluchzte fast lautlos. Schüttelte den Kopf. Schluchzte lauter.

Grewe setzte sich ihr gegenüber. Wie immer. Theresetisch. Grewetisch. Telefone. Computer. Akten. Auf dem Grewetisch Zeug von der Familie. Auf dem Theresetisch nette Kleinigkeiten. Geschenke von Heiko Leptien, mit dem sie seit fast einem Jahr zusammen war. Er war der Pflichtverteidiger des Rockers gewesen, der Therese beinahe vergewaltigt hatte, und hatte sich als sehr feiner Mensch erwiesen. Aber sie trennten sich dauernd, was jedes Mal Thereses Idee war, nie Heikos. Seit einem halben Jahr hatte Grewe immer Massen von Tempos in seinem Schreibtisch. Weil Therese dauernd weinte und nie Tempos hatte, denn wenn sie plötzlich immer Tempos hätte, wäre dies das Eingeständnis, dass sie mehr weinte als früher – viel, viel mehr.

Schublade. Tempo. Öffnen. Eins anzupfen. Therese reichen.

Es erinnerte ihn an *Harry und Sally*. Aber dafür schämte er sich. Sally weinte, weil sie über dreißig war und immer noch weder Mann noch Kind hatte.

Therese wäre nie auf die Idee gekommen zu weinen, weil sie »immer noch und schon wieder im besten Alter meines Lebens« war. Sie hatte eigentlich einen Mann, einen guten Mann, und sie könnte auch immer noch Kinder kriegen.

Therese weinte, weil ein mittlerweile toter Rocker in knapp zwanzig Minuten alles in ihr vernichtet hatte, was fähig war, echtes Glück zu empfinden. Und weil sie deswegen einmal pro Woche zur Therapie rannte und diese Tatsache vor fast allen Kollegen hier verbarg, weil sie Angst hatte, statt Respekt Mitleid zu bekommen. Grewe und Kertsch wussten natürlich Bescheid. Und Gerd Drossel. Steffen Kindler würde es bald auch wissen. Musste es wissen.

Grewe hatte Angst vor diesem Gespräch. Das war ihm erst heute klar geworden. Er konnte überhaupt nicht einschätzen, wie Kindler darauf reagieren würde. Die stellvertretende Leiterin des K11 ging zur Traumatherapie. Er hoffte, Kertsch würde dann noch da sein und ihm zur Seite stehen.

Therese schnäuzte sich. Und lachte durch die Tränen und das Schluchzen. Das Lachen war beinahe schlimmer als das Weinen. Wenn sie weinte, weinte sie wie Therese. Wenn sie lachte, lachte sie wie jemand, den Grewe nicht kannte.

Er warf ihr das Päckchen auf den Tisch und zwang sich, sie anzulächeln, weil er kein mitleidiges Gesicht machen wollte.

Therese wischte mit dem Tempo unter ihren Augen herum, Grewe schüttelte den Kopf.

»Grundreinigung.« Er zeigte auf das Waschbecken in der Ecke. Therese verschluckte sich am bemühten Lachen und stand auf.

Als das Wasser lief, klopfte es. Gerd Drossel.

Er winkte beim Reinkommen schon ab.

»Nix Neues. Ich warte auf die Stimmanalyse vom LKA.«

Er zog sich einen ungenutzten Stuhl aus der Ecke ran.

»Aber ich habe gleich noch einen Termin bei Blum. Wir beantragen die Sicherung von Handydaten. Die muss ja mit einem Mobiltelefon bei uns angerufen haben.«

Grewe schnaufte aus. Drossel lachte.

»Hey, daran musst du nicht denken, dafür hast du mich, Kurt.«

Er war so ziemlich der Einzige hier, der Grewe mit Vornamen anredete.

»Was ich schon gecheckt habe, es gibt für das Gebiet nur einen Sendemast, der infrage kommt, und den betreibt die Telekom. Wer auch immer in dem Bereich telefoniert, loggt sich über diesen Mast ein. Und seine Reichweite erfasst außer einer Menge Wald gerade mal die Hälfte der Gemeinde Emslingen. Da dürften wir nicht allzu viel zu sortieren haben.«

Grewe nickte.

»Wow. Das wäre ja …«

Drossel nickte.

»Glück. Vielleicht. Obwohl ich daran ja nicht glaube.«

»Habt ihr von Niklas gehört?«

Grewe hatte sich in den vergangenen vier Wochen nie getraut, nach Gerds Ältestem zu fragen. Immer gewartet, ob er von selbst etwas erzählte.

Drossel zögerte.

»Ja, das funktioniert im Prinzip alles richtig gut. Er hat sogar Skype und Internet und so. Die Kompanie ist bloß viel draußen. Na ja.«

»Wird schon gut gehen, Gerd.«

Therese hatte sich die ganze Schminke abgewaschen, sich abgetrocknet und wieder ein wenig nachgelegt. Aber ihre Augen waren knallrot.

Gerd sah sie an.

»Das sage ich Daniela auch jeden Tag. Aber es sind noch gut fünf Monate. Fünf Monate.« Er schüttelte den Kopf, sah auf die Uhr.

»Ich muss zu Blum. Also dann.«

Drossel stand auf.

Grewe legte ihm die Hand auf die Schulter.

»Ich glaube auch fest, dass Niklas gesund wiederkommt. Ich glaube es einfach.«

Drossel nickte.

»Ja. Wir haben genug Tod hier.«

Dann ging er.

In seinem gesichtslosen Büro saß der unauffällige Mann, der Villenbesitzer. In seiner Hand das Foto, das Gandalf in seine Tasche gesteckt hatte.

Er sah es unverwandt an. Sein Blick flatterte, an seinem Hals konnte man die Schlagader pochen sehen. Sogar ein leichter, ganz leichter Schweißfilm glänzte auf seiner Stirn.

Dann, nach einer Weile, griff er nach dem Telefon. Kurzwahl. Es tutete.

»Ja?«

»Wir treffen uns in fünf Minuten unten.«

Seine Stimme war brüchig. Er räusperte sich zweimal, dann ging es.

»Es gibt ein neues Problem.«

Er hörte kurz in die Stille am anderen Ende, dann legte er auf.

10

Merten saß hinterm Desk. Die Presseberichte wirkten. Wieder mal landeten etliche Anrufer auf der 110.

»Ich habe einen Skoda-Kombi mit zwei Ausländern in unserem Viertel herumfahren sehen. Also die waren auf jeden Fall verdächtig.«

»Können Sie sich an die Farbe des Wagens erinnern?«

»Ja, der war schwarz, also so ein ganz … ich weiß nicht, *böses* Schwarz.«

»Gut, danke, ich habe das notiert, danke für den Hinweis.«

Wir suchen einen grünen, grünen, grünen, du Spießer, dachte Merten.

Er hatte alles, was die Kollegen rausgegeben hatten, vor sich und konnte so die Angaben vergleichen. Sie hielten immer bestimmte Details zurück, um Nulpen gleich ausschließen zu können.

»Unser Nachbar macht seit Wochen Schießübungen auf dem Grundstück. Und seit zwei Tagen ist er weg. Der hat zwar keinen Skoda, aber einen Mercedes, Kombi, mit Ledersitzen und Chromleisten. Also, das kann der sich eigentlich nicht leisten.«

»Danke. Ich hab das notiert. Danke.«

»Hören Sie mal, ich halte den Hörer an mein Radio, da können sie die Stimme hören. Hören Sie? Ja? Sehen Sie.«

»Ich habe die Polizisten erschossen, ich wollte ein Zeichen setzen.«

Die Irren hielten einen immer richtig lange auf, weil man versuchen musste, ihre Adresse zu bekommen. Damit Kollegen, die ja sonst nichts vorhatten, vorbeifahren und nachsehen konnten, ob da Betreuungsbedarf bestand.

Gerade wurde es ruhiger. Merten sah zu Tina rüber.

»Ich hol Kaffee. Du auch?«

Tina hatte den Hörer am Ohr, lächelte ihn an und machte »thumbs up«.

Merten ging in die kleine Kaffeeküche.

Kanne leer. Er kramte im Oberschrank nach Filtertüten. Spülte die Kanne einmal aus. Füllte Kaffee und Wasser ein. Drückte den Knopf. Gurgelnd setzte sich die Maschine in Gang.

Merten guckte aus dem winzigen Fenster in den Hof der Direktion. Kollegen stiegen in Fahrzeuge, fuhren los. Andere kamen rein. Einer füllte schon den Kopf des Einsatzberichts aus, während der Fahrer einparkte.

Das wollte er. Draußen sein. Bulle sein.

Er hatte sich heute Nacht so gut gefühlt. Kein schlechtes Gewissen. Einfach nur Mann sein. Vögeln bis zur Erschöpfung und dann am Morgen in die Uniform steigen und zum Dienst fahren.

Jana war das krasse Gegenteil von Svenja. In allem. Sie hatte vor nichts Angst. Sie brauchte jede halbe Stunde einen Kick. Sie lachte laut. Sie aß gierig. Sie trank schnell. Sie schrie beim Sex. Und zwar Sachen, die andere nicht mal flüstern würden. Und sie würde keinen Typ haben wollen, der in einer Scheißtelefonzentrale hockte. Sie würde einen Cop haben wollen. Einen, der mit blauem Auge und geprellten Rippen von der Arbeit kam und sie als Erstes im Flur gegen die Wand drückte.

Die Maschine sprotzte. Das Wasser war durchgelaufen.

Merten schaltete sie aus und beobachtete, wie die letzten Tropfen auf die tiefbraune Oberfläche fielen. Eintauchten und dabei Flüssigkeit verdrängten. Die sich kreisförmig ausbreitete, sich aufwölbte, weil der Widerstand des Kaffees zu groß war. Der Rand kräuselte sich, der winzige Krater fiel nach einem Augenblick in sich zusammen, und in seiner Mitte entstand ein neuer Tropfen, der nach oben flog und dann wieder zurückfiel. Und das schwarze Wasser in Wellen schlug.

Jana. Svenja. Kim. Sich kräuselnder Dampf aus Kaffeebechern im Sonnenlicht. Kondenswasser, das an einer Flasche eiskaltem Bier herunterlief. Gitarren. Schweiß. Starker Duft.

Leben.

Merten schloss die Augen. Er versaute gerade alles. Und fühlte sich so lebendig dabei. Obwohl alles falsch schien.

Er zog das Handy aus der Tasche. Rief die Mobilbox an. Hörte noch mal Janas Nachricht. Etwas in Merten wollte es nicht wahrhaben, aber es konnte eigentlich keinen Zweifel geben.

Jana war die Anruferin in der Zentrale gewesen.

Jana hatte Kim und Bernie auf der Straße liegen lassen und war weitergefahren. Jana war vielleicht überhaupt der Grund dafür, dass die beiden auf der Straße verreckt waren. Und das wirklich Unglaubliche daran war: dass er sie nicht dafür hasste. Dass er sich noch mehr nach ihr sehnte.

Sie war ein dunkler Engel.

Und war alles, was er noch wollte.

Der Neandertaler saß am Laptop. Checkte die Bilder und lachte die ganze Zeit.

»Ey, der ist ja so abgegangen. Und guckt, als hätte er Angst vor dir.«

Sie drehte die Augen zur Decke.

»Mann, ist das geil. Jetzt hab ich Pornofotos von dir. Ich kann dich erpressen. Hahaaaa.« Er lachte sich kaputt.

»Und ich bin froh, dass du nicht mit drauf bist. Hättest vermutlich die ganze Zeit blöd in die Linse gegrinst und deine Muckis gezeigt.«

Und prompt machte er genau so ein Gesicht, er hatte sich einfach nicht im Griff. O my god. Er war so simpel gestrickt.

»Unsere neue Kiste steht im City-Parkhaus. Das ist nah am Garnisonsplatz. Ein Audi A1, silbermetallic, Kennzeichen Hochsauerlandkreis. Hier dein Schlüssel. Ebene B. Richtung Ausgang West.«

Er nickte abwesend und zoomte ihre linke Brust mit Mertens Hand drauf ran. Lachte schon wieder.

Sie schnaubte.

»Erde an Vollidiot. Hast du mich verstanden?«

»City-Parkhaus beim Garnisonsplatz, A1, silbermetallic, Kennzeichen HSK irgendwas, Ebene B, West. Babe, ey, ich bin doch nicht bescheuert. Mhmm … deine Tittis sind einfach lecker …« Er leckte mit seiner Zunge in der Luft rum. Wäh.

Sie warf ihre Umhängetasche aufs Bett und zog die Lederjacke aus.

Sah ihn an. Schüttelte den Kopf.

»Sag mal, dein beschissenes Muckistudio, haben die auch Kampfsport?«

»Nee, nicht direkt. Aber auf dem Weg hab ich 'ne Karatebude gesehen. Ich sag dir, wo.« Er speicherte und schloss den Explorer. Drehte sich um.

»Willste nicht lieber mit mir 'ne Runde fighten?«

Sie schnaubte.

»Du weißt, dass ich dich wegkicke, bevor du ganz aus dem Stuhl hoch bist. Du bist nämlich hier der mit dem Brain und ich die mit den Muskeln. Halt, falsch. Ich bin die mit dem Brain *und* den Muskeln, und du hast einfach nur einen Führerschein. Also, wo?«

Er zeigte ihr den Stinkefinger.

»Wenn du so clever bist, dann find's raus.«

Sie riss die Umhängetasche vom Bett und warf sie in seine Richtung. Er boxte sie weg und sprang aus dem Stuhl. Flog auf sie zu und warf sie aufs Bett. Sie brachte blitzschnell ihr rechtes Knie nach oben und rammte es ihm in die Eier.

Er heulte laut auf und warf sich zur Seite.

Flasche.

Sie stand auf und kramte im Schrank nach ihrem Sportzeug.

»Ich geh laufen, Sissy.« Sie zog sich schnell aus und die Laufsachen an. »Bis später. Ach, und du hast Stallwache. Die wollen sich heute noch melden. Viel Spaß.«

Er keuchte noch immer und zog die Beine krampfhaft gegen den Bauch, seine Hände im Unterleib vergraben.

Sie lachte leise.

Mann, das war es. Den Kerlen einfach mal in die Eier treten. Könnte auf ihrem Grabstein stehen.

Odhan Celik stellte das leere Teeglas auf den kleinen Tisch neben seinem Stuhl. Er sah Schwankwitz an und lächelte. Legte ein Bein übers andere, zupfte am Aufschlag seiner Hose. Lächelte breiter. Lachte leise.

Schwankwitz hob eine Augenbraue.

»Kommen Sie, Schwankwitz. Nazis wollen Waffen bei einem Türken kaufen. Das ist doch komisch.«

»Wenn Sie meinen, Herr Celik. Ist wohl orientalischer Humor.«

Celik lachte weiter, aber seine Augen bekamen einen kalten Glanz.

»Der Orient war schon eine Kultur, als Ihre Vorfahren noch nicht mal wussten, dass sie so früh verreckten, weil sie sich nicht wuschen. Wir haben Ihren Kreuzrittern die Vorzüge von Seife beigebracht. Durch uns haben sie Essen kennengelernt, das nicht nur den Körper stärkt, sondern auch die Seele reinigt. Und nicht zuletzt haben sie bei uns gelernt, dass man eine Frau nicht einfach grunzend besteigt, sondern sie glücklich machen kann und soll. Und dass man trotz all dieser Feinheit ein gnadenloser Krieger sein kann.«

Schwankwitz lächelte süffisant. Celik beugte sich vor.

»Eine differenzierte Sicht auf die Welt hat noch keinem geschadet. Aber Ihre Leute kann man nicht differenziert betrachten. Ich kann eine solche Menge Waffen und Munition nicht in die Hände von planlosen Totschlägern legen. Überzeugen Sie mich davon, dass diese Männer in der Lage sind, so ein Vorhaben geplant und organisiert durchzuführen. Und vor allem so, dass ich nicht in den ganzen Scheiß mit reingezogen werde.«

Schwankwitz trank seinen Tee aus. Er sah zur Decke. Dann sah er Celik an.

»Gut. Ich habe Respekt vor Ihnen. Sie sind ein sehr kluger und durchsetzungsfähiger Mann. Und wir brauchen Sie. Nachdem Herr Perschel«, er streifte den Rocker mit einem abschätzigen Blick, »uns für dieses Geschäft nicht mehr zur Verfügung steht, wir aber im Rahmen der Gesamtorganisation in der Pflicht stehen, diesen Teil der Operation hier abzuwickeln, bleiben ja nur Sie.« Schwankwitz nahm seine Brille ab, putzte sie pedantisch und setzte sie wieder auf. »Ich muss sagen, dass ich in Sie auch größeres Vertrauen habe, was die reibungslose Organisation der Sache angeht. Gut. Die eigentliche Gruppe wird aus etwa sechs Leuten bestehen. Zwei davon sind derzeit hier. Versteckt. Die Leute sind alle gut ausgebildet, glauben Sie mir. Ein Teil lebt schon seit einigen Jahren im Untergrund, andere haben alles fürs Abtauchen vorbereitet. Keiner von ihnen ist in besonderer Weise auffällig geworden. Die Behörden haben sie als lediglich durchschnittliche, unbedeutende Mitglieder der Rechten auf dem Schirm.«

Tarik reichte Schwankwitz einen frischen Tee. Der nickte und trank einen kleinen Schluck.

»Der Führer des Kommandos ist ein äußerst professioneller Kämpfer. Mit intensivem militärischem Hintergrund und internationaler Erfahrung. Operationen dieser Größenordnung stellen für ihn organisatorisch keine Hürde dar. Natürlich ist so etwas für Deutschland absolut neu und in urbanem Umfeld nicht leicht durchführbar. Es wird möglicherweise zu eigenen Verlusten kommen, aber, um Ihnen den Ernst der Sache zu verdeutlichen: Es wird niemand lebend in die Hände der Behörden fallen.«

Celik sah Schwankwitz an. Neigte den Kopf hin und her.

»Das ist vorher leicht gesagt. Wenn es ans Sterben geht, neigen Menschen in der Regel dazu, lieber doch noch am Leben zu bleiben. Ihr Deutschen habt seit dem letzten Krieg sowieso das Sterben verlernt. Eure terroristische Linke, die im Töten nicht schlecht war, hat sich beim Sterben auch öfter mal zurückgehalten.«

Schwankwitz kaute Luft. Celik lächelte. Er hatte ihn kurz davor. Er würde gleich etwas Dummes sagen, und das würde Odhan Celik bei diesem Geschäftsabschluss ein gutes Stück weiterbringen.

Der Kölner Volksgarten lag im Sonnenlicht, aber die beiden unauffälligen Männer hielten sich bei ihrer Runde stets im Schatten der Bäume. Es war nicht genug los am helllichten Tag, mitten in der Woche, um in der Menge zu verschwinden. Also spazierten sie zwischen Bäumen. Wo an einem sonnigen, aber nicht wirklich warmen Frühlingstag eigentlich niemand ging.

»Halten die immer noch die Füße still?«

Der jüngere der beiden Männer nickte.

»Hocken im Dunkeln und warten ab. Das ist mein Stand von heute Vormittag.«

Er sah seinen Vorgesetzten von der Seite an. Sie waren vor über einer Stunde in der Firma aufgebrochen und seit einer halben Stunde im Park und hatten noch kaum ein Wort gewechselt. Und wenn sie sprachen, dann nur über die Operation, aber nicht über den Grund ihres Hierseins. Er kannte seinen Chef jetzt schon viele Jahre. Er wusste, dass es nichts brachte, ihn zu drängen.

Der Alte sagte in solchen Situationen nicht aus Unsicherheit oder Peinlichkeit nichts, sondern weil er das Problem von allen Seiten beleuchtete. Sein Job war, aufnahmebereit zu sein, wenn der Alte so weit war. Dann erläuterte er immer in sparsamen, präzisen Worten die Lage, was das Problem daran war und welche Optionen es gab. Dann musste er spüren, ob der Chef eine Einschätzung wollte oder er einfach weiter zuzuhören hatte.

»Können die das Geschäft überhaupt noch abwickeln? Ich meine, haben die die Nerven dafür? Das sind einfach keine Profis.«

Der Alte hatte gegen Profis gearbeitet. Man sagte im Dienst, dass er deswegen immer so erfolgreich gewesen sei, weil er den Gegner weder unter- noch überschätzte. Er wusste, wann er es mit Spinnern und wann mit Profis zu tun hatte.

»Natürlich kann man das bei solchen Typen nie hundert Prozent sagen.«

Der Alte schnaubte unwirsch. Sein Mitarbeiter lächelte.

»Aber ich denke, ja. Sie sind gut. Geduldig und diszipliniert. Diese Sache mit den Polizisten hätte nicht passieren dürfen, aber nach allem, was wir bisher darüber wissen, haben sie es – rein taktisch gesehen – richtig gemacht.«

Der Alte blieb stehen. Streckte seinen Rücken durch. Atmete.

»Was da läuft, das ist eine neue Qualität. Wir sind seit Jahren intensiv an der Szene dran. Aber dass die so eine Sache durchziehen wollen, das hätte ich nicht vermutet. Und dass sie es auch können. Wir haben Glück gehabt.«

Der jüngere Mann nickte.

»Es ist sehr heikel. Eine heikle Operation.«

Der Alte schloss die Augen, lockerte mit kleinen kreisenden Bewegungen seine Hüften. Stöhnte leise.

»Alles schon da gewesen. Lange vor Ihrer Zeit. Nur mit anderen Spielern.«

Sie gingen weiter. Der Alte würde jetzt erzählen, das hörte er am Klang seiner Stimme.

»Solche Dinge waren viele Jahre unser Tagesgeschäft. *Gladio*. Strategie der Spannung. Sie kennen den ganzen Kram, als einer der wenigen Ihrer Generation im Dienst. Die anderen interessieren sich nicht für Geschichte. Aber das sollten sie. Denn sie wiederholt sich doch. Manchmal.«

Ein Jogger kam ihnen entgegen. Große Kopfhörer, quietschbunte enge Klamotten, aufgeblasene Muskeln. Sie ließen ihn schweigend passieren.

»Es ist jemand aufgetaucht aus jener Zeit. Ausgerechnet jetzt. Ich will glauben, dass es ein Zufall ist, aber ich kann es nicht.«

Der junge Mann spürte einen Schauer durch seinen Körper laufen. Sein Mund wurde trocken. Ein Geheimnis. Der Alte schnaufte.

»Sie werden Ihr Leben lang an diesen Tag denken, da bin ich sicher. Den Tag, an dem Sie zum ersten Mal von einem Geheimnis hörten.« Er hustete, bevor das Lachen richtig aus seiner Kehle kommen konnte. »Ein Geheimnis im Geheimdienst. Ist das nicht komisch?«

Der junge Mann wurde rot. Der Alte hakte sich bei ihm unter und zog ihn auf einen sehr schmalen Seitenweg, den man fast übersah.

»Oder haben Sie etwa schon von der Akte ›Jäger‹ gehört?«

Der Alte sah ihn an, während sie tiefer ins Dunkel der Bäume tauchten.

»Nein. Noch nie.«

Der Alte nickte.

»Das hätte mich auch erstaunt. Ein denkwürdiger Tag, Sie werden sehen.«

Die beiden Männer wurden vom Schatten verschluckt.

11

Gandalf hielt Abstand, aber er konnte sie die ganze Zeit über sehen. Den Weg wählten die beiden Männer geschickt. Darin waren sie schließlich Profis. Aber ihre Felderfahrung war der von Gandalf eben doch weit unterlegen, und deshalb war es ihm auch ohne Weiteres gelungen, Fühlung zu halten. Der Alte hatte seine Zeit draußen abgedient, aber das war lange her.

Gandalf war sich unsicher, ob der Alte das Bild gefunden hatte. Er zeigte keinerlei Anzeichen von Nervosität oder gar Paranoia. Und dieses Foto musste selbst einen Mann wie den Alten nervös machen. Nicht unbedingt, was auf dem Foto zu sehen war, sondern was sein Auftauchen bedeutete.

Andererseits: Profi.

Gandalf hielt sich jetzt ganz im Dunkel der Bäume. Der Abzweig, den die beiden genommen hatten, spielte ihm in die Hände.

Er war schon Hunderte, vielleicht Tausende Male Menschen gefolgt. Um sie zu beobachten. Um sie zu belauschen. Um sie gefangen zu nehmen. Um sie zu töten. Er war nie gesehen worden, bis er getan hatte, was zu tun war. Beim SAS-Training riefen sie ihn »Shadow« und lachten. Er war kein außerordentlich guter Infanterist, nicht nach den Maßstäben der Spezialeinheit der British Army. Aber er war ein geborener Aufklärer, schon damals. Und er war ein geborener Killer. Das fand er allerdings erst später heraus. Ausgerechnet bei den Israelis tötete er seinen ersten Mann. Sie boten ihm an, an einer Operation teilzunehmen. Das war nicht vorgesehen in seinem Trainingsprogramm. Mehr noch, es war eigentlich strikt verboten. Es hätte schwerste internationale Verwicklungen heraufbeschwören können. Ein deutscher Soldat bei einer ultrageheimen israelischen Spezialoperation. Es war klar, dass er nicht in die Hände der Gegner fallen durfte. Das sagten die Israelis ihm klar. Und dass, falls die Gefahr bestünde, jemand aus dem Team ihn töten würde. Aber falls das nötig wäre und falls noch genug Männer übrig wären, würde für ihn dieselbe Regel gelten wie für jeden israelischen Soldaten: Keiner bleibt zurück. Ob tot oder lebendig.

Er zögerte nicht. Sie sprangen nachts mit Fallschirmen ab und landeten weit außerhalb von Beirut. Im Eilmarsch erreichten sie ihr Operationsziel, das Landhaus eines PLO-Führers. Um den ging es allerdings gar nicht, sondern um einen Offizier der NVA, der undercover als Berater für die PLO fungierte. Das wurde ihm allerdings erst klar, als der mit zerschlagenem Gesicht und gebrochenen Armen auf dem Boden lag und er bei der Befragung assistieren musste. Sonst war in dem Haus zu diesem Zeitpunkt niemand mehr am Leben.

Der DDR-Offizier flehte um sein Leben und redete. Gandalf hatte bei dem Einsatz noch nicht einmal seine Waffe abgefeuert, die Israelis waren schnell und gut. Aber er spürte am Ende genau, dass sie von ihm erwarteten, den Mann zu liquidieren.

Er sah ihm in die Augen, drückte ihm seine schallgedämpfte MP gegen die Stirn. Und schoss.

Es machte ihm nichts aus. Gar nichts.

Der Kommandoführer, ein junger Hauptmann, schaute ihn genau an. Dann lächelte er, klopfte ihm auf die Schulter und sagte etwas auf Hebräisch, was der Rest der Männer mit anerkennenden Worten quittierte. Dann verschwanden sie in der Nacht.

Der Alte und sein Mitarbeiter gingen nah beieinander durch den dichten Wald. Der junge Mann hing an den Worten seines Chefs, sog sie gierig auf. Gandalf musste unwillkürlich lächeln. Sah sich selbst vor vielen, vielen Jahren. Genau so war er seinerzeit neben dem Alten hergelaufen. Der eigentlich nicht sehr viel älter als er selbst war, aber fast zehn Jahre waren damals eine Ewigkeit.

Und er hatte Gandalf etwas anzubieten. Ein Leben. Das Leben, das Gandalf führen wollte. Der Alte hatte einen Auftrag für ihn.

Und jetzt hatte er einen Auftrag für den jungen Mann, der neben ihm ging. Das sah Gandalf genau. Würde ihn vollpumpen mit Bedeutung, ihm vorspielen, dass er ihm vertraute, nur ihm allein.

Gandalf lächelte.

Er war auch darauf reingefallen. Nicht nur einmal. War dem Fänger ins Netz gegangen und hatte sein Zappeln darin für Flügelschlagen gehalten. Hatte ihm geglaubt, dass er und nur er dieser Aufgabe gewachsen war. Aber es hatte immer auch andere gegeben. Das Netz, das der Alte damals wob innerhalb des riesigen Netzes aus Paranoia und Hass, das sich über Ost und West gelegt hatte, verband viele Männer und Frauen wie Gandalf. Er hatte sogar manche davon kennengelernt, weil sie gerade dieselbe Organisation unterwanderten, infiltrierten, ausspähten und sich schier auf die Füße traten dabei.

Die beiden Männer gingen langsamer. Gandalf kniff die Augen zusammen. Das machte ihm manchmal Sorge. Seine Augen wurden schlechter. Lauf der Zeit.

Sie waren stehen geblieben, der Alte zeigte auf etwas. Eine Bank.

Während die beiden sich setzten, öffnete Gandalf vorsichtig die kleine Gürteltasche. Entnahm ihr ein Richtmikrofon und einen Hörer. Pegelte den Empfänger ein.

Und hörte seine eigene Lebensgeschichte.

Jedenfalls die Version, die der Alte für die momentan geeignete hielt …

Der schwere BMW von Odhan Celik surrte wieder durch den Wald. Celik hatte die Augen geschlossen, spürte den vergangenen drei Stunden nach.

Es war viel besser gelaufen, als er gehofft hatte. Und es war der absolute Irrsinn, sich mit solchen Typen einzulassen. Was die vorhatten, würde ein Erdbeben auslösen, die Republik verstören und bis in ihre Grundfesten erschüttern.

Wenn sich seine Gesinnungsgenossen in der Türkei zu so einer Aktion entschließen würden, es wäre überhaupt kein Problem, sie durchzuziehen. Aber hier in Deutschland, bei den Sicherheitsvorkehrungen vor jüdischen Einrichtungen ... Irrsinn, es gab kein anderes Wort dafür.

Aber andererseits ein wirklich lukrativer Auftrag – und den Juden eine zu verpassen, war ganz nach Celiks Geschmack. Es ging ihm dabei gar nicht um religiösen Hass, er selbst nahm seinen Glauben nicht allzu ernst. Aber wie die Israelis den ganzen Nahen Osten im Klammergriff hielten und jede türkische Regierung sich von denen gängeln ließ, das ging ihm und vielen anderen türkischen Nationalisten gewaltig auf die Nerven. Die Grauen Wölfe und andere Gruppierungen finanziell zu unterstützen, das war Ehrensache für Celik als Patriot und erfolgreicher Geschäftsmann, aber man musste zugeben, dass die konkret nicht gerade viel unternahmen.

Der schwere Wagen verließ den Waldweg und bog auf die Landstraße. Celik lächelte mit geschlossenen Augen.

Er hatte den Nazi ziemlich zum Schwitzen gebracht. Und der hatte sich so gut wie verplappert.

Die beiden Bullen waren von seinen Leuten umgelegt worden, da war sich Celik sicher. Das sprach nicht unbedingt für ihre Besonnenheit, aber immerhin hatten sie es offensichtlich so hingekriegt, dass die Polizei weit davon entfernt war, ihnen auf die Spur zu kommen.

Das Beste daran war, dass es Celik erlaubte, den Preis für die Ware und die Lieferung noch mal deutlich nach oben zu korrigieren. Perschels Angebot an Schwankwitz aus Zeiten, als er und seine »Skulls« so was noch hätten durchziehen können, war ohnehin zu niedrig, aber mit der Gewissheit, dass die Kunden unter großem Druck standen, war es ein Leichtes für Celik, eine Summe aufzurufen, die Schwankwitz blass werden ließ. Und er wusste, dass der sie ohne großes Murren aufzubringen versuchen würde.

So war es dann auch.

Der Dicke hatte gestöhnt und die Augen verdreht und schließlich genickt.

Der Wagen rollte durch die Vororte. Celik hörte leise, sehr leise das Rauschen von Verkehr und öffnete die Augen. Die Stadt konnte er sich immer ansehen. Auch so eine kleine. Landschaft machte ihn unruhig. Wenn er das Wort hörte, dachte er immer nur: Armut. Stillstand. Tod. Menschen, die sich stumpf in ihr Schicksal ergeben.

Die Stadt, das war Enge. Streit. Schmutz. Aber auch Beweglichkeit. Offenheit. Ehrgeiz. Kultur.

Er selbst hatte nur in Städten werden können, was er heute war. Odhan Celik empfand keinerlei Scham über seine Geschäfte. Er lieferte, was andere haben wollten. Sich zu berauschen, sich mit jedem Rausch dem Tod näher zu bringen. Das war Schwäche aus Odhan Celiks Sicht. Aber es war menschlich und legitim. Wenn jemand aus seinem Leben nicht mehr zu machen gewillt war, dann war das eben sein Weg.

Gewalt ausüben, sich mit Hilfe von Waffen etwas verschaffen, was man haben wollte, einem anderen mit Waffen seinen Willen aufzwingen. Jemanden töten. Das gehörte zur menschlichen Natur. Es war völlig naiv, so zu tun, als wäre das »das Böse«. Moderne Gesellschaften hatten sich darauf geeinigt, solche Verhaltensweisen als randständig zu brandmarken, für gesetzwidrig zu erklären. Sie einzudämmen. Und Odhan Celik fand das völlig in Ordnung. Die meisten Menschen konnten mit diesem Teil ihres Seins überhaupt nicht umgehen. Würden zerbrechen, wenn sie so lebten.

Außerdem entwickelten sich gewalttätige Gesellschaften viel langsamer als friedfertige. Das konnte man an seiner Heimat sehen. Zu Hause hatten sie allerdings auch immer noch Probleme, die man nicht friedlich lösen konnte.

Aber nach außen ließen sich alle türkischen Regierungen immer noch Fesseln anlegen. Zeigten nicht die Krallen. Die Reißzähne des türkischen Wolfes.

Odhan Celik glaubte an Macht. Und an Geld. Seit Aydan und den Kindern glaubte er auch an die Liebe.

Aber wenn man ihn fragte, wovon er träumte, dann gab es nur eines: von der alles überstrahlenden Größe der türkischen Nation.

Und da war wieder das Wundersame am Leben und an der menschlichen Natur. Dass ausgerechnet ein deutscher Nazi ihn in diesem Punkt völlig verstand und er diesen Nazi.

Odhan Celik lächelte. Schüttelte den Kopf. Klopfte Can auf die Schulter.

»Fahr mich nach Hause. Ich mache für heute Schluss.«

Der Alte auf der Parkbank griff in die Tasche seines Jacketts und entnahm ihr eine kleine Blechdose mit Grether's Blackcurrant. Er bot dem Jüngeren davon an.

»Das Beste bei trockenem Hals. Natürlich außer einem Schluck Wasser.« Er lachte rau und nahm sich dann selbst eine der weichen Pastillen. Behielt die Dose in beiden Händen. Lutschte das Bonbon. Schloss die Augen.

»Jäger«, er seufzte, »war ein hochinteressanter Mann. Sein Vater ist ein richtiger Nazi gewesen. Waffen-SS. Hauptsturmführer. Ostfront. Ritterkreuz. Dann Nachrichtendienst. SD. Wurde 44 von den

Amis in der Normandie gekascht. Der OSS hat hin ausgequetscht, und später wollte Gehlen ihn wieder reaktivieren. Kommunisten jagen und so weiter, Sie kennen die ollen Kamellen.« Der Alte lachte und verschluckte sich dabei. Er hustete, machte Gesten, der Junge solle ihm auf den Rücken klopfen. Beruhigte sich wieder.

»Aber der alte Jäger hatte einen riesigen Hass auf die Demokratie. Weigerte sich. Blieb lieber verbittert zu Hause hocken und soff. Na ja. Und der Sohn lief erst mal in der üblichen Spur der siebziger Jahre. Mein Nazipapa, die Sau. Schmiss die Schule, gammelte rum. Landete in so einer Landkommune, auf einer Ritterburg im Kaiserstuhl. Die waren sogar gut organisiert, hatten so ein Konzept. Hofladen, Bäckerei, Wirtshaus. Und Jäger war da Koch. *Koch*. Stellen Sie sich das mal vor.« Er lachte wieder, und der Jüngere befürchtete schon, er würde sich wieder verschlucken.

»Tja… alles schön in der bunten Hippiewelt. Nur blöd, wenn man nie die Post öffnet. Vor allem keine Einschreiben. Sie ungelesen wegschmeißt. Dann kommt nämlich womöglich irgendwann die Polizei mit einer Feldjägerstreife und nimmt einen mit in die Kaserne, in der man seit vier Wochen Dienst schieben sollte.« Der Alte schloss die Augen, kicherte. »Jäger hat in den ersten Tagen natürlich voll die Verweigerernummer durchgezogen. Sofort den KDV-Antrag gestellt. Sich gegen alles Mögliche gesperrt und ist in seiner dritten Woche dann schon in den Bau gewandert, wegen fortgesetzter Befehlsverweigerung. Aber das Leben ist ein böser Clown. Der Spieß von Jägers Kompanie war als junger Kerl in der Waffen-SS gewesen. Und wer war dort sein Kompaniechef? Richtig.«

Der Alte sah auf die Blechdose in seinen Händen. Öffnete sie und nahm sich noch ein Bonbon. Bot dem anderen die Dose, der schüttelte den Kopf.

»Der alte Kämpfer begriff schnell, wer der junge Kerl war, er sieht seinem Vater auch brutal ähnlich, und machte es sich also zur Aufgabe, an das Gute im Hippie zu appellieren. War clever genug, seine Geschichte nicht zu erzählen. Kriegte es tatsächlich hin, dass der Junge sich entschloss, einfach die Monate abzureißen, es als Erfahrung zu verbuchen. Und dann ging es los.« Er sah in die Baumkronen, atmete tief ein. »Ah, der Frühling ... Jäger wurde zum Spitzensoldat. Körperlich sehr leistungsfähig, aber vor allem: leidensfähig. Er war bei den Panzeraufklärern gelandet. Wechselte nach der Grundausbildung zu den Luftlandeaufklärern, verpflichtete sich zuerst für vier Jahre und später für acht. Nach weiteren sechs Monaten war er in der Ausbildung zum Fernspäher. Durfte zu einem Lehrgang nach England. Das war so eine Counterterrorism-Geschichte. Der SAS war zu der Zeit in Nordirland im Dauereinsatz. Und seit Mogadischu war klar, dass hierzulande die GSG 9 so was macht. Wollte die Bundeswehr aber nicht auf sich sitzen lassen und hat also mal die Fühler ausgestreckt, was so ginge.« Er schluckte den letzten Rest Grether's und steckte die Dose in die Tasche. »Mit Jäger ging auf jeden Fall einiges. Die Briten haben ihm eine Bombenbeurteilung geschrieben. Geborener Undercovermann und so weiter. Das Leistungsprofil von Jäger hat perfekt gepasst in diese ganze Strategie-der-Spannung-Kiste und zu den Überlegungen, wie die terroristische Linke zu unterwandern wäre. Polizeilich ist man der zweiten Generation RAF ja nicht mehr beigekommen. In allen anderen NATO-Ländern waren da längst die Geheimdienste dran. Nur bei uns wieder Bedenken, Bedenken. Die Stay-behind-Organisationen waren aber eine gute Basis, da haben MAD, BND und Verfassungsschutz eh schon Hand in Hand gearbeitet. Und Jäger wurde dafür aufs Korn genommen. Der MAD hat ihn mal sehr ungefähr angesprochen und als Leckerli einen Aufenthalt bei den Israelis in Aussicht gestellt, Sayeret Matkal. Da konnte einer wie Jäger nicht Nein sagen. Eine der besten Spezialeinheiten der Welt, in vieler Hinsicht *die* beste. Und der kleine deutsche Stabsunteroffizier mittendrin. Der Mossad war natürlich nicht blöde und hat schnell rausbekommen, wer Jägers Vater war. Unsere Leute konnten aber alle Bedenken gegen Jäger selbst ausräumen. Tatsächlich hatte der auch jeden Kontakt zum Vater abgebrochen. Na ja. Und in Israel ist er auf den Geschmack gekommen. Die haben ihn zu einer absolut verbotenen Aktion mitgenommen. Und dort hat Jäger einen NVA-Offizier liquidiert, kann man nicht anders sagen. Die Israelis haben das natürlich weitergeleitet, unter der Hand. Jäger selbst hat absolut geschwiegen dazu und war in keinster Weise auffällig danach. Und so kam er auf meinen Schreibtisch beim BND damals. Ich habe ein langes, sehr langes Gespräch mit ihm geführt und ihm die Perspektive eröffnet, immer so zu arbeiten. Allerdings würde er dazu zu uns kommen müssen. Die Bundeswehr offiziell verlassen. War kein Problem für …« Der Alte stockte mitten im Satz und starrte in den Wald. Der Jüngere folgte seinem Blick.

Gesträuch raschelte und flatterte. Sie hörten sich entfernende schnelle Schritte auf Laub. Dann Stille.

Schwankwitz wählte noch vom Auto aus die Nummer der beiden und sagte ihnen, dass der Deal stehe, aber der Preis deutlich gestiegen sei. Dafür könne das Bestellte schon in drei Tagen an Ort und Stelle sein. Der Junge holte tief Luft, schwieg eine Weile. Sagte dann mit gepresster Stimme (Wut? Panik? Konnte sich völlig gleich anhören), dass er Rücksprache halten müsse. Er könne dazu nichts sagen. Dann legte er auf.

Schwankwitz glotzte das Handy an. Die Displaybeleuchtung erlosch. Er würde heute dringend noch einen weiteren Anruf tätigen müssen.

Aber den durfte wirklich niemand mitkriegen.

Gandalf ließ sich von der Erzählung mitnehmen. Das war ein Fehler. Unverzeihlich.

Deswegen hörte er den anderen viel zu spät. Aber immerhin: Bevor die Pistole an seinem Kopf klebte, nahm er sie hinter sich wahr, registrierte, auf welcher Höhe sie sich annäherte. Sein Körper reagierte unmittelbar.

Er griff nach hinten, erwischte punktgenau das Handgelenk des Angreifers. Riss es nach vorn, brachte sich selbst in eine Drehung und hob gleichzeitig den Arm des Mannes nach oben. Der war so sehr Profi, dass er trotz Angriffs nicht aus Versehen schoss. Gandalfs linkes Knie landete auf dem Solarplexus des anderen, presste einen erstickten Laut aus dessen Mund. Zum Abschluss landete Gandalfs Faust seitlich des Kehlkopfes, und der Mann klappte lautlos zusammen. Gandalf hielt für ein, zwei Sekunden noch das Handgelenk fest, bis er sicher war, dass der sich in den nächsten zwanzig Sekunden sicher nicht rühren würde. Dann sprintete er los. Unwillkürlich und schon im Laufen musste Gandalf lächeln. Der Alte hatte nichts verlernt. Hatte sich einen Aufpasser mitgenommen. Wahrscheinlich wusste das der junge Mann gar nicht …

Er rannte fünf Minuten in der Deckung des Waldes, dann war er sicher, dass es keine Verfolger gab. Er verlangsamte sein Tempo, verstaute im Laufen das Richtmikro wieder in der Gürteltasche, zog sein Handy raus und öffnete es. Nahm die Prepaidkarte raus und ließ sie fallen. Steckte das Telefon wieder zurück und joggte entspannt weiter.

Eine Viertelstunde später ging er in gemächlichem Tempo durch den Park. Immerhin hatte er heute Morgen schon sein Zimmer aufgegeben und alle seine Sachen im Auto. Die hätte er sonst abgeschrieben. Er musste jetzt zuallererst die Stadt verlassen. Der Alte würde alle Möglichkeiten ausschöpfen, ihn zu finden. Ein paar Stunden, vielleicht einen Tag, wäre er jetzt nicht erreichbar. Aber was sollte passieren? Die beiden würden ohne ihn nichts unternehmen. Das war ausgemacht.

12

»Es geht um Sex.« Therese lachte bitter.

Grewe goss ihnen beiden noch einen Kaffee ein.

»Sex ist nämlich ein Problem für mich, weißt du?«

Stellte den Kaffee vor ihr ab, sah sie an.

»Wie könnte er das nicht sein?«

Therese schüttelte ganz klein den Kopf.

»Vielleicht will ich gar kein Verständnis? Keinen Dackelblick. Sondern gute, alte männliche Rücksichtslosigkeit.«

Grewe spürte, dass er an der Grenze war. Dessen, was er von ihr wissen wollte. Dessen, was er zu hören ertragen konnte.

Konnte aber nichts sagen. Setzte sich.

»Du bist lieb. Gerd ist lieb. Kertsch ist lieb. Markus Fuchs ist lieb. Sogar Tony Estanza ist lieb, mein Gott, ein lieber Torero. Heiko soll nicht lieb sein. Er soll stark sein und mich halten und mir Bescheid stoßen. Soll sagen, dass ich mich zusammenreißen soll. Und soll sich von mir nicht aus dem Bett werfen lassen.«

»Stopp.« Laut. Zu laut. »Therese, das kann ich mir nicht anhören. Das ist zu intim, das will ich nicht …«

Es hatte geklopft.

»Ja, bitte.«

Steffen Kindler. Beziehungsweise sein Kopf.

»Herr Grewe, ich würde Sie gerne gleich mal in meinem Büro sprechen. Ja?«

Grewe hatte sich gedacht, dass Kindler den Ton draufhaben würde. Aber dass er jetzt schon damit kam. Und vor allem: Warum?

»Natürlich, Herr Kindler. Fünf Minuten bitte.«

Nach »natürlich« war Kindler aber schon weg. Er konnte Chef, so viel war klar. Grewe musste mit Therese reden.

»Therese. Ich weiß nicht, was er jetzt will, aber früher oder später werde ich Personalgespräche mit ihm führen müssen.«

Therese hob eine Augenbraue. Grewe wich ihrem Blick nicht aus.

»Du bist meine Stellvertreterin. Du bist stellvertretende Leiterin der SoKo. Wir haben zwei tote Kollegen und keine verwertbare Spur.«

»Ich kann mir nicht helfen, aber hab ich das, was jetzt kommt, schon mal in irgendwelchen Filmen gesehen?« Therese sagte das leise und mit zusammengekniffenen Augen.

Grewe schnaufte.

»Herrgott. Meinst du, mir fällt das leicht? Wir sind Freunde. Ich sehe seit einem Jahr dabei zu, wie es dir immer noch nicht besser geht. Du machst deine Arbeit genauso gut wie vorher auch? Nein.« Er hob die Hand, stoppte Therese, die etwas sagen wollte. »Jetzt bin ich dran. Die letzten Tage war es so schlimm, wie schon lange nicht mehr. Du weinst praktisch durch, ich halte das nicht mehr aus. Was soll ich denn Kindler sagen, wenn der nicht so verständnisvoll reagiert wie Kertsch? Wenn der dich aus dem aktuellen Job abgelöst sehen will, weil er mal einfach findet, dass eine Polizistin in Traumatherapie keine Mordfälle bearbeiten sollte? Ja!?« Brems dich. Immer dasselbe, dachte Grewe. Ich halte zu lange den Mund, und dann kommt es so grob raus. Er versuchte, seinen Puls etwas runterzubringen. Sein Telefon klingelte.

»Grewe.« Er verzog sofort das Gesicht. »Entschuldigen Sie bitte, Herr Kindler. Ich bin sofort oben. Ja.«

Grewe legte auf. Guckte Therese an. Sie hatte sich zurückgelehnt, die Arme verschränkt, eine einzige Abwehr, ihr Gesicht so verschlossen, als wären sie Fremde in der Straßenbahn am Morgen.

»Lauf schon.«

»Therese …«

»Ach hör doch auf. Wenn du dir den Stuhl geschnappt hättest, müsstest du nichts erklären und auch jetzt nicht hochhoppeln. Und ich könnte … Ach Scheiße.« Sie konnte die Tränen schon wieder nicht zurückhalten. Grewe stand auf.

»Geh nach Hause und bleib auch morgen da. Wir kriegen hier doch eh nichts auf die Reihe gerade. Keine Ergebnisse können wir auch ohne dich produzieren. Sollte sich was ergeben, ruf ich dich an.« Er stellte sich auf eine gepfefferte Antwort ein, aber es kam nichts. Therese nahm einfach ihre Tasche vom Haken der Garderobe, griff ihre Lederjacke und stürmte aus dem Büro.

Prima. Lief doch mal wieder alles rund.

Er saß auf dem Bett. Das Handy war heiß von seinen unzähligen Versuchen, Gandalf zu erreichen. Und sie erreichte er auch nicht seit ihrem Streit. Wahrscheinlich rannte sie irgendwo wie eine Irre. Machte sie ja immer.

Er wusste, dass er ziemlich auf dicke Hose machte. Und dass eigentlich sie das Sagen hatte. Aber jetzt hatte er das Gefühl, etwas entscheiden zu müssen. Der Dicke war auch keine Hilfe. Typisch Politiker, auch wenn er gerade einen auf Untergrund machte. Und jetzt kniff er schon beim Geld. Die Preiserhöhung war echt happig. Aber was erwarteten die eigentlich von einem türkischen Basarhändler?

Dem sollte man mal richtig …

Aber half ja nix.

Passau war schon ziemlich scheiße gelaufen, das musste man zugeben. Und dann die beiden Bullen.

Es tat ihm nicht leid. Ihr auch nicht. Sie hatten auch kein weiteres Wort mehr drüber verloren. Einfach weitergemacht.

Man konnte echt gut mir ihr arbeiten. Sie war hart. Und skrupellos.

Gandalf hatte ihnen klar gesagt, dass sie nichts Schwerwiegendes entscheiden sollten, ohne ihn zu kontaktieren. Aber Passau hatte er ihnen schließlich allein überlassen.

Na ja. War ja auch beinahe schiefgegangen.

Gandalf war gut. Sehr gut. Er hatte einen Heidenrespekt vor dem Grauen. Der hatte Sachen gemacht und erlebt … Und sicher nicht mal die Hälfte davon erzählt.

Er war ein Profi.

Und so gut das einerseits war, so sehr nervte es auch oft. Weil der Graue alles von allen Seiten anschaute. Ewig Geduld hatte. Immer wieder warnte, wie viele Aktionen schiefgelaufen seien, weil einer die Nerven nicht mehr hatte. Blablabla.

Bestimmt hatte er recht. Aber.

Es ging doch um was. Um die Sache. Um Herzblut.

Passau hatten sie echt gut geplant. Lange beobachtet. Alles vorbereitet. Und dann passierte was, und der ganze Plan hing, und beinahe wären sie im Arsch gewesen.

Die beiden Bullen. Auch wegen Passau.

Und der Überfall mit der meisten Beute, das war eine Spontanaktion gewesen. Gesehen, dass die Bank leer war, Fahrräder in eine Hofeinfahrt. Sturmmasken auf die Rübe, Knarren raus und rein in den Laden.

Fünfzehn Minuten später waren sie schon in Richtung Stadtrand unterwegs, keine Verfolger, und hatten fast vierzigtausend Euronen im Sack.

Hammer.

So musste man das machen.

Er wählte noch mal die Nummer. Teilnehmer derzeit nicht erreichbar. Gibt's doch nicht. Seit Stunden schon. So eine Kacke.

Er schrieb ihr einen Zettel. Und dann machte er sich auf den Weg.

»Pressetermine sind immer eine gute Gelegenheit, die Außensicht einzufangen. Aus den Fragen der Journalisten kann man eine Menge herauslesen. Auch und gerade über eigene Versäumnisse.« Kindler schraubte umständlich an einer Flasche Wasser herum, bis sie endlich wieder zu war.

Grewe hing für seinen Geschmack zu tief im Sessel, um sich auf Augenhöhe zu fühlen. War vermutlich auch Sinn der neuen Möbel.

»Wir geben kein gutes Bild ab. Das können Sie sich ja denken.« Kindler schob Grewe das Wasserglas über den Tisch zu.

Grewe nickte, trank einen Schluck, obwohl er keinen Durst hatte. Friedenspfeife. So was. Obwohl ziemlich klar war, wie das hier laufen würde.

»Natürlich kann man keine Ergebnisse behaupten, die man nun mal nicht erzielt hat. Und im Großen und Ganzen sind wir da heute auch gut rausgekommen.«

Grewe würde einfach nichts sagen. Ihn nur aufmerksam ansehen, nicken oder gegebenenfalls den Kopf schütteln und ganz seiner Meinung sein.

»Aber es ist absehbar, dass wir bald im Fokus der gesamten deutschen Presse- und Medienlandschaft stehen werden. Dessen müssen wir uns immer bewusst sein.«

Kindlers Blick wurde unscharf, er war jetzt ganz bei seinem Thema und der Frage, wie er es dem Kleinstadtkriminaler, der schlaff im Besuchersessel hing, wohl verständlich machen sollte.

Grewe schaute sich unauffällig im Büro um. Bei Kertsch war es immer karg und sachlich eingerichtet gewesen. Lediglich Fotos seiner Frau, der Kinder und später deren Kinder waren auf dem Schreibtisch gestanden. An den Wänden die üblichen »Die Kriminalpolizei rät«-Poster und immer eines von jeder der beiden Gewerkschaften. Ein paar Topfpflanzen.

Bei Kindler dagegen echter Designwille. Kunstdrucke. Keine Pflanzen, dafür zwei Giacometti-Kopien. Eine Dockingstation für das iPhone mit hochwertig aussehenden Tischlautsprechern.

Selbst die Wassergläser waren Original Duralex Picardie.

»Todschick, Schatz. Die will ich zu Weihnachten«, mit diesem Satz hatte Stina vor ein paar Jahren eine völlig neue Art Geschenke in ihrer Ehe eingeführt. Grewe war zuerst entsetzt. »Ich schenke meiner Frau doch keine Haushaltswaren.« Aber Klara zog ihn abends zur Seite und machte ihm klar, dass »Mama sich die wirklich doll wünscht, und sie will so was nicht einfach zwischendurch kaufen«. Grewe kaufte, peinliche Entschuldigungen grummelnd, die die Verkäuferin ohnehin nicht interessierten, eine Karaffe und zwölf Gläser. Stina juchzte an Heiligabend, und Grewe war irgendwie erleichtert, dass er fortan nicht mehr schwitzend und zweifelnd vor Schmuckauslagen stehen oder heimlich in Stinas Kleiderschrank nach den Größen schauen musste, um dann doch nur mit Klaras Hilfe ein passendes Geschenk zu finden.

»Proaktiv. Das ist das Gebot moderner PR, Herr Grewe.«

Grewe nickte. Er wusste nicht, wozu.

Klara. Wurde eine junge Frau. Herrgott, das ging sowieso alles so furchtbar schnell, aber diese Generation machte alles noch mal zwei, drei Jahre früher. Klara war für den Zusammenhalt der Familie fast schon so wichtig wie Stina. Auf jeden Fall wichtiger als Grewe. Fand Grewe.

»Wer Ihrer Leute beliefert eigentlich Herrn Humpert?«

Grewe schaute Kindler an.

»Wie meinen Sie das?«

Kindler verschränkte die Arme und kniff die Augen zusammen.

»Nehmen Sie es mir nicht übel, Herr Grewe, aber ich fürchte, Sie verstehen überhaupt nicht, worum es geht.«

Grewes Alarmglocken schrillten. Er hob das Kinn und zog eine Augenbraue hoch. So freundlich und defensiv er auf die meisten Menschen wirkte und sosehr er auch im Alltag genau das war: Wenn ein Alpharüde auch nur ansetzte, das Bein zu heben, stellte sich Grewes Nackenfell auf, und sein Körper schaltete unumkehrbar auf Angriff.

»Als SoKo-Leiter halte ich den Pressesprecher selbstverständlich auf dem Laufenden. Ich kenne Gregor Humpert jetzt schon fast zwanzig Jahre, und wir sehen uns mehrmals täglich. Aber wie Sie schon richtig sagten, wo es keine Erkenntnisse gibt, da gibt es auch nichts zu berichten. Wir machen einfach unsere Arbeit.«

Kindler trank währenddessen. Fuhr sich durch das kurz geschnittene Haar. Faltete die Hände auf seinem Schreibtisch. Guckte Grewe an, als wäre der ein schneller Happen für zwischendurch.

»Richtig, Herr Grewe. Ihre Leute machen ihre Arbeit. Sammeln und werten aus. Sie leiten. Und zu moderner Polizeiführung gehört Kommunikation unabdingbar dazu. Sie sind auch – und das sage ich ganz bewusst – Verkäufer ihrer, unserer Arbeit. Sie«, er deutete mit der Hand auf Grewe, »vermitteln dem Bürger die Sicherheit, dass wir hier unseren Job machen. Sie«, wieder die Geste, »müssen proaktiv auf Medienvertreter zugehen, ihnen etwas anbieten. Sie einbeziehen. Sie uns gewogen halten. Damit wir in schwierigen Situationen auch auf Verständnis seitens der Berichterstatter zählen können.« Kindler merkte, dass er etwas zu viel Fahrt aufnahm und legte eine kurze Trinkpause ein. Danach hatte er sofort wieder zu seinem Überlegenheit suggerierenden, aber tendenziell überheblichen Tonfall zurückgefunden. »Und es ist sicher weder hilfreich noch sinnvoll, noch ein richtiges Signal, wenn der Leiter der

SoKo einer solch heiklen Ermittlung die Pressekonferenz durch die Hintertür verlässt.«

Aha. So also. Grewe sah die Falle, stellte aber mit Wucht und ohne Zögern den Fuß mitten hinein.

»Ich hatte den Eindruck, dass Sie die Lage gut im Griff haben, Herr Kindler. Und ich werde mich sicher nicht vor meinen Chef drängen.«

Kindler lächelte. Lehnte sich zurück.

»Sehen Sie, genau das«, er hob den Finger, eine Geste, die Grewe mied wie der Teufel das Weihwasser, weil er sie nur von den schlimmsten Lehrern seiner Jugend kannte, »ist ein Kardinalfehler bei der Öffentlichkeitsarbeit. Falsche Scheu.« Kindler lehnte sich vor, änderte den Ton auf jovial. »Es geht nicht um Selbstdarstellung, sondern um selbstbewusste und offensive Darstellung unserer Behörde, unserer Arbeit. Darauf haben die Medien, darauf haben die Bürger ein Recht. Und wir als Führungspersonal haben das zu gewährleisten.« Er nickte. Grewe sank noch ein wenig tiefer in den Sessel und staunte, dass das überhaupt möglich war. Kindler beugte sich vor.

»Also. Ich möchte, dass Sie ab sofort täglich kurz vor Dienstschluss mit Herrn Humpert eine Tagesmeldung erarbeiten, die dieser dann an die Medien geben kann. Sollten sich neue Erkenntnisse ergeben, plötzliche Fortschritte möglich sein, ist natürlich in Absprache schneller zu reagieren oder wieder ein größerer Pressetermin anzuberaumen. Das versteht sich.«

Grewes Hände malmten die Sessellehnen. Spannungsumlenkung.

»Und was, zum Beispiel, sollen wir den Medien heute erzählen? Dass wir Handydaten checken, aber noch keine Ergebnisse haben? Ein Auto suchen, von dem wir nicht wissen, ob es ein Täter- oder ein Zeugenfahrzeug ist? Eine Stimme analysieren lassen, aber es wird noch dauern? Dass wir die Leichen abgeklebt haben, sie aufgeschnitten und die Schusskanäle vermessen und nichts gefunden haben, das uns weiterbringt? Sollen wir das sagen?«

Er war im Ton ruhig geblieben. Immerhin.

Kindler lächelte ihn an.

»Genau das, Herr Grewe. Sagen, was ist, und vermitteln, dass wir unsere Arbeit machen. Professionell.« Er nickte. »Kriegen Sie das hin?«

Grewe wäre gerne wütend aufgesprungen, aber er wusste genau, dass das bei diesen weichen Sesseln nur peinlich werden würde. Noch peinlicher, als sowieso schon alles war.

Der Alte saß wieder in seinem nichtssagenden Büro in dem hoch gesicherten Gebäude. Vor sich das Foto. Ihm gegenüber der junge Mann.

»Wie geht es Krombholz?«

Der junge Mann hatte ein Bein über das andere geschlagen, beide Hände um das Knie geschlungen.

»Den Umständen entsprechend. Das ist wohl der richtige Ausdruck. Sein Gehirn war für mehr als zwei Minuten ohne Sauerstoffversorgung.«

Der Alte nickte.

»Er ist zäh. Er schafft das schon.«

Sie schwiegen eine Weile.

»Glauben Sie, dass das Jäger war?«

Der Alte schaute etwas an, das weit weg von diesem Büro war. Ob ihm gefiel, was er sah, konnte man in seinem Gesicht nicht lesen. Aber es faszinierte ihn.

»Noch gestern hätte ich geschworen, dass Jäger tot ist. Schon lange tot. Wie kann ich da heute glauben, dass er uns im Park verfolgt?«

Langsam fand er Gefallen an seinem Objekt. Er lächelte. Schüttelte langsam und in kleinen Bewegungen den Kopf.

»Andererseits wurde Jäger genau dazu ausgebildet. Und er war immer einer der Besten. Meiner Meinung nach der Beste überhaupt, jedenfalls bei uns.«

Er lachte plötzlich.

»Aber dass er im Alter dermaßen«, er hob das Foto hoch, aber so, dass der Jüngere das Motiv nicht sehen konnte, »pathetisch wird. Erstaunlich.«

Der Alte guckte angewidert. Steckte das Foto in sein Jackett. Zog das Jackett wieder zurecht. Hob die Augenbrauen.

»Ja?«

Der Jüngere zuckte leicht, als wäre er aus einer Träumerei geweckt worden.

»Nichts.«

Der Alte lächelte. Gluckste.

»Das gibt es nicht: nichts.« Sein Mund lächelte, seine Augen waren zu alt dafür.

Der Jüngere fixierte eine Ecke des Schreibtischs. Das war kein Ausweichen. Er suchte Worte. Fand sie, aber beschloss, dass er besser im Ungefähren blieb. Das konnte der Alte genau sehen. Der Jüngere blickte ihm direkt in die Augen.

»Könnte es mit der Operation zu tun haben?«

Der Alte schaute ihn starr an. Aber er sah nicht ihn, sondern etwas anderes. Oder jemand anderen, der nicht im Raum war.

Dann schloss er die Augen, rieb mit Daumen und Zeigefinger die Nasenwurzel. Legte beide Hände auf den Tisch.

»Unsere Arbeit wird ja gerne mit Begriffen wie Paranoia, Misstrauen, Verschwörung und was sonst noch alles verbunden. Von Leuten draußen«, er ließ seine Hand über die Stadt vor dem Fenster schweifen, »die einfach nur nicht wissen, was wir wissen und nicht sehen wollen, was wir uns jeden Tag ansehen. Und die deswegen zwar in scheinbaren Schicksalsfragen ihrer kleinen Leben bereit sind zu *glauben*, was Sie und ich und jeder hier im Haus *weiß*: Dass es keinen Zufall gibt. Nur Muster und Absichten. Aber die niemals glauben würden, dass nur die ›Paranoia‹ von Leuten wie uns sie davor bewahrt, von Wölfen zerrissen zu werden.«

Der Jüngere nickte. Langsam und immer wieder.

»Er ist also im Spiel?«

Der Alte lachte.

»Ja. Todsicher. Die Frage ist jetzt, ob es sein Spiel ist oder unseres.«

13

Den Locher? Den bescheuerten Büroklammermagneten? Den kindischen Spitzer von der Gewerkschaft in Form eines Polizeimotorradhelms? Am passendsten wäre es, den Post-it-Block gegen die Wand zu werfen. Der würde nämlich nicht eindrucksvoll dagegenknallen, sondern sich vermutlich im Flug schon auflösen und völlig wirkungslos in Einzelteilen zu Boden segeln.

Also so, wie Grewe sich fühlte. Wirkungslos. Und in seine Bestandteile aufgelöst.

Therese war weg. Kindler hatte ihn wie einen Deppen abgeledert, ohne sich auch nur im Entferntesten dabei anzustrengen. Und die Ermittlung war ein böser Witz.

Zwei tote Kollegen und null Erkenntnisse. Er schaute auf die Uhr. Musste los. Abschlussbesprechung für heute in fünf Minuten. Die würde kurz werden. Wenn man nichts hat, muss man über nichts reden. Weder intern noch extern.

Grewe machte die Tür hinter sich zu. Dachte an sein Gespräch mit Humpert.

»Lass dich doch nicht verrückt machen.« Aber dabei saß der Pressesprecher so steif auf seinem Stuhl, dass Grewe spüren konnte, wie sehr er sich bemühte, cool zu bleiben.

»Wenn er tägliche Wasserstandsmeldungen haben will, dann gebe ich die raus. Kein Problem.« Humpert schnaubte. Das tat er sonst nie.

Die SoKo saß komplett, bis auf Therese, im Raum.

Übersichtlich. Wie die Ergebnisse.

Grewe setzte sich und fasste nach seiner Uhr. Nahm sie dann doch nicht ab. Sah, dass alle sein Zögern registriert hatten.

»Es wird nicht lange dauern. Es sei denn, jemand von euch hat Überraschungen.«

Nichts rührte sich. Grewe nickte.

»Gerd. Du zuerst.«

Gerd Drossel sah noch einmal auf seinen Zettel und schob die Lesebrille auf die Stirn.

»Die Einwähldaten von dem Telekom-Sendemast kriegen wir morgen. Durch die exakte Zeitnahme in der Leitstelle lässt sich die Anruferin sicher auf sehr wenige Nummern einschränken. Dann brauchen wir nur noch den Teilnehmer beim Provider abfragen. Die Staatsanwaltschaft hat die Verfügung schon auf dem Tisch liegen.«

Drossel sah zu Grewe.

»Mehr hab ich nicht.«

Schweigen. Grewe nickte wieder. Sah in die Runde.

»Ja. Mehr haben wir nicht. Aber immerhin haben wir das.«

Grewe lockerte seine Krawatte.

»Bei unserer ersten Zusammenkunft nach … der Tat hat ein Satz von Herrn Kindler für leise Unruhe gesorgt.«

Stifte wurden leise abgelegt. Stühle um Zentimeter verrückt. Rücken gestreckt.

»Er sagte, dass wir diese Ermittlung wie jede andere behandeln müssten. Ich gebe ihm recht. Und das heißt für uns, dass wir angesichts des völligen Fehlens von Alternativen nicht mehr darum herumkommen zu tun, was wir bei jedem Mord tun, auch wenn wir mehr Spuren finden, als Gerd nach Hause tragen kann, und mehr Hinweise bekommen, als wir Regalmeter zur Verfügung haben.«

Gerd Drossel atmete laut ein. Markus Fuchs massierte seinen Nacken. Tony Estanzas Knie schlackerten nervös auf und ab. Claudi Pallaske nestelte an ihrem Zopf. Überall Unruhe.

»Wir müssen nach einem Motiv suchen. Und das bedeutet, mit den Angehörigen zu sprechen. Das Übliche. Waren sie in letzter Zeit verändert. Waren sie nervös. Wirkten sie belastet. Gibt es jemanden, der ihnen Böses wollte.«

Grewe schüttelte den Kopf und hob beide Hände.

»Es ist unvorstellbar, und es ist unvorstellbar beschissen. Aber so geht unsere Arbeit. So wird ermittelt. Und wir dürfen die Möglichkeit nicht außer Betracht lassen, dass es ein persönliches Motiv gab, zumindest einen der beiden zu töten, und der andere sozusagen, ich weiß nicht…«

»Kollateralschaden.« Fuchs murmelte das Wort angewidert. Grewe nickte.

»Ja. So was eben. Oder beide waren das Ziel. Es ist… Herrgott, wir müssen das prüfen. Bei jedem anderen Mordfall ist es Routine. Familie, Freunde, Arbeitskollegen.«

Grewe hatte mit den Fingern vorgezählt. Beim Mittelfinger verharrte er.

»Punkt drei erledigen wir morgen. Wir sind die Kollegen. Und wir waren alle eng mit Bernie. Kim kannte auch jeder. Viele hatten engeren Kontakt zu ihr. Ich werde gleich noch was Entsprechendes ins Intranet stellen. Die Kollegen aufrufen, sich morgen oder eben baldmöglichst mit uns in Verbindung zu setzen, wenn sie etwas haben. Vielleicht auch nur ein Gefühl.«

Es war schlimm, sich vorzustellen, was das für die Familien von Bernie und Kim bedeuten würde, aber es fühlte sich zugleich auch gut an, endlich etwas zu unternehmen.

»Und wir alle denken heute gründlich darüber nach. Das wird unser Thema bei der Frühbesprechung sein. Nur das. Sofern nichts anderes geschieht.«

Die Kollegen nickten.

»Gut. Dann … Schönen Feierabend.«

Stühle rückten. Schritte. Verabschiedungen. Nur Gerd Drossel blieb sitzen. Grewe schaute ihn an.

»Was denkst du?«

Drossel zuckte mit den Schultern.

»Es war richtig. Es ist gut, uns daran zu erinnern, dass wir einen Job machen, den wir können.«

Grewe nickte.

»Danke.«

Er wusste, dass das nicht das war, was Drossel ihm eigentlich sagen wollte. Und wartete ab.

Drossel schloss die Augen, kniff sie zusammen.

»Wenn Niklas da drüben etwas zustößt, wird niemand schuld sein. Niemand wird etwas aussagen, und niemand wird angeklagt werden. Wir werden den Rest unseres Lebens einfach dasitzen mit dem Bild von irgendeiner staubigen Straße irgendwo in Afghanistan und einer Blutlache im Sand und einem Helm, der ihm nichts genutzt hat.«

Drossels Mundwinkel zuckten, sein Kiefer mahlte, die Arme waren angespannt.

Grewe legte seine Hand auf Drossels Schulter. Er schwieg. Drossel weinte.

Irgendwann presste er aus dem Schluchzen einen Satz.

»Wir haben seit einer Woche nichts von ihm gehört.«

Der junge Mann in dem schwer gesicherten Gebäude hatte noch keinen solchen Tag erlebt. Er spürte in jedem Augenblick, dass er ihn tatsächlich nie vergessen würde.

Das Vertrauen des Alten, das aber genauso gut raffinierte Manipulation sein konnte. Das Auftauchen eines Schattens aus Zeiten, in denen ein Geheimdienst wirklich noch das war, wonach der Begriff klang. Der lautlose Angriff auf Krombholz.

Er sah sich selbst, wie er sich im Park über den ohnmächtigen Personenschützer beugte. Die Atmung kontrollierte, das Herz, während der Alte leise mit der Dienststelle telefonierte. Sie konnten keinen offiziellen Notarzteinsatz gebrauchen, es musste ein Team aus dem Dienst kommen.

Er hatte sofort mit Herz-Lungen-Wiederbelebung begonnen. Dreißig Stöße, zweimal Beatmen, dreißig Stöße, zweimal Beatmen. Es war anstrengender, als er gedacht hätte. In den Auffrischungskursen machte man das immer nur zwei Minuten an einer Puppe mit ausgeleiertem Korpus.

Krombholz hatte einen äußerst stabilen Brustkorb. Es mussten erst mal zwei Rippen brechen, bis sich wirklich etwas tat beim Drücken. Und fast fünfzehn Minuten hatte es gedauert, bis der Notarztwagen vor Ort war. Die hatten Krombholz intubiert und dann mitgenommen.

Jetzt lag er im Bundeswehrkrankenhaus, dort konnte man ihn am besten abschirmen. Offiziell war der Unfall beim Boxtraining passiert, man hatte Krombholz noch auf der Fahrt Sportzeug angezogen. Wahnsinn.

Und jetzt der Anruf. Ihr V-Mann hatte sich gemeldet. Die Operation lief möglicherweise doch aus dem Ruder.

Natürlich musste er dem Alten berichten. Aber er hatte das dringende Bedürfnis, die Informationen zu sortieren. Vorher. Vielleicht ein Muster zu erkennen. Einen Weg zu sehen. Abzuschätzen, in welche Richtung sich die Dinge entwickeln könnten. Mit welcher Wahrscheinlichkeit. Was das Schlechteste wäre und was das Beste. Und welche Entwicklung ausgeschlossen werden könnte.

Analyse.

Das war sein Job. Er war Analyst. Kein Agent im eigentlichen

Sinne. Was ihm auch mehr und mehr zu schaffen machte. Er kannte den Werdegang des Alten. Der war alles gewesen und überall. Posten im Ostblock während des Kalten Krieges. Naher und Mittlerer Osten. Und auch im Inland hatte er an den heikelsten Operationen teilgenommen. Dinge, die tief in den Kellern des Dienstes vergraben waren, wenn es überhaupt noch Material darüber gab.

Strategie der Spannung. Der tiefe Staat. Das waren für viele nur noch Worte. Aus Seminaren der Politikwissenschaft.

Der Alte war dabei gewesen.

Und seine Frau war deswegen gestorben. Ermordet. Von Terroristen. Die Täter waren nie gefasst worden, und niemand konnte erklären, wie es ihnen gelungen war, einen Geheimdienstler zu identifizieren, der mit ihrer Bekämpfung beschäftigt war.

Und wenn er jetzt diese Informationen nicht vernünftig auszuwerten in der Lage war, bevor er sie weitergab, dann war er wieder allein auf die Erklärungen angewiesen, die der Alte ihm geben würde. Und auf die Anordnungen.

Der Alte würde weiter sein Spiel mit ihm spielen, und er würde nicht wissen, welche Figur er auf dem Brett war.

Er hasste es.

Und doch faszinierte es ihn auch. Spielball zu sein. Blind zu gehen.

So musste es sich anfühlen, bei einer Operation an vorderster Front zu stehen. Er schloss für einen Moment die Augen.

Dann goss er sich einen frischen Grüntee ein und machte sich an die Arbeit.

Sie war seit fast drei Stunden draußen. Zuerst gelaufen. Bis in den Staatsforst. Dort gab es einen alten Trimm-dich-Pfad. Crazy. Den machte sie dreimal durch. Beim ersten Mal wütend. Beim zweiten

Mal konzentriert und mit vielen Wiederholungen. Beim dritten Mal war es nur noch ein Kampf gegen die Erschöpfung. Das war der beste Durchgang. Der leerte ihren Kopf und brachte sie wieder in ihre Mitte. Ließ ihren Ärger verschwinden und dämpfte die Angst.

Sie lief jetzt ganz langsam zurück. Der Weg verlief am Waldsaum entlang. Etwas erhöht, mit Blick auf die Stadt.

Gandalfs Schweigen war eine echte Prüfung.

Das hätte sie nicht gedacht.

Sie waren ja eigentlich immer wieder selbständig. In den letzten Wochen war der Graue kaum mal mit ihnen zusammen gewesen. Aber sie hatten ihn jederzeit kontaktieren können. Außer wenn er eine Aktion durchzog. Aber das sagte er immer rechtzeitig. Wie lange er etwa nicht erreichbar sein würde.

Und jetzt war er ohne Warnung von der Oberfläche verschwunden. Es war klar, dass sie in so einer Lage nichts unternehmen sollten. Bloß machte der Scheißtürke ihnen einen verdammten Strich durch die Rechnung. Wollte viel mehr Kohle und machte dann auch noch Zeitdruck.

Schwankwitz war auch ein Arschloch. Politiker eben. Benahm sich ihnen gegenüber wie der große Terrorpate, kackte sich aber in echt total in die Hose.

»Das können wir keinesfalls stemmen«, hatte er gesagt. Als wenn sie ihn nach der Kohle gefragt hätten. Das waren solche Wichser. Kassierten jede Unterstützung, die diese Marionettenregierung in dieser sogenannten Demokratie in völliger Verblödung ihren eigenen Feinden zahlte. Aber dann flutschte es nur so durch ihre feisten Politikerfinger.

Unterstützung für den Freiheitskampf? Hilfe für den nationalen Untergrund?

Ein beschissenes Zimmer zahlten sie ihnen beiden. Und die Mahlzeiten.

Lächerlich.

Sie lief durch die Straßen des Außenbezirks. Dachte an ihren Partner. Er war nicht gut beieinander seit der Sache mit den Bullen. Äußerlich machte er auf ganz harter Hund. Aber sie kannte ihn jetzt lange genug.

Er war am Rand.

Die neuen Forderungen hatten ihm den Rest gegeben, das hatte sie durch seine harte Fassade gesehen. Und dann noch ihr Streit. Sie hätte ihm ihre Überlegenheit nicht so deutlich zeigen sollen.

Eine Straßenbahn bimmelte hinter ihr. Ihre Linie. Sie trat schnell an, um sie an der Haltestelle vorne noch zu erwischen.

Nur so ein Gefühl. Lieber früher als später zurück sein.

Als die Türen der Bahn sich hinter ihr schlossen, spürte sie ihr Herz schneller schlagen. Nicht vom Sport. Sie hatte ein richtig mieses Gefühl jetzt. Und die Bahn zockelte und rumpelte im Schneckentempo Richtung Innenstadt.

So ein Mist, dass sie ihr Handy nicht zum Laufen mitgenommen hatte. Ihr wurde sogar ein wenig übel.

Und dann fuhr es wie ein Blitz durch sie hindurch. Er.

Sie hatte ihn gesehen. Sie checkte hektisch die Routenanzeige der Bahn. Gleich kam eine Haltestelle.

Sie sprang auf den Bürgersteig und rannte zurück. Schlängelte sich geschickt an Passanten und Kindern auf Fahrrädern vorbei. Da. Sie winkte. Er grinste sie an. Als sie bei ihm war, kurzatmig, zeigte er auf die gegenüberliegende Straßenseite.

»Perfekt.«

Sie folgte seinem Blick. Adrenalin. Also das wollte er.

»Wir müssen warten. Gandalf meldet sich schon.«

Er schüttelte den Kopf. Sein Blick war glasig, unwirklich. Sie kannte das. Und auch wenn sie fraglos die Führung hatte und die Ansagen machte, wusste sie, was dieser Blick bedeutete. Er hatte sich entschieden. Und sie würde ihn nicht abbringen können. Was hatte Gandalf ihnen beim Kampftraining beigebracht?

Nicht blocken. Keinen Widerstand leisten. Den Schwung des Angreifers ausnutzen. Ihn mitnehmen.

Wenn es schon passierte, dann musste der Plan gut sein und die Ausführung klar und entschieden.

Sie sah ihn an.

Nickte.

»Okay. Lass uns drüber reden.«

Grewe verließ gegen halb sechs die Direktion. Brauchte frische Luft und entschied, den ersten Kilometer des Heimwegs zu Fuß zurückzulegen. Immer an der Straßenbahnlinie entlang.

Schaufenster. Menschen. Autos.

Er mochte seine Stadt. Kannte sie in- und auswendig. Hatte sein ganzes Leben hier zugebracht.

Und fühlte sich dennoch oft fremd. Außen.

Das lag sicher auch in seinem Temperament begründet. Er war trotz allem, Familie, Freunden, Kollegen, irgendwo Einzelgänger geblieben, oder vielleicht eher Randsteher.

Und Grewe war da zu Hause, wo seine Familie war. Das war für ihn Heimat. Mit Herkunft oder Wurzeln konnte er nicht viel anfangen. Er empfand sich als Stinas Mann. Als Vater seiner Kinder.

Und als Polizist. Das war es vermutlich am ehesten, was ihn manchmal wie einen Fremden in die Welt blicken ließ.

Er sah seine Stadt als Polizist. Er war einer der Sheriffs, die hier für Sicherheit sorgten.

Das tat er jetzt seit mehr als zwanzig Jahren. Er hatte Gesichter der Stadt gesehen, von deren Existenz die meisten ihrer Bewohner nichts wussten. Hinter Fassaden geschaut und Wahrheiten lernen müssen.

Zu Beginn, noch in Uniform, war es Grewe oft peinlich gewesen, in fremde Wohnungen zu treten. Fremde Leben zu berühren.

Es ging noch, wenn sie zu Hilfe gerufen worden waren. Aber oft genug standen sie ungebeten vor der Tür. Brachten schlechte Nachrichten oder mussten Dinge beleuchten, die die Bewohner eigentlich vor der Welt versteckten.

Einige Jahre hatte Grewe gebraucht, um nicht mehr mit Argwohn oder gar Abscheu vor seinen Mitbürgern durch die Straßen der Stadt zu laufen.

Jetzt, nach all der Zeit, war er endlich im Gleichgewicht. Aber es war fragil. Seine Arbeit brachte ihn immer wieder aus der Waage. Aber er hatte gelernt, diesen Zustand zu erkennen und dann zu korrigieren.

Erfahrung.

Grewe sah seine Linie an sich vorüberfahren. Bis zur nächsten Haltestelle waren es gut fünfzig Meter. Er wollte schon losrennen, bremste sich dann.

Ein paar Schritte mehr würden ihm guttun heute.

Gleichgewicht. Nicht mit dem ganzen Stress bei der Familie aufschlagen. Auch das hatte er gelernt, wenn es ihm auch nicht immer gelang, seinen Erkenntnissen dann auch entsprechende Handlungen folgen zu lassen.

Die Familie.

Und dann rannte er doch los. Sprang, so geschmeidig es einem schweren Mann wie ihm möglich war, durch die Passanten, die haltende Bahn fest im Blick.

Wich einer älteren Dame mit schweren Tüten gerade noch aus, rempelte deswegen aber einen jungen Typen an, der sich eben noch an einem Halteverbotsschild vor dem Sturz bewahren konnte.

»Alter, ey.«

Grewe packte im Reflex den Arm des jungen Mannes und zog ihn in die Vertikale.

»Sorry, tut mir leid, alles in Ordnung?«

Grewes beherzter Griff und die Kraft, die man ihm bei seinem eher weichen Gesicht meist nicht zutraute, hatten den beinahe Gestürzten offenbar stumm gemacht.

Grewe rannte weiter, allerdings nur, um mit den Fäusten gegen die gerade geschlossenen Türen der Bahn schlagen zu können.

Das Anfahren konnte Grewes »Scheiiiißeeee« nicht übertönen, gab aber immerhin den Blick auf ein Taxi frei.

Grewe rannte auf die Straße. Hupen. Er riss die Tür des Taxis auf, und erst dann überlegte er, ob der Wagen überhaupt frei war.

Er war.

Grewe bellte die Adresse, und der Fahrer blinkte, während Grewe sich anschnallte und gleichzeitig nach seinem Handy suchte.

Drei Anrufe. Zweimal zu Hause, einmal Stinas Handy.

Er wollte sie nicht abhören. Er wusste eh, dass er mal wieder versagt hatte.

Stina war heute verabredet. Beruflich. Die Lektorin eines großen Verlages hatte Interesse an einer Romanidee. Ein einziges Mal hatte seine Frau eine Verabredung getroffen und sich darauf verlassen, dass er früh daheim sein würde.

Ihm fiel die ganze Liste ein.

Lotta hätte einen Zahnarzttermin um halb fünf gehabt. Robert und Klara mussten um sechs zum Fechttraining gefahren werden, und vorher sollten alle Kinder etwas essen.

Mist.

Mistmistmist.

Er schämte sich so. Immer wieder passierten ihm solche Sachen.

Wenigstens kam das Taxi gut voran. Erstaunlich.

Bog schon in Grewes Straße ein.

Er zahlte, verzichtete auf die Quittung und hatte jetzt auch deswegen ein schlechtes Gewissen. (Schatz, aber *ich* kann es absetzen, ich bin doch selbständig.)

Kriegte den Schlüssel nicht ins Schloss. Doch. Raste die Treppen nach oben.

Vor der Wohnung standen Robert und Klara.

Ihre Fechttaschen umgehängt.

Beide lachten.

»Alles okay, Papa.« Klara. Natürlich. Das war ihr zweiter Name. Alles okay, Papa. Sie zählte auf: »Robert ist mit Lotta zum Zahnarzt gegangen, und ich hab in der Zeit das Abendbrot fertig gemacht. Beim Essen hab ich Lotta Vokabeln abgehört, und danach hat Robert noch Grammatik mit ihr geübt, und ich habe die Küche aufgeräumt und Trainingsproviant für uns beide gemacht. Lotta darf noch bis halb acht glupschen, und für dich ist noch ein großes Stück Quiche lorraine im Kühlschrank, das kannste in der Mikro aufwärmen. Grünen Salat hat es noch gewaschen in der Tüte ganz unten im Kühli, und Dressing ist auch fertig im Glas.«

Sie guckte Robert an.

»Was vergessen?«

Der schüttelte grinsend den Kopf.

Grewe stützte sich aufs Geländer und schüttelte den Kopf.

»Ich bin so überflüssig wie was in dieser Familie.«

Robert sagte Ja und Klara Nein.

Und dann lachten sie alle drei.

Immerhin.

Die Festung war nicht sturmreif. Die Mauern würden noch halten.

Grewe war sicher.

14

Isabell Bender war sechsunddreißig Jahre alt. Sie war seit zwölf Jahren verheiratet, ihre Tochter Lara hatte vor einer Woche ihren zehnten Geburtstag gefeiert.

Nach dem Abitur war Isabell ein halbes Jahr in den Staaten gewesen, dann hatte sie ihre Lehre zur Bankkauffrau begonnen. Bei der Kreissparkasse in der Straße, in der sie aufgewachsen war. Sie hatte den Arbeitgeber nie gewechselt und war mittlerweile stellvertretende Filialleiterin. Sie lebte mit ihrer Familie nur zwei Querstraßen von ihrer jetzigen Arbeitsstelle entfernt in einer hübschen Maisonettewohnung. Ein Balkon zur Straße und eine große Dachterrasse nach hinten. Sie pflegte mit Hingabe die Pflanzen, und ihr Mann Tom hatte einen kleinen Sandkasten für Lara gebaut. Jeden Herbst schippte er den Sand aus dem Kasten und lagerte ihn ein. Jedes Frühjahr kaufte er neuen Sand dazu und füllte den Kasten wieder.

Vor zwei Jahren hatte Lara gesagt, der Kasten könne weg. Isabell hatte abends geweint, während ihr Mann Tom die Einzelteile und den Sand nach unten brachte, zum Entsorgen.

»Sie hat schon seit mindestens drei Jahren so gut wie nicht mehr darin gespielt, Schatz.«

Isabell hatte genickt, die Nase geputzt und dann seine Hand genommen.

»Ich weiß doch. Die Zeit. Sie rennt.«

Er hatte sie geküsst und geflüstert, wie jung und schön sie noch immer sei.

Sie mochte ihre Arbeit. Sie mochte die Kollegen. Sie hatte sehr gerne mit Kunden zu tun. In diesem eher kleinbürgerlich geprägten Viertel gab es weder ehrgeizige Unternehmungen, die finanziert werden wollten, noch schlimme Geldnot.

Es gab sehr bescheiden lebende Rentner, deren Existenz aber gesichert war. Es gab junge Familien, für die die Kleinkredite die Erfüllung eines Lebenstraums bedeuteten, und die Bank gewährte ihnen diese ohne große Umstände.

Natürlich klemmte es mal hier und da, aber wirkliche Dramen hatte Isabell Bender in all den Jahren kaum erlebt. Fast alles ließ sich lösen, und nur sehr selten hatte ein Kunde wütend oder enttäuscht ihre Filiale verlassen.

Es war Punkt neun Uhr. Die Filiale war seit fünfzehn Minuten geöffnet.

Die alte Frau Schnoor war bereits da und hob zehn Euro am Schalter ab. Sie hatte sich nie an Geldautomaten gewöhnt und würde es mit ihren siebenundachtzig Jahren auch sicher nicht mehr tun. Und eine Kundin, die ihr erstes Sparkonto 1949 eröffnet hatte und nie bei einer anderen Bank gewesen war, würde bis zum letzten Atemzug ihr Geld auf die alte Art abheben dürfen, das war für Isabell Bender keine Frage.

An den Automaten hatte sich schon eine kleine Schlange gebildet. Bis auf einen jungen Mann nur Frauen, wahrscheinlich auf dem Weg zum Einkauf. Die meisten kannte Isabell Bender vom Sehen.

Die Sonne schien durch die großen Fenster, und die Schatten der Jalousien fielen auf den Boden. Nico Förster sprach geduldig und freundlich mit Frau Schnoor. Michelle Kremers arbeitete am Desktop. Nadja Thiermann war in der Kaffeeküche. Klaus Fuhrmann, der Filialleiter, hatte heute Vormittag einen Arzttermin und würde erst mittags zur Arbeit kommen.

Isabell Bender wandte den Blick wieder auf ihren Bildschirm. Um neun Uhr dreißig hatte sie ihren ersten Beratungstermin. Die Jungbluths wegen einer Immobilienfinanzierung. Frau Jungbluth war zum zweiten Mal schwanger. Wahrscheinlich würden sie wegziehen und ein kleines Haus irgendwo am Stadtrand kaufen wollen.

Isabell lächelte. Für sie war das nie infrage gekommen. Sie liebte ihre Stadt. Sie war überschaubar, aber dennoch eine richtige Stadt. Mit Schaufenstern, Restaurants, Straßenbahnen, Autos und immer vollen Straßen. Sie mochte das.

Heute würde sie etwas früher Feierabend machen und einkaufen. Morgen war Feiertag, und sie erwarteten ihre Freunde Max und Helle mit ihren beiden Mädchen. Die Kinder würden am späten Nachmittag mit den Vätern ins Kino gehen, und die Frauen bereiteten gemeinsam das Abendessen vor.

Und heute Abend war Lara bei den Großeltern. Über Nacht. Sie und Tom hatten einen Tisch im La Gondola und wollten danach noch in die Manhattan-Bar. Sie musste lachen, wenn sie an die Bar dachte.

Wie ein Überbleibsel aus den Achtzigern neonröhrte der Laden unbekümmert vor sich hin. Das Publikum war gemischt und meistens etwas zu aufgedonnert. Tom und Isabell hatten sich vor fünfzehn Jahren dort kennengelernt. Deswegen gingen sie an zwei oder drei Abenden im Jahr immer noch hin. Um ihre Liebe zu feiern.

Später, sehr viel später sollte Isabell sich wundern, dass ihr zuallererst aufgefallen war, dass Nico Förster nicht Frau Schnoors heruntergefallenen Geldbeutel aufhob. Sie fand das furchtbar unhöflich und nahm sich vor, mit ihm unter vier Augen zu sprechen.

Dass er seine Arme hochgehoben hatte und Michelle Kremers schrill kreischte, registrierte Isabell erst um Sekunden verzögert, und dann erst hörte sie das unverständliche Bellen, das aus den Skimaskengesichtern dröhnte.

Und sah die Waffen.

Sie fühlte sich eiskalt und heiß zugleich, ihr Puls dröhnte im ganzen Körper. Trockener Hals.

Blutdruck, das war immer so ein abstraktes Wort, aber jetzt spürte Isabell, wie ihr Herz-Kreislauf-System auf volle Leistung hochfuhr. Ihre Muskeln spannten sich an, alle Sinne waren geschärft und lieferten plötzlich in rasender Geschwindigkeit Eindrücke und Meldungen, die ihr Hirn nicht sortieren konnte.

Ein Wort. Überfall. Überfall. Überfall.

Als sie es begriff, hatte ihr Fuß schon die Überfalltretleiste des stillen Alarms unter ihrem Schreibtisch berührt.

Sie sah die Mündung einer Pistole auf sich gerichtet und konnte durch den Stoff erkennen, dass das Gesicht dahinter verzerrt war vom Brüllen.

Sie hob die Hände.

Lara. Tom. Lara. Tom. Lara. Lara.

Ich will hier raus. Raus. Raus.

»Steh endlich auf, Fotze.«

Isabell nickte langsam. Sah dem Mann in die Augen. Versuchte, neutral zu schauen. Ruhig. Keine Panik, aber auch keine Abscheu zeigen. Die Angestellten wurden immer wieder in Seminaren auf diese Situation vorbereitet.

Sie stand. Sah sich um, soweit das ging, ohne den Kopf zu drehen.

Nico Förster stand mit erhobenen Armen neben dem Schalter, Michelle Kremers zitternd hinter ihrem Schreibtisch.

Frau Schnoor konnte die Arme nicht hochheben, sie schwebten auf halber Höhe, und ihr dünner Mantel flatterte von ihrem hektischen Atem. Mein Gott, sie würde vor Angst sterben, dachte Isabell.

Der Mann hatte sie alle genau im Blick. Der zweite Bankräuber war näher am Eingang und bedrohte die Leute vor dem Geldautomaten.

Vier Frauen und der junge Mann. Alle mit erhobenen Händen. Einige von ihnen hatten auch geschrien, das wurde Isabell erst jetzt bewusst.

»Hierher, los.« Der erste Bankräuber zeigte auf den Boden im Kundenbereich.

Isabell nahm kurz Blickkontakt mit Michelle Kremers auf und nickte ihr zu. Die junge Kollegin weinte. Aber sie ging los, an Isabell vorbei, die auf dem Fuß folgte.

»Hinlegen. Alle. Außer dir«, er zeigte auf Isabell, »und dir.« Damit war Nico Förster gemeint.

Der zweite Bankräuber scheuchte die Kunden vor sich her. Der Bereich, in dem sich alle hinlegen sollten, war von der Straße nicht einsehbar. Das waren Profis. Sie handelten überlegt.

Darüber hatte in den Seminaren ein Expolizist mit ihnen gesprochen. Und hatte gesagt, dass sie froh sein könnten, wenn es Profis wären. Weil Profis es ohne Blut und ohne Aufsehen durchziehen wollten. Es war nicht leicht, mit Beute und ohne Verfolger aus so einem Überfall rauszukommen. Und mit Opfern wurde es noch schwerer. Dafür war kaltes Blut nötig. Und ein Plan. Und Erfahrung. Nur beim ersten Mal brauchten sie Glück. Von da an war es Erfahrung.

Kooperieren. Kooperieren. Das hatten sie ihnen immer wieder eingebläut.

Es war wie im Film. Film?

Alle legten sich auf den Boden. Keuchen. Unterdrücktes Wimmern. Frau Schnoor atmete wie ein Fisch mit weit offenem Mund.

»Entschuldigen Sie bitte.«

Isabell bekam den Satz kaum heraus, so trocken war ihre Kehle, so zusammengeschnürt von Angst.

Angst. Sie würde dieses Wort nie wieder achtlos verwenden. Sie wusste erst jetzt, was Angst war.

Der erste Bankräuber, der Brüller, wie es in ihrem Kopf immer wieder hallte, sah sie mit seinen leeren Augen an.

Isabell sah zu Frau Schnoor und dann wieder zum Brüller.

»Sie stürzt gleich.«

Der Brüller guckte tatsächlich zu Frau Schnoor und dann zu seinem Partner.

Isabell nahm den zweiten Mann jetzt zum ersten Mal richtig wahr. Er war kleiner. Trug weite Hosen. Wirkte irgendwie zarter, obwohl das kaum das passende Wort zu sein schien, denn gleichzeitig strahlte er eine große Härte und Zähigkeit aus.

Er nickte stumm, ging zu Frau Schnoor und steckte auf dem Weg seine Waffe in den Hosenbund. Der andere hob seine Pistole noch mal hoch, als sollten alle sehen, dass noch eine Waffe im Spiel war. Als wenn das irgendjemand hier vergessen könnte.

Der Zarte fasste Frau Schnoor um die Hüften und führte sie zu den anderen. Half ihr, sich hinzulegen. Frau Schnoor keuchte.

»Bitte … nicht liegen.«

Sie schüttelte panisch den Kopf.

»Sie hat Asthma und alle möglichen Beschwerden. Bitte. Sie kann doch nichts tun, sie ist eine alte Frau.«

Isa. Sei still. Du bist nicht verantwortlich.

Das würde Tom jetzt sagen.

Doch. War sie.

Der Brüller starrte sie an.

Der Zarte machte kurz »Kst«.

Der Brüller starrte immer noch Isabell an. Sie merkte, dass sich ein Tränenschleier bildete. Lara. Lara. Tom. Lara.

Die Augen des Brüllers waren kalt und wütend, aber es schlich sich etwas anderes hinein, als der Zarte zischte.

»Geh da rüber.« Er machte eine Kopfbewegung in Richtung Nico Förster.

Isabell nickte und ging langsam zu Nico.

Der Zarte hob Frau Schnoor in eine sitzende Position und zog sie an einen der großen Pflanzenkübel, die im Kundenbereich standen. Er lehnte die alte Dame dagegen und sah sie an.

»Danke.« Ganz schwach klang Frau Schnoor, aber ihr Gesicht sagte Isabell, dass es ihr in dieser Position halbwegs gut ging.

Der Zarte nickte dem Brüller zu, zog seine Pistole wieder aus dem Hosenbund und stellte sich neben die Geiseln. Sein Blick wanderte zwischen ihnen, der Glasfront und dem Brüller hin und her.

Geiseln. Geiselnahme. Isabell wurde übel.

Der Brüller sah sie an.

Hob den Arm mit der Pistole und richtete sie auf ihren Kopf.

»So, Schätzchen. Damit alle mal kapieren, wie ernst wir es meinen.«

Isabell schloss die Augen. Ihr Kinn zitterte unkontrollierbar. Sie weinte.

Merten saß übermüdet an seinem Platz. Jana war die ganze Nacht bei ihm gewesen. In Sportklamotten, verschwitzt und mit diesem Blick, der alles versprach, stand sie abends vor seiner Tür.

Schob ihn vor sich her in den Flur, drückte ihn an die Wand und aß seinen Mund. Schlang Mertens Zunge in sich hinein und riss ihm die Kleider vom Leib.

Seine Knie taten ihm jetzt noch weh vom ersten hastigen und heftigen Sex auf dem Boden des Flurs. Jana schrie laut, und Merten, den Svenja immer an die Nachbarn erinnerte, wenn er mal in der Dusche sang, fand es so heiß, dass er sich dazu zwang, genauso lauthals seine eigene Lust rauszustöhnen.

Und es wirkte. Er war noch nie so überwältigt gewesen von seinem eigenen Höhepunkt. Dass er dachte, er würde kollabieren, auf

Janas Rücken zusammenbrechen, in Ohnmacht fallen. Und das waren nur die ersten zehn Minuten gewesen.

Diesmal hatte er nicht mitbekommen, wie sie ging. Beim Aufstehen war er noch euphorisch. Roch nach ihrem Schweiß, schmeckte sie noch.

Schon in der Straßenbahn kam die Leere. Und seit einer Stunde holte er alle zwei Minuten sein Handy raus, um zu sehen, ob Jana angerufen hatte. Als er »Svenja« auf dem Display las, musste er tatsächlich einen Moment überlegen, wer das war. Und löschte die Nachricht dann, ohne sie abzuhören.

Er überlegte schon, ob er das Telefon einfach in seinen Spind schließen sollte, damit er sich endlich auf die Arbeit konzentrierte, aber es machte keinen Sinn. Es war eh nichts los heute.

Bei der Kripo oben im Gebäude war allerdings ziemliches Treiben. Kurt Grewe hatte im Intranet aufgefordert, sich beim K11 sehen zu lassen, wenn man irgendetwas von Belang über Bernie und Kim zu erzählen hätte. Veränderungen im Verhalten der letzten Monate oder sogar konkretes Wissen um ernsthafte Schwierigkeiten, in die einer der beiden oder sogar beide geraten waren.

Tja. Umfeld. Klar. Musste untersucht werden.

Was für eine Art Probleme könnte wohl dazu führen, dass man als Polizist bei einer Verkehrskontrolle vorsätzlich erschossen wurde?

Etwas in der Art von: Hey, ich vögle eine Frau, die wir gerade suchen, weil sie entweder Zeugin des Mordes an zwei Kollegen ist oder sogar selbst den Finger am Drücker hatte.

So was? Waren das ernsthafte Schwierigkeiten?

Ja?

Worauf du einen lassen kannst, Merten Zingerle.

Das ist genau die Art von Schwierigkeiten, die ein Leben so den Bach runtergehen lassen, wie man es immer fassungslos in Filmen sieht oder Büchern liest und sich denkt, Alter, warum wacht der Idiot nicht auf?

Ganz einfach, Leute.

Weil der Traum so geil ist.

Weil er besser, viel besser, unendlich viel besser ist als alles, was Merten Zingerle in der Wirklichkeit zu erwarten hat.

Stimmt's etwa nicht?

Jammert eine Frau wie Jana ihren Kerl voll, weil er einen gefährlichen Job hat?

Kriegt eine Frau wie Jana Anfälle, weil Halbfettjoghurt aus ist?

Liegt eine Frau wie Jana beim Sex mit geschlossenen Augen da und macht immer nur hm … hm … hm, ganz, ganz leise, damit die Nachbarn nichts mitkriegen?

Also.

Fuck.

Merten musste lachen. Was dachte er eigentlich, wer er sei?

Er war ein spießiger kleiner Bub aus einer spießigen Familie mit einer spießigen Verlobten, die sein spießiges Kind ohne sein Zutun aufziehen würde, weil er für einen Moment geglaubt hatte, dass er ein Cowboy sei, der eine wilde Stute zureitet.

»Merten, hey!«

Jürgen. Er donnerte den Zeigefinger auf den Desktop.

»Stiller Alarm, Mann! Überfall in der Sparkassenfiliale Roeggelstraße. Los, gib Gummi.«

So ein Mist.

Merten leitete den Alarm im System weiter. Jürgen saß schon am bislang unbesetzten zweiten Tisch und hatte den Funk in der Hand.

Im Hintergrund hörte Merten schon die ersten Kollegen im Eilschritt über den Flur in Richtung Spinde laufen.

Banküberfall, das war das große Theater.

Die Sonntagsvorstellung.

Schutzwesten, Maschinenpistolen. Weiträumige Absperrung. Verkehrsumleitung. Einsatzzentrale vor Ort. SEK. MEK. Polizeipsychologen. Dezernatsleiter und Pressesprecher. Wenn die Räuber beim Eintreffen der Polizei noch in der Bank waren, dann dauerte es lange. Geiselnahme. Fernsehen, Rundfunk.

Das ganze Programm.

Nur hier in der Direktion würde sich nichts ändern, außer dass Merten dauernd ans Telefon gehen musste und seine Finger schneller über das Bedienpult und die Tastatur flogen.

Er war im Büro.

Tat seine wichtige, wichtige Arbeit.

Ruhe. Wärme. Gedämpftes Licht.

Genau die Sorte Mann, auf die Jana stand.

Haha.

Isabell Bender spürte das Metall der Waffe an ihrer Schläfe. Sie hatte sich schon beinahe daran gewöhnt. Vielleicht. Vielleicht.

Bitte.

»Gib Gas, Junge, sonst ist hier Schluss für die Dame.«

Der Brüller brüllte gar nicht mehr. Der Brüller war ein Rauner geworden oder besser ein Zischer.

Leise und gefährlich. Seine Stimme zitterte fast unmerklich. Die Waffe aber zitterte nicht. Sie drückte ihr Profil in Isabells Schläfe ein und war bereit, die tödliche Kugel in ihren Kopf zu entlassen.

Blutspritzer. Hirnmasse. Schädelsplitter. Warum zeigten die das in Filmen immer so deutlich? Damit Isabell Bender, sechsunddreißig, verheiratet und Mutter einer zehnjährigen Tochter, sich jetzt so entsetzlich genau vorstellen konnte, wie sich der Inhalt ihres Schädels über den Tresen verteilen würde? Die Biomasse, die einst alle Gedanken, Gefühle, Erinnerungen und Sehnsüchte einer jungen schönen Frau speicherte?

Nico Förster raffte die Scheine aus der Kasse und stopfte sie in den Rucksack, den der Brüller ihm zugeworfen hatte. Um die vierzigtausend waren in der Handkasse. Ungesichert. Und Isabell hoffte inständig, dass Förster alle Schulungen vergessen hatte, wie man noch eine Farbbombe in die Geldbündel schmuggelte und ähnlich lebensgefährlichen Mist.

Sie hoffte inständig, dass er einfach das ganze verdammte und gut versicherte Geld in den Rucksack warf und dem Brüller gab und der dem Zarten zunicken würde und dann die beiden aus der Bank stürmen würden und flüchten. Ja. Flüchten. Isabell war es völlig egal, ob sie gefasst würden und vor Gericht gestellt, das interessierte sie einen Scheiß. Einen Scheiß. Einen verdammten dreckigen Scheiß. Sie war so wütend, so verzweifelt. Sehnte sich so nach Lara und Tom und ihrem Leben. Ihrem wundervollen Leben, das sie nicht verlieren wollte.

Nicht so.

Nicht jetzt.

»Hinlegen, verdammt noch mal.«

Die Pistole war nicht mehr an ihrem Kopf.

Der Brüller stieß sie gegen Isabells Rippen.

Von den Geiseln am Boden ließ sich Schluchzen und Amten hören. Und das pfeifende Keuchen von Frau Schnoor, die schweißüberströmt und totenblass immer noch an dem Pflanzenkübel lehnte.

Nico Förster ging an Isabell vorbei, vermied, sie anzusehen, wahrscheinlich weil er sie für todgeweiht hielt. Abwehrzauber. Tabu. Tabu.

Der Brüller schob Isabell vor sich her. Sie versuchte, in die Knie zu gehen, aber ihre Knie waren steif. Verkrampft.

Sie spürte einen Tritt in die Kniekehle. Sackte zusammen und knallte auf den Boden. Ließ sich einfach nach vorne fallen. Konnte den Aufprall ihres Gesichts gerade noch bremsen.

Lag.

Drehte langsam den Kopf, damit sie eine Wange auf den kühlen Boden legen konnte. Schloss die Augen.

Die Tür der Bank flog zu.

Sie waren weg.

Isabell Bender verlor das Bewusstsein.

15

Gandalf verbrachte die Nacht im Auto. Fuhr Richtung Südosten. Verließ nach ein paar hundert Kilometern die Autobahn und parkte das Auto auf einem Feldweg, wo er drei Stunden schlief. Fuhr wieder auf die Autobahn, dann wieder runter zu einem Autohof. Duschte dort, frühstückte ausgiebig und kaufte sich eine neue Prepaidkarte.

Er konnte die beiden nicht erreichen.

Dafür konnte es Gründe geben, aber es war nicht gut. Nicht in der aktuellen Lage. Sein, Gandalfs, Verschwinden sollte sie eigentlich automatisch bewegungslos machen und in Bereitschaft versetzen. Sie mussten erreichbar sein.

Er fuhr weiter und weiter. Als er nur noch achtzig Kilometer von der Stadt entfernt war, kaufte er an einer Raststätte einen Falkplan. Suchte Schwankwitz' Adresse und fuhr wieder weiter.

Verließ die Autobahn aber, noch bevor er die Stadt erreichte, und setzte den Weg über Landstraßen fort. Versuchte immer wieder, die beiden zu erreichen. Ohne Erfolg.

Er hielt bei einem Waldparkplatz und ging eine halbe Stunde spazieren. Dachte nach.

Es spielte keine Rolle, warum er die beiden nicht erreichte, und es war auch unbedeutend, ob er sie noch erreichen würde. Entscheidend war, sich jetzt darauf vorzubereiten, was es für das Vorhaben bedeuten konnte, wenn bei ihnen etwas schiefgelaufen war.

Konnte er sie nicht erreichen, musste er Schwankwitz aufsuchen, das war klar. Der kannte Gandalf nicht, aber das war kein Problem.

Ein Anruf, und Schwankwitz würde ihn zweifelsfrei überprüft haben. Die Leute aus Thüringen, die den Kontakt eingefädelt hatten, hatten Gandalf mehrmals getroffen.

Schwankwitz hatte die Verbindung zu dem Waffenhändler.

Eine Frage war also, ob der Ausfall der beiden von Dauer und in einer Art und Weise vonstattengegangen war, die die Aktion gefährdete. Eine andere, ob Schwankwitz zuverlässig genug war und die Eier hatte, den Deal unter Gandalfs Aufsicht alleine durchzuziehen. Er selbst wollte dem Händler gegenüber gar nicht in Erscheinung treten, damit er die Abwicklung aus der Deckung überwachen konnte.

Das größte Problem hatte Gandalf, wenn die Polizei jetzt schon im Spiel war. Wenn Schwankwitz überwacht wurde. Das musste er checken.

Okay. Soweit das.

Alles andere hing davon ab, ob die Aktion noch durchführbar war. Es war alles bereit.

Die Dokumente hatte er in Schließfächern deponiert. Digitale Kopien lagen als Hardcopy dabei und waren auch noch mal auf zwei verschiedenen Servern gespeichert. Falls er selbst nicht in der Lage sein würde, würde Rodriguez dafür sorgen, dass alles ankam.

Auch wenn die ganze Aktion schiefging, der Mann in der Villa war erledigt. Und wenn Gandalf alles, wirklich alles bis zum Ende bringen konnte, dann würde der Sturz des Alten und alles, was damit zusammenhing, diesen verlogenen Staat in seinen Grundfesten erschüttern.

Wenn man mit einer Operation mehr als ein Hauptziel verfolgte, musste man klare Prioritäten setzen und sich in Drucksituationen konsequent daran halten. No worries, no regrets. Ein nicht erreichbares Ziel musste man sofort aufgeben, wenn man damit die Chance wahren konnte, ein anderes zu erreichen. Auch daran scheiterten Amateure und Semiprofessionals. Die RAF, die ganze terroristische Linke der Siebziger und Achtziger, das waren Amateure. Erst als die Dienste anfingen mitzuspielen, wurden sie professioneller. Und aus der dritten Generation der RAF wurde dann auch fast keiner mehr erwischt. Allerdings konnte man auch nicht mehr sagen, wer alles von einem Dienst in die Szene reingesetzt worden war. Es gab Informanten, V-Leute und Agenten. Gab es überhaupt noch echte Terroristen? Das Bild verschwamm und schlierte, aber das Spiel wurde von zu vielen Spielern mit zu viel Ernst und Verbissenheit gespielt, als dass es aufzuhalten gewesen wäre. Es gab riesige Geheimbudgets und Tarnfirmen. Politiker besoffen sich an dem wenigen Geheimwissen, das die Dienste ihnen zukommen ließen, um dahinter den eigentlichen Wahnsinn zu verbergen. Sie raunten immer nur von der inneren Sicherheit und von der Last der Verantwortung, die sie mit diesen schmutzigen Geheimnissen im Namen und zum Schutz der Demokratie trugen. Denen hätte man jeden Tag die Posener Rede von Himmler vorspielen müssen, wo er von der Last schwadronierte, die die SS-Männer beim Judenvernichten trugen. So ein Scheiß. Das hatte keinem einzigen SS-Mann auf der Seele gelegen. Das halbintellektuelle Weichei Himmler hatte es vor sich selbst verbrämen müssen und sich an seiner eigenen Skrupellosigkeit dann doch aufgegeilt. Den Männern, die töteten, war es völlig egal. Sie hatten Spaß daran.

Gandalf wusste Bescheid, er war von einem dieser Männer großgezogen worden und hatte erst spät verstanden, wie ähnlich er ihm war.

Deswegen war es ihm auch viele Jahre nicht eingefallen, an dem albtraumhaften Gespinst aus Paranoia und Unterwanderung zu zweifeln, in das sich die Achtzigerjahre für ihn verwandelten.

Doch am Ende verlief er sich in diesem Gestrüpp. So sehr, dass er die Hand des Alten genommen hatte, damit der ihm wieder heraushalf.

Fehler. Großer Fehler.

Gandalf blieb stehen. Atmete die Waldluft ein. Er liebte den Wald. Den deutschen Wald. Was für ein blödes Klischee.

Er war vor seinem Vater immer in den Wald geflohen. Hatte sich sicher gefühlt. Bis der eines Tages einfach vor ihm stand. Ihn ansah und sagte: »Du kannst vor mir weglaufen. Aber nicht vor dir selbst, Junge.«

An dem Tag begriff Gandalf, was ein Soldat war. Und dass er einer werden würde. Auch wenn er es noch lange vor sich selbst zu leugnen versuchte.

Die Tage und Wochen in Wäldern waren später die besten seiner Zeit in Uniform gewesen. Das Moos, das Rauschen der Blätter im Wind. Der knirschende Schnee. Die sprießenden Frühblüher und die Knospen. Den Regen annehmen und ihn an sich herablaufen lassen. Sich verstecken in der Erde, sich eingraben. Eins werden mit dem Wald. Verschmelzen. Und den Feind in Sicherheit wiegen.

So, wie Gandalfs Vater seinem Sohn an diesem einen Tag gezeigt hatte, dass das *sein* Wald war und Gandalf sich nur darin verstecken konnte, weil der Herr des Waldes es ihm erlaubte. Und auch nur *so* lange, *wie* er es erlaubte.

Er schloss die Augen. Atmete. Kokyu. Der Atem im Budo.

Gandalf spürte, wie er sich für einen Moment auflöste im Rufen der Vögel. Er hielt den leisen Wind in seinem Gesicht fest. Ließ den Atem in seinen Körper strömen und durch sich hindurchgehen. Gab ihn dem Wald zurück und nahm den Wald in sich auf.

Öffnete die Augen. Hob den Blick in den Himmel.

Die Schlacht konnte kommen.

Er war bereit.

Gerd Drossel stand auf der Leiter, die Martina Stützel festhielt. Die Sanitäter hatten alle Kunden und Angestellten der Bank, die nicht ins Krankenhaus mussten, nach hinten gebracht in die Räume, die während des Überfalls definitiv nicht von den Räubern betreten worden waren und wo sich die Spurensuche also auch nicht lohnte.

Drossel trug eine helle Stirnlampe und ein Vergrößerungsglas vor dem rechten Auge. In der Hand hatte er eine Pinzette, auf dem obersten Tritt lag ein Kasten mit Beweismittelbeuteln und weiterem Werkzeug. Im Kassenraum arbeiteten außer ihm und Martina noch zwei Leute der Tatortbereitschaft. Sie hatten schon Schuhabdrücke gesichert, und es würde anhand der Vergleiche mit den Geiseln möglich sein, die der Bankräuber herauszufiltern. Die Filiale wurde jeden Abend nach Schluss gründlich geputzt, und der Überfall hatte sich etwa zwanzig Minuten nach Öffnung ereignet und nicht länger als zehn Minuten gedauert.

»Gerd, wie sieht's aus?«

Didi Noss, der Leiter des Dauerdienstes, steckte seinen Kopf aus der Tür zum hinteren Bereich, wo er und seine Leute die Angestellten und Kunden vernahmen.

Drossel stocherte vorsichtig in einem Loch herum und schüttelte ärgerlich den Kopf.

»Wie weit seid ihr mit dem Fußboden?« Martina stellte die Frage laut in den Raum. »Die Kollegen möchten tanzen.«

Noss verdrehte die Augen. Ein Kamerablitz gab seinem Gesicht für Sekunden eine ungesunde Färbung, und Drossels Leute brachen in Lachen aus.

»Abzüge morgen, Didi.« Heiner Grund hob seine Kamera hoch und zwinkerte.

»Abzüge am Arsch, Heiner. Ich hol gleich Luc aus dem Auto, dann habt ihr wenigstens Hundehaare für eure Sammlung.«

Luc war der mittlerweile zwölf Jahre alte Jagdterriermix, der dem riesigen Didi Noss auf Schritt und Tritt folgte, wenn er nicht von Noss' Freundin betreut werden konnte. Sie war bei der Sitte im Schichtdienst, und die beiden sahen sich öfter im Dienst als privat.

»Luc fällt als Täter sowieso aus, Nossinger. Der braucht keine Pistole, um 'ne Bank zu überfallen.«

Noss schob mit dem Mittelfinger seine Pilotenbrille nach oben und zeigte dann pistolenmäßig auf Grund.

»Genau, Alter. Und der braucht auch keine Pistole, um euch aufzufressen.«

Mit einer Eleganz, die man dem schwergewichtigen Bullen niemals zutrauen würde, drehte er auf dem Absatz um und ließ seine Stimme nach hinten donnern.

»Wetschinsky, Bogdan, wir gehen alle hinten raus. Die Fusselklauber kriechen immer noch auf dem Boden rum.«

Beste Stimmung.

Warum auch nicht?

Es war ja nur Geld weggekommen. Niemand war schwer verletzt worden, niemand war gestorben.

Fast schon ein guter Tag.

Gandalf war noch nie in dieser Stadt gewesen, aber er fand sich schnell zurecht. Orientierung. Schnelle Entscheidungen über den nächsten Schritt. Das war wie Atmen für ihn.

Er hätte auch eine Route durch die Außenbezirke nehmen können, aber er wollte sich die Stadt ein bisschen vertraut machen, deswegen fuhr er durchs Zentrum.

Schwankwitz wohnte in einer Gegend, die Gandalf sich genau vorstellen konnte, ohne sie gesehen zu haben. Bürgerliche Ordnung und ererbter Wohlstand. Nicht protzig, aber grundsolide. Auf den Fleiß von Handwerkervorfahren gegründet. Nie bedroht. Und genau deswegen schlotterten die Bewohner vor Angst. Angst, alles zu verlieren.

Typen wie Schwankwitz redeten von Ehre, Nationalstolz, Rassenstolz. Aber eigentlich ging es ihnen um die Fleischtöpfe. Deswegen steckten sie ihre Pfoten, wenn überhaupt, immer nur kurz in den Dreck. Nur wenn keiner hinsah. Sie brauchten Leute, denen alles egal war außer der Idee. Außer ihrem Hass. Und die wiederum brauchten Profis. Kalte Hunde. Killer.

Leute wie ihn.

Sonst wurden sie erwischt, bevor sie auch nur angefangen hatten.

Es herrschte merkwürdig viel Verkehr. Stockend. Unrhythmisch. Als würden sich die Autofahrer nicht wirklich auskennen.

Und dann fuhr ein kurzer Stromstoß durch Gandalfs Körper.

Polizei.

Er wurde nicht nervös. Nur wach. Weil es zusammenpasste. Mit diesem Verkehr, der nicht floss, sondern ruckelte. Es war eine Umleitung. Aber nicht wegen einer Baustelle oder eines Unfalls. Das wäre punktuell.

Hier war offensichtlich ein größeres Areal abgesperrt. Sie standen an jeder Querstraße. Es war etwas passiert.

Und was passierte in so einer nicht allzu großen Stadt? Fliegerbombe? Leck in der Gasleitung?

Das wären so die üblichen Gründe. Aber wenn sich in dieser Stadt zwei Rechtsterroristen befanden, die ihre Aktionen im Wesentlichen aus Banküberfällen finanzierten und die einen Waffendeal abschließen wollten, der plötzlich sehr viel teurer als geplant werden sollte – dann war natürlich auch ein ganz anderer Grund für eine solche Absperrung denkbar.

Gandalf zwang sich, ruhig zu bleiben.

Große Kreuzung, Ampel. Sie war gelb.

Er sah etwas im Augenwinkel und verlangsamte. Hinter ihm hupte es wütend. Das ließ ihn kalt. Die Ampel wurde rot.

Gandalf hielt. Sah im Rückspiegel einen Typ im Anzug gestikulieren und schreien und immer wieder aufs Lenkrad hauen. Stellte sich für einen Sekundenbruchteil vor, wie er dem Kerl mit einem Ruck das Genick brach. Und vergaß ihn sofort.

Sah nach links.

Zwei schwarze Transporter mit Blaulichtern. Sturmmasken, teilweise hochgerollt, so dass man die Gesichter sah. Overalls, taktische Westen, Holster, Maschinenpistolen.

Sie packten ein, also war alles vorbei.

Grün. Der Gebrauchtwagenverkäufer oder Sachbearbeiter oder Sonstwasverlierer hinter Gandalf haute schon wieder wie irre auf die Hupe, und Gandalf fuhr langsam an. Rollte über die Kreuzung.

Kein Notarzt, kein Krankenwagen. Musste nicht positiv sein, konnte es aber.

In Passau war ein Krankenwagen gekommen und hatte einen Überlebenden abtransportiert. Und knapp zwanzig Stunden später hatten die beiden die Bullen erschossen.

Der Irre überholte Gandalf rechts und dauerhupte. Gandalf blinkte und setzte sich hinter ihn. An der nächsten Kreuzung bog er rechts ab, folgte der Straße und nahm die erste Gelegenheit zum Halten wahr.

Holte den Falkplan raus und orientierte sich noch mal.

Dachte nach.

Es gab nichts nachzudenken. Er musste zu Schwankwitz. Und dort weitersehen.

Gandalf schloss die Augen, memorierte den Weg.

Dann fuhr er los.

Grewe saß mit Tony Estanza, Fuchs und Claudi Pallaske in der Kantine, als Didi Noss wie eine Dampfwalze hineinfegte, sich einen schwarzen Kaffee und ein Plunderteil kaufte und dann an ihren Tisch kam.

»Mannomann. Vernehmungen haben mir ja noch nie Spaß gemacht.«

Er biss ein riesiges Stück ab, kaute und biss dann sofort noch mal so viel ab.

»Los, Mann. Erzähl vom Krieg. Mach deine Seele leichter, Compadre.«

Estanza ließ den Südamerikaner raus. Noss schnaubte, dabei flogen Krümel durch die Gegend.

»Mer Mandümermall.«

Tony Estanza beugte sich theatralisch zu Noss' Mund.

»Sprich nicht in Rätseln. Du liegst im Sterben, bekenne deine Sünden.«

Noss schluckte, haute Tony auf den Arm, dass der jaulte.

»Der Banküberfall. Wir haben die Geiseln bei uns. Kommt natürlich nix bei raus. Haben die ganze Zeit auf dem Boden gelegen und nichts gesehen. Total unterschiedliche Wahrnehmungen, nix davon bringt uns weiter.«

Er stopfte sich den Rest des Teilchens in den Mund, goss Kaffee hinterher und kaute hektisch, bis der Teigbrei endlich in seinen Magen rutschte.

»Die zwote Filialleiterin und ein anderer Angestellter sind die Einzigen, die praktisch die ganze Zeit standen. Der Frau haben sie eine Waffe an den Kopf gehalten, und der Mann musste das Geld einpacken.«

»Na, dann haben die doch wenigstens was gesehen, oder?« Markus Fuchs trank sein Bier aus. Noss schüttelte den Kopf und winkte ab.

»Vergiss es. Er hat die ganze Zeit nach unten geschaut, sagt er. Das hätten sie ihnen so beigebracht bei irgendwelchen Seminaren. Und er sei völlig fertig mit den Nerven gewesen.«

»Und die Frau?« Grewe schaute Fuchs nach, der sich noch etwas zu trinken holte. Noss schnaubte wieder.

»Na, die frag ich gar nix mehr.« Er beugte sich vor. »Die klang erst vernünftig. Gab echt gute Beschreibungen. Also zumindest klangen die echt gut. Und interessant.«

»Aber?« Grewe sah missbilligend auf eine zweite Flasche Bier in Fuchs' Hand. Der wurde rot.

»Die hat die Schüsse nicht gehört.«

»Wie? Die Schüsse?«

Noss nahm seine Brille ab und rieb sich die Augen.

»Die haben zweimal in die Decke geschossen. Also einer von denen. Und zwar der, der direkt vor ihr gestanden hatte. Und sie hat das nicht mitgekriegt. Was soll denn das für 'ne Zeugin sein?«

Grewe wiegte den Kopf hin und her.

»Schock. Verdrängung. So was eben. Schuss bedeutet unmittelbare Lebensgefahr. Hat sie eben weggeschoben.«

Noss sah Grewe genervt an.

»Wie auch immer. Dann hat sie eben den ganzen Rest auch wegen Verdrängung oder sonst was falsch in Erinnerung. Hilft uns auch nicht weiter.«

»Was hat sie denn für Beschreibungen gegeben?«

Noss zuckte mit den Schultern.

»Ziemlich gut. Bisschen schräg. Also so über die Ausstrahlung der Typen. Wie die sich bewegt haben. Gute Beobachtungsgabe, und kann es auch verständlich machen. Damit könnte man schon was anfangen, wenn es verlässlich wäre.«

»Das kann man doch checken. Psychologischer Dienst.«

Noss war nicht begeistert. Aber Grewe ließ nicht locker.

»Soll ich mal mit ihr reden? Oder wir? Tony, Fuchs?«

Oder Therese, dachte er. Therese wäre ideal. Wäre.

Noss sah zur Decke. Dann nickte er.

»Wenn ihr Zeit habt. Klar. Warum nicht?«

Grewe trank seinen Kaffee aus.

»Abgesehen von meinen Verpflichtungen in der Presse- und Öffentlichkeitsarbeit hab ich Zeit. Es gefällt mir nicht, aber es ist so.«

Sie standen auf. Fuchs leerte sein Bier in einem Zug.

Gandalf hatte die Straße erreicht, in der Schwankwitz wohnte. War durchgefahren, am Haus des Politikers vorbei. Hatte zwei Straßen weiter geparkt. War zu einem Kiosk gegangen und hatte sich dort eine Flasche Wasser, eine Zeitung und ein belegtes Brötchen gekauft.

War in die andere Richtung durch die Straße gefahren.

Hatte das Auto wieder geparkt und war in der Parallelstraße zurückgegangen. Über unbebautes Gelände auf die Rückseite von Schwankwitz' Haus gelangt. Legte sich flach hin. Beobachtete.

Nichts.

Nur Schwankwitz. Keine Bullen.

Aber Schwankwitz tigerte ruhelos durch sein Haus. Mal oben, mal unten. Irgendwann kam er mit einem Kaffee ins Wohnzimmer und setzte sich an den Tisch. Stierte vor sich hin. Rührte in der Tasse.

Gandalf war schnell und leicht über den Zaun gesetzt und mit wenigen Sätzen an der Glastür.

Er klopfte.

Schwankwitz ließ die Tasse fallen, sah Gandalf panisch von drinnen an. Gandalf zeigte auf die Klinke. Schwankwitz starrte ihn nur an, machte keine Anstalten.

Da schob Gandalf seine Jacke etwas zur Seite und ließ Schwankwitz einen Blick auf die Pistole werfen. Der fing an, unkontrolliert zu zittern. Gandalf fixierte seinen Blick und zeigte wieder, und diesmal sehr bestimmt, auf die Klinke.

Dann auf die Pistole.

Schwankwitz erwachte aus der Schockstarre und ging auf die Tür zu.

16

Isabell Bender war erschöpft. Sie saß in einem deprimierenden Büro, hatte zu starken Kaffee getrunken und von den vielen Fragen nur wenige so beantwortet, dass die Polizisten zufrieden damit schienen.

Ihre Bewusstlosigkeit hatte nur wenige Sekunden gedauert. Der Sanitäter hatte sie beruhigt, es seien rein psychische Ursachen und keinerlei Nachwirkungen zu erwarten, außer Gedächtnislücken, die sich aber vermutlich mit der Zeit wieder füllen würden. Sie hatte ihren Mann Tom angerufen, aber nur die Mailbox erreicht. Wollte zuerst nichts darauf hinterlassen, sprach man so was auf eine Mailbox? »Wir sind gerade überfallen worden, ich hatte eine Pistole am Kopf, hab mir in die Hose gepinkelt und bin in Ohnmacht gefallen, aber jetzt ist alles prima, Hase.«

Aber der riesige Polizist mit der hässlichen Pilotenbrille, der ihr zuerst Angst eingejagt hatte, war dann doch sehr nett gewesen und riet ihr dringend, etwas zu hinterlassen. Tom könnte von dem Überfall erfahren haben und würde sich dann unnötige Sorgen machen.

Ob ihr Mann zwischen allem Schluchzen und »Lara« und »Ach, du« und »ich liebe euch so« überhaupt verstehen konnte, was sie ihm sagte, war allerdings zweifelhaft. Immerhin, der Anruf bei ihren Eltern gelang Isabell fast tränenfrei.

Die Kriminalpolizei rät. Warum hängten die Polizisten sich diese blöden Plakate an die Wand? Warum nicht irgendwas Nettes? Delphine. Elefanten. Regenwald. Alpengipfel.

Vielleicht wollten sie einfach nicht vergessen, was ihr Beruf war. Sie hatten dauernd mir so was zu tun, was Menschen wie Isabell Bender völlig aus der Bahn warf.

Aber natürlich waren sie keine Opfer. Sie waren die Rächer. Die Sheriffs.

Jetzt spürte sie die Wut. In der Bank war es ihr nur ums Überleben gegangen. Um jeden Preis. Sie hätten alle erschießen können, wenn nur sie, Isabell Bender, Mutter von Lara Bender und Ehefrau von Thomas Bender, wenn nur sie davonkäme.

Sie schämte sich nicht dafür.

Dafür war sie zu ehrlich. Wenn du lange in den Abgrund siehst...

Aber dass ihre Erinnerung sie so täuschen sollte, das machte ihr zu schaffen.

»Guten Tag, Frau Bender.«

Die Kaffeetasse fiel zu Boden. Kaffee spritzte heraus, aber nicht viel, und der Teppich dämpfte den Aufprall des dicken Porzellans, so dass die Tasse heil blieb.

»Verzeihung, ich wollte Sie nicht erschrecken. Ich dachte, Sie hätten mich schon gehört.«

Diesen Polizisten kannte sie noch nicht.

Er sah nett aus. Sanft. Hatte ein eher weiches Gesicht und runde Konturen. Trotzdem stabil. Kräftig.

Trug einen eleganten Anzug. Eine ausgefallene Krawatte. Er roch gut. Ein schönes Aftershave. Das würde auch gut zu Tom passen. Sie würde den Polizisten fragen, wie es hieß.

»Ich war abwesend. Entschuldigen Sie das mit dem Kaffee.«

Der Polizist winkte ab.

»Das ist ein Behördenteppich. Der schluckt alle Flecken einfach runter.«

Er setzte sich ihr gegenüber.

»Möchten Sie noch etwas trinken? Kaffee oder Wasser?«

Isabell schüttelte den Kopf. Dann nickte sie.

»Doch. Also ein Glas Wasser wäre toll.«

Der Polizist lächelte. Stand auf und ging zur Tür. Steckte den Kopf in den Flur.

»Habt ihr Wasser da? Mineralwasser?«

Jemand antwortete, aber Isabell verstand nichts.

»Und Gläser?«

Wieder die Stimme.

»Okay, danke.«

Er schloss die Tür, setzte sich.

»Einen Moment, Frau Bender.«

Sie sah ihn an. Hätte beinahe geweint. Fasste sich aber.

Er lächelte.

Es klopfte an der Tür.

»Ja.«

Einer der Polizisten aus der Bank kam mit einer Flasche Wasser und zwei Gläsern herein, stellte alles auf den Schreibtisch.

»Vielen Dank, Volker. Ich mach schon.«

Der andere nickte und ging wieder.

Der nette Polizist goss beide Gläser voll, schob Isabell eines zu und nahm sich das andere.

»Ich darf mich kurz vorstellen, Frau Bender. Mein Name ist Grewe. Ich habe mit Ihrem Überfall eigentlich nichts zu tun, das bearbeiten nach wie vor die Kollegen vom Dauerdienst. Aber möglicherweise geht die Sache dann noch zu meiner Abteilung.«

Isabell nickte.

»Ich weiß, dass Sie den Kollegen ausführlich berichtet haben. Und mir ist klar, dass es für Sie sehr belastend ist, über all das zu reden. Dessen sind wir uns alle bewusst.«

Isabell fühlte sich wohl mit diesem Mann. Er hatte eine weiche, angenehme Stimme. Aber sie merkte auch, dass ihr Bauch krampfte. Er würde sie alles noch mal fragen.

»Sie sehen ja, ich führe kein Protokoll, niemand tut das. Ich nehme auch nichts auf. Im Grunde ist das hier keine Zeugenvernehmung, sondern einfach ein Gespräch.«

Isabells Bauch entspannte sich tatsächlich ein wenig.

»Sie haben eine sehr ungewöhnliche Beschreibung der Täter gegeben.«

»Na ja. Sie ist ja wohl auch nicht zutreffend.«

Isabell sah den Polizisten an, dann senkte sie ihren Blick. Er löste den Blick nicht von ihr, das spürte sie.

»Das glaube ich aber schon. Ihre Aussage klingt für mich nach einem Menschen, der andere sehr genau beobachtet. Und auf Dinge aufmerksam wird, die vielen für gewöhnlich entgehen.«

Sie merkte, dass sie rot wurde. Trank einen Schluck Wasser. Sah den Polizisten an.

»Herr … Grewe?«

Er nickte.

»Herr Grewe, ich habe mich nicht an die Schüsse erinnert. Das heißt doch, dass meine Wahrnehmung irgendwie, wie sagt man? Getrübt war, das ist es. Ich hatte eine getrübte Wahrnehmung, vielleicht sogar völlig falsch. Ich dachte zuerst, die Schüsse wären gefallen, als ich bewusstlos war.«

Der Polizist Grewe sah sie an. Neutral. Aber nicht ohne Wärme. Sie musste schlucken, gegen aufsteigende Tränen kämpfen.

»Trinken Sie ganz langsam ein paar Schluck Wasser, Frau Bender. Sie machen das sehr gut. Ganz ruhig bleiben.«

Sie atmete tief ein. Noch mal. Dann trank sie langsam drei Schlucke Wasser. Stellte das Glas ab.

»Aber der Mann hat geschossen, als er direkt vor mir stand und mit mir redete. Das haben alle gesehen.«

Grewe nickte.

»Richtig. Dafür hat niemand außer Ihnen eine taugliche Beschreibung der Täter abgegeben. Die Angaben zur Größe und Figur gehen da teilweise so auseinander, dass man glauben könnte, es wären zehn verschiedene Menschen gewesen.«

Er lächelte und sprach sehr freundlich.

»Frau Bender. Sie alle waren heute in einer außergewöhnlich belastenden und beängstigenden Situation. Sie alle hatten Todesangst. Das beeinflusst die Wahrnehmung massiv. Jeder Mensch reagiert anders auf so etwas, aber eines ist allen gleich: Körper und Geist reduzieren ihre Arbeit auf das absolut Notwendige. Das ganze System wird auf Flucht und Kampf eingestellt. Jede Wahrnehmung wird diesem Verlangen untergeordnet, dagegen können Sie nichts tun. Und was jeder im Einzelnen für überlebenswichtig hält, hängt von so vielen, auch individuellen Faktoren ab. Da gibt es einfach kein allgemeingültiges Richtig oder Falsch. Viele der anderen Geiseln haben beschlossen, dass es besser ist, nicht zu viel über die Täter zu wissen. Oder haben einfach keine gute Wahrnehmung von Personen. Ihr System, Frau Bender, hat entschieden, die Schüsse zu ignorieren, vermutlich weil die Sie am meisten geängstigt haben und Angst das war, was Sie am stärksten bekämpft haben, um die Situation meistern zu können. Ihr junger Kollege, Herr … äh …«

Isabell sah Grewe fragend an.

»Der das Geld verpackt hat.«

»Nico. Nico Förster.«

»Herr Förster, danke. Ja, der sagte, dass Sie sehr, sehr ruhig geblieben seien, als Einzige. Er fand das stark von Ihnen. Sie hätten nicht ein einziges Mal geschrien.«

Sie wusste nicht, was sie sagen sollte. Ihr war ein bisschen übel.

»Frau Bender. Die ersten Stunden nach so einer Sache sind auch für uns sehr hektisch. Übervoll mit Aufgaben und Maßnahmen. Wir wollen keine Fehler machen, denn diese ersten Stunden können immer absolut entscheidend dafür sein, wie erfolgreich wir arbeiten werden. Das ist für Sie natürlich nicht einfach. Nach allem, was Sie heute durchgemacht haben. Aber ich kann sagen, dass eine Aussage wie die Ihre für uns sehr, sehr wertvoll ist. Wenn sie zutrifft. Wenn wir Ihrer Erinnerung vollständig trauen können, dann kann eine solche Aussage uns bei der Identifizierung der Täter sehr helfen. Deswegen hinterfragen wir sie so genau. Weil sie so gut ist. Verstehen Sie das?«

Isabell sah den Polizisten Grewe an.

»Sind Sie Psychologe?«

Er lächelte. Schüttelte den Kopf.

»Ich bin Polizist. Einfach nur Polizist. Ich war schon ein paarmal im Leben in ähnlich schwierigen Situationen wie Sie heute Morgen. Ich kann … einfach gut nachfühlen, wie das ist. Ich habe nicht immer optimal reagiert in solchen Lagen. Man lernt mit der Zeit.«

Etwas in seinen Augen berührte Isabell tief. Da war ein Schmerz. Erinnerungen. Er sagte die Wahrheit. Er meinte es genau so, wie er es sagte. Sie entspannte sich.

»Möchten Sie mir die beiden Täter noch mal beschreiben? Aus Ihrer Erinnerung? Ich schreibe nichts mit. Sie erzählen einfach, und ich höre zu.«

»Ich habe dem Protokoll nichts hinzuzufügen. Und nichts zu streichen. Das ist das, woran ich mich erinnere. So habe ich die beiden wahrgenommen.«

Grewe sah Isabell lange an. Sie hielt den Blick.

Dann nickte er.

»Ich verstehe. Sie können sich denken, dass gerade Ihre Aussagen zu dem Kleineren der beiden für uns interessant sind?«

Isabell strich sich die Haare hinters Ohr, blies ein paar Strähnen aus der Stirn.

»Ja. Ich bin mir da zu hundert Prozent sicher.«

»Sie schließen aus dem Umgang mit der alten Dame, dass der Täter Alten- oder Krankenpfleger ist?«

»Ja. Ich hab das bei meiner Oma miterlebt. Häusliche Pflege. Das waren die Griffe. Das Verhalten. Alles.«

Grewe nickte.

»Und ich bin mir auch beim Rest sicher.«

Isabell hob Grewe das leere Glas entgegen. Er goss ihr nach. Sie trank. Stellte das Glas ab.

Sie sahen sich an. Grewe hob eine Augenbraue. Isabell nickte fest.

»Es war eine Frau, Herr Grewe. Da gibt es keinen Zweifel.«

Schwankwitz' Stirn glänzte fett von Schweiß. Er sammelte die Scherben der Kaffeetasse, brachte sie unter Gandalfs Begleitung in die Küche, holte einen Putzlappen und wischte den Boden im Wohnzimmer.

»Ich will noch schnell saugen wegen der Scherben. Wir haben Perserkatzen. Damit die sich nicht verletzen.«

Seine Stimme triefte vor Angst.

Gandalf ließ der Verachtung freien Zugang in seine Augen. Perserkatzen. Er zuckte mit den Schultern.

»Wenn das Ihr einziges Problem ist, Schwankwitz. Bitte.«

Während der Widerling den Staubsauger holte und dann saugte, guckte Gandalf sich im Wohnzimmer um. Deutsche Eiche. Klischee. Hässliche Bilder an der Wand. Ein Wehrmachtskarabiner. Ein Bajonett. Ein Säbel. Kotz …

Das Design der Linken war einfach immer schon besser gewesen.

Der Staubsauger hielt endlich die Klappe. Schwankwitz stand regungslos, den Staubsauger immer noch so in der Hand, als würde er laufen.

»Räumen Sie das Ding weg, und dann reden wir.«

Schwankwitz nickte hektisch, zog das Kabel aus der Steckdose, hielt das Ende fest und betätigte den Fußschalter zum Aufwickeln. Ließ das Kabel mit Stop and Go im Korpus des Saugers verschwinden und führte das Kabelende mit dem Stecker langsam nach. So stand es sicher in den Herstellerempfehlungen. »… so werden Sie an Ihrem Staubsauger lange Freude haben.«

Schwankwitz schleppte den Staubsauger in den Keller, dann fragte er um Erlaubnis, aufs Klo gehen zu dürfen. Die Zeit nutzte Gandalf, um die Wahlwiederholung des Festnetzes zu checken.

O Mann, war dieser Typ ein Idiot. Löschte nichts. Er hatte in den letzten Tagen mehrere Male eine Kölner Nummer gewählt. Und war immer kurz danach von einer unterdrückten Nummer angerufen worden.

Ließ sich vom Verfassungsschutz zurückrufen. Wegen der Kosten.

Gandalfs Körper verarbeitete die Information rasend schnell und ohne Regung. Das hier war ein Spiel, das er bestens kannte. Es war viele Jahre sein Spiel gewesen, und Schwankwitz war darin nichts als ein beschissener Amateur.

Gandalf kannte ja nur einen Teil der Leute, die mit dieser ganzen Sache befasst waren. Und dass es mindestens einen V-Mann dabei gab, war nicht nur wahrscheinlich, sondern Teil seiner Planung von Anfang an.

Und Schwankwitz passte perfekt ins übliche V-Mann-Raster. Solche Leute hatten sie auch in den Achtzigern für Stay Behind angeworben. Ihnen Funkausrüstungen ins Haus gebastelt und sie darauf vorbereitet, nach dem Überfall der bösen Sowjets richtige

Agenten und Saboteure wie Gandalf nachts aufzunehmen, ihre Landezonen für Fallschirmsprünge zu sichern und zu markieren, sie vorübergehend zu verstecken und weiterzulotsen.

Die waren immer so aufgeregt gewesen, wenn die Mitarbeiter der Dienste sich ihnen offenbarten. Fühlten sich auserwählt, als Elite. Dickbäuchige Nazis und versponnene Einzelgänger. Wichtigtuer und Anhänger kruder Verschwörungstheorien.

So sah Gandalf es heute. Damals hatte er an vieles davon geglaubt. Bis er dann wirklich im Einsatz war. Und lernte, dass die Realität in ihrer Verwicklung und Komplexität jedes Planspiel lächerlich machte. Und dass es, je weiter man sich hineinbegab, immer schwerer wurde, noch die Seiten zu sehen und wo sie anfingen und endeten. Und vor allem eines wurde immer schwerer zu erkennen.

Wer man selbst war.

Schwankwitz spülte. Wusch sich die Hände. Öffnete die Klotür. Als sein Gesicht erschien, schlug Gandalf ihm mit der Faust mitten hinein.

Schwankwitz jaulte auf und fiel hintenüber. Er klatschte plump auf den Boden vor dem Waschbecken, donnerte mit dem Hinterkopf noch gegen den Rand und schrie noch mal auf.

Blut spritzte aus seiner Nase, und er hielt beide Hände davor, während er sich auf dem Boden wälzte.

Gandalf kniete sich neben den fetten Sack, fasste an ein Ohrläppchen und kniff hinein. Schwankwitz kreischte wie eine Katze, der man auf den Schwanz getreten war. Nahm beide Hände von seiner blutenden Nase und griff nach Gandalfs Handgelenk.

Schwammige, schwache Hände. Gandalf zog Schwankwitz' Kopf am Ohrläppchen hoch, der folgte wimmernd. Zog den Mann bis in den Sitz. Ließ das Ohr los.

Schwankwitz rieb sich den knallroten Fleischlappen und fasste immer wieder nach der Nase.

Gandalf holte aus und klatschte ihm drei schnelle Backpfeifen ins Gesicht. Blut spritzte links und rechts. Schwankwitz wurde knallrot, dann käseweiß.

»Halt jetzt die Fresse, Mann!« Gandalf zischte. Und verpasste ihm noch eine.

Schwankwitz hob beide Arme, wie er es vermutlich schon auf dem Schulhof öfter hatte tun müssen. Aber seitdem nicht mehr. Das machte die psychologische Wirkung von Ohrfeigen für Erwachsene aus. Es erweckte das demütigende Gefühl aus der Kindheit zum Leben. Ein Faustschlag war gut für Schock und Schmerz, aber wenn man die Psyche tiefgreifend erschüttern wollte, gab es kaum was Besseres als Ohrfeigen.

Gandalf riss Schwankwitz' Arme nach unten und gab ihm gleich noch zwei.

Der Fette stellte das Wehren und Jammern ein, schnaufte nur noch mit geschlossenen Augen und versuchte, die Arme wieder hochzukriegen.

Er war durch.

Gandalf ging nah an sein Ohr. Flüsterte.

»Wo sind sie? Was war hier los?«

Schwankwitz hielt immer noch die Arme vor sein Gesicht, Gandalf ließ ihn gewähren.

»Verdammt noch mal. Rede. Wo. Sind. Sie?«

Er schlug ihm leicht gegen die Unterarme. Schwankwitz zuckte völlig übertrieben zusammen.

Gandalf griff seine Arme, zog Schwankwitz auf die Füße, als wäre das dicke Schwein ein zehnjähriges Kind.

»Du sagst mir jetzt zuerst, wo die beiden sind und was hier passiert ist. Verstanden?«

Schwankwitz nickte hektisch.

»Natürlich. Ist doch klar.«

Er schnaufte. Schwitzte.

»Ich bring Sie hin. Ich … ich konnte doch nichts machen. Die lassen sich doch von mir nichts sagen. Verstehen Sie? Und ich wusste doch auch nicht, was Sie für Vereinbarungen haben für … so eine Situation. Ich …«

Schwankwitz atmete rasselnd. Zog ein riesiges Taschentuch aus der Hose und tupfte sich die Stirn ab.

Gandalf grinste ihn an.

»Natürlich bringst du mich dorthin. Aber vorher machst du noch einen Anruf.«

Er zeigte auf das Telefon im Flur. Schwankwitz sah ihn panisch an.

»Du wirst diese Nummer in Köln anrufen. Und du wirst dort genau das sagen, was wir gleich besprechen. Klar?«

Schwankwitz wurde kurz hochrot, dann sackte er zusammen.

Gandalf sah ihn einen Moment an. Atmete tief ein.

Aber er hatte gerade überhaupt keine Lust auf Budo und Buddha und Fernost. Er schnappte sich einen Eimer, der unterm Waschbecken stand und füllte ihn mit kaltem Wasser.

Heute war ihm mehr nach gutem altem Western.

17

Das hoch gesicherte Gebäude in Köln lag im nachmittäglichen Sonnenschein wie eine Festung. In den Gängen herrschte Stille. Nur vereinzelt konnte man beim Vorbeigehen hinter Türen Stimmen hören. Wenn jemand telefonierte oder in größeren Räumen Schulungen stattfanden.

Der junge Mann trug eine dünne Aktenmappe unterm Arm. Es war eine lange Nacht gewesen, er hatte sie hier verbracht. Knapp zwei Stunden Schlaf hatte er sich dann am frühen Morgen noch verordnet. War um sechs aufgestanden, eine Stunde Cardio und Kraft im Sportraum, lange Dusche, und dann hatte er ausgiebig in der Kantine gefrühstückt.

Er war auf dem Weg zum Lift. Der ihn in die oberste Etage des Hauses bringen würde. Zum Alten.

Er war ihm schon lange nah. War fasziniert. Und in den letzten Tagen war Erstaunliches geschehen. Der Alte hatte ihm den Blick auf dunkelste Geheimnisse gewährt. Doch der junge Mann war lange genug beim Dienst und hatte lange genug mit dem Alten gearbeitet, um zu wissen, dass diese selbst unter dem Druck, den das Auftauchen von Jäger verursachte, noch in der Lage war, kühl zu entscheiden, *was* er enthüllte. Es genau dosierte.

Deswegen war er gestern hiergeblieben. Hatte sich ins Archiv gesetzt und gewühlt. Sein Netzwerk im Dienst war bemerkenswert für sein Alter, und so war es kein Problem gewesen, einfach alleine in den Räumen zu bleiben. Hölzenbein schuldete ihm etwas.

Und es war äußerst hilfreich, dass er sich mit den alten Kamellen so gut auskannte. Der Kampf gegen die terroristische Linke und die bösen Kommunisten. Gladio. Stay Behind. Zweite und dritte Generation RAF. Rauf und runter konnte er das alles beten, und so hatte er die Akten genau richtig gelesen. Querverweise gefunden, die ihn tiefer und tiefer in die Höhlen der Erinnerung brachten. Geheimnisse, fest verschlossen, aber ordentlich sortiert in diesem deutschen Amtskeller und seinen Regalen und auf seinen Festplatten.

Er hatte alles gefunden, was der Alte ihm nicht gesagt hatte, und dann lange darüber nachgedacht, was das mit der laufenden Operation zu tun haben könnte. Und welche Fäden Jäger möglicherweise im Spiel zog. Und ob der Alte Spieler war oder nur Spielfigur. Er war zu keinem endgültigen Schluss aus all dem gekommen. Außer dem einen – dass er das Bild nur mithilfe des Alten würde zusammensetzen können. Und er wusste, er würde ihn dazu zwingen müssen.

Der Lift surrte fast lautlos nach oben. Links den Gang entlang. Durch die Glastür.

Er zögerte einen Moment. Fühlte die Mappe unter dem Arm.

Dann klopfte er.

Didi Noss kaute wie eine Maschine auf seinem Kaugummi. Mahlte und knatschte. Dann zog er plötzlich das Silberpapier aus der Hemdtasche, faltete es auf und spuckte das graue Ding hinein.

»Ich hasse Kaugummi. Kotz. Aber hilft.«

Er reduzierte so seit Jahren seinen Zigarettenkonsum. Ein harter Kampf.

Grewe sah den Kollegen an. Dessen ewige Pilotenbrille ließ seine flinken Augen immer ein bisschen traurig aus der Wäsche schauen. Dabei war das die Gemütslage, die neben Sentimentalität am allerwenigsten zum beinharten Chef des Dauerdienstes passte.

Noss rührte in seinem Espresso, leckte den Löffel ab und trank einen Schluck.

»Okay. Du glaubst ihr.«

Grewe nickte.

Noss kippte den restlichen Kaffee in einem Schluck hinunter. Stellte die Tasse ab. Sog seine Unterlippe nach innen und schnalzte dann mit der Zunge dagegen, dass sie wie ein Maschinengewehr knatterte.

Grewe lachte. »Didi. Das ist doch keine Kritik an euch.«

Noss zog die Augenbrauen hoch.

»Wir können Zeugenaussagen nicht ordentlich bewerten, aber das ist natürlich keine Kritik?«

»Darauf antworte ich noch nicht mal.«

Grewe hatte sich weit vorgebeugt. Noss schob seine Pilotenbrille ganz nah an Grewes Nase.

»Ach?«

Dann hob er seinen dicken Mittelfinger und schob die rutschende Brille wieder nach oben. Grinste breit.

»Danke, Sackgesicht.«

Dann zupfte er kurz an Grewes Schlips.

»Du bist.«

Grewe tatschte ihm mit dem Daumen auf ein Brillenglas.

»Jetzt du wieder.«

Sie lachten so laut, dass die ganze Kantine zu ihnen rübersah.

Grewe fühlte sich nach Tagen zum ersten Mal gelöst, halbwegs zufrieden. Das Gespräch mit Isabell Bender war wenigstens Polizeiarbeit gewesen. Und dazu noch erfolgreich, wie er hoffte und fand. Und weil er so viel an Therese gedacht hatte, nahm er sich vor, sie heute unbedingt zu besuchen.

Noss putzte seine Brille mit dem Hemdzipfel, prüfte sie im Licht, setzte sie wieder auf.

»Gerd hat mich vorhin angerufen, während du mit der Bender gesprochen hast.«

Er guckte so betont neutral, dass Grewe beinahe wieder losgelacht hätte.

»Didi, ich hab keinen Haken dabei, und mit Fingern werde ich es dir nicht aus der Nase ziehen.«

Noss winkte ab.

»Die will ich auch nicht da drin haben, deine Griffel. Gerds Leute haben die Schuhabdrücke von dem Kleineren der beiden zuordnen können. Größe achtunddreißig. Also wenn das ein Mann ist, ist er vermutlich minderjährig.«

Grewe nickte.

»Dann wissen wir das. Oder?«

Didi Noss machte Pistolenfinger und kniff ein Auge zu. Grewe trank sein Wasser aus und machte Anstalten aufzustehen.

»Ist Gerd denn fertig in der Bank?«

Noss stellte die leere Espressotasse auf Grewes Tablett und stand ebenfalls auf.

»Noch nicht ganz, aber er hat ausgedünnt. Ich glaube, nur noch Martina und Heiner arbeiten da.«

Und wie aufs Stichwort kam Gerd Drossel in die Kantine.

»Kurt. Ich war oben bei euch, die sagten, du bist hier. Und mir ist nach miesem Kantinenkaffee. Hast du Zeit?«

»Für dich doch immer, Gerd.«

Noss griff nach Grewes Tablett.

»Ich geb das ab. Geht ihr spielen, ihr Buben.«

Drossel und Grewe reihten sich wieder an der Ausgabe ein. Drossel beugte sich nah zu Grewe.

»Wir haben die Nummer.«

Grewe sah ihn verständnislos an.

»Der Anruf. Kurt. Hallo?«

Grewe zuckte zusammen.

»O Gott, Gerd. Entschuldigung. Ich … war im Kopf bei dem Banküberfall. Ich hab für Didi mit einer Zeugin gesprochen, es lief gut, und das hat mir wiederum gutgetan, und es ist jetzt so, als hätte ich Bernie und Kim einfach verdrängt, weil es mich frustriert. Und das …«

Drossel unterbrach Grewe.

»Erzähl mir nix vom Verdrängen, Kurt. Ich mache das gerade die ganze Zeit.«

»Niklas?«

Drossel schüttelte den Kopf.

»Nichts.«

»Könnt ihr denn da nirgends anrufen? Mal nachfragen? Ich weiß ja nicht. Das muss doch möglich sein für die Angehörigen.«

»Nein. Nicht, solange die noch draußen sind. Wenn ihm wirklich etwas passiert, dann kriegen wir sofort Bescheid, das geht wohl sehr, sehr schnell. Insofern ist klar, dass er lebt. Aber man will ja nicht daheimhocken und warten, dass die klingeln.«

Grewe sah Bernies Frau wieder vor sich. Sah, wie die Kaffeekanne zu Boden fiel, sah Evelyn weinen. Und dann schob sich Gerd Drossel ins Bild, seine Frau Dani. Ein Schauer lief über Grewes Rücken.

»Entschuldige Gerd. Ich weiß auch nicht, ich bin im Moment …«

Gerd Drossel winkte ab.

Drossel holte ein Käsebrötchen aus der Vitrine, dazu einen Joghurt. Grewe nahm sich einen Bagel mit Lachs, obwohl er gerade erst ein Stück Käsekuchen verputzt hatte.

»Also. Was ist mit der Nummer?«

»Erzähl ich dir am Tisch. Es ist ein richtiger Kracher.«

Sie kamen zur Kasse. Drossel orderte einen Kaffee, und Grewe nahm auch noch einen, obwohl er wusste, dass ihm davon übel werden würde. Sie zahlten und setzten sich an denselben Tisch, an dem Grewe mit Noss schon geredet hatte.

Drossel trank von seinem Kaffee, biss in das Brötchen.

»Der Anruf kam von einem Handy. Prepaid.«

Grewe verdrehte die Augen.

»Natürlich ohne Vertrag.«

Drossel lächelte.

»Nicht ganz. Die Karte gehört zu einem Kontingent, das eine Firma in Sankt Augustin gekauft hat. Insgesamt dreihundert Karten. Für die Mitarbeiter.«

»Heißt, die müssen jetzt rumsuchen, welche Mitarbeiterin diese Karte bekommen hat.«

»Im Prinzip ja. Aber das wird in dem Fall nicht gehen, weil es die Firma nicht mehr gibt.«

»So ein Dreck.«

Grewe schlug mit der Faust auf den Tisch.

»Moment, Kurt. Wir haben die Auskunft heute früh bekommen, und ich hab Claudi gleich gebeten, sich dahinterzuklemmen. Sie war gut. Richtig gut. Sie hat rausgefunden, dass die Firma auf der Seite einer Abgeordneten des Bundestags erwähnt wird. Die Dame ist eine Legislaturperiode lang Mitglied im Innenausschuss gewesen und hat in dieser Funktion den Diensten ziemlich zugesetzt.«

Grewe verschluckte sich fast an seinem Kaffee.

»Geheimdiensten?«

Drossel nickte.

»Die Firma in Sankt Augustin ist eine Tarnfirma des Bundesamts für Verfassungsschutz gewesen. Und unter anderem haben sie die Mobilfunkkarten über den Laden bezogen.«

»Das heißt …«

Drossel sah Grewe an.

»Ja. Die Lady, die nicht bei Bernie und Kim bleiben wollte, aber uns so professionell unterrichtet hat, arbeitet vermutlich für den Verfassungsschutz in Köln.«

Der Alte schwieg. Sah den jungen Mann einfach nur an, während dieser die Unterlagen aus der schmalen Mappe holte, und hörte ihm zu.

»Ich habe intensiv nachgedacht. Über die Operation und ihren Verlauf. Über Jägers Auftauchen und Ihre Vermutungen. Das Bild wurde nicht scharf. Egal, wie ich die Teile zusammenzusetzen versuchte. Und es fehlten Teile.«

Jetzt lag alles auf dem Schreibtisch.

»Ich bin nicht zu Hause gewesen. Ich war im Archiv, die ganze Nacht.«

Der Alte hob eine Augenbraue. In seinen Mundwinkeln lauerte etwas. Ob es ein Lächeln oder Missbilligung sein würde, schien noch nicht entschieden.

»Ich habe die Akte Jäger gefunden. Und gelesen. Der Mann ist hochgefährlich, aber faszinierend. Die Operationen, an denen er beteiligt war, sind legendär, auch wenn fast niemand etwas über sie weiß. Aber was wirklich interessant ist…«

Der junge Mann lächelte den Alten an. Der lachte leise und glucksend, sah aus dem Fenster, schüttelte den Kopf und schaute dann seinen Mitarbeiter an.

»Sie wollen jetzt nicht diesen Satz sagen, oder?«

»Doch, das will ich. Wirklich interessant ist, was alles *nicht* in der Akte zu finden ist. Vor allem zu der Frage, wie Jägers Geschichte im Dienst zu Ende gegangen ist. Nichts. Die Akte endet mit der Operation ›Boss‹.«

Der Alte kniff seine Augen zu Schlitzen zusammen.

»Diese Sache ist kein Ruhmesblatt unserer Geschichte, das dürften Sie genauso sehen. Und Jäger hat an dem Desaster nicht unerhebliche Schuld.«

Der junge Mann spürte, dass er nah beim Kern der Sache war. Der Alte zeigte Emotion. Kaum merklich. Aber er kannte ihn jetzt schon lange genug.

»Man könnte aber auch sagen, dass Jäger absichtlich im Unklaren gehalten wurde damals. Er wusste nicht, dass Redczyk für den BND arbeitete.«

Der Alte zuckte mit den Schultern.

»Er hätte ihn nicht erschießen dürfen. Egal, ob Redczyk nun Terrorist oder Agent war. Jäger hat damit die ganze Operation zum Scheitern gebracht. Weil wir ihn herausholen mussten. Aus dem Ausland. Das ging nur noch mit der GSG 9, das hätten wir niemals den örtlichen Sicherheitskräften überlassen können. Also mussten wir alles offiziell der Polizei bekannt geben. Es war peinlich und ein herber Rückschlag. Innerhalb kürzester Zeit mussten alle Dienste ihre Leute aus der Szene zurückziehen, und am Ende gab es fast keine Szene mehr. Nur noch den völlig unkontrollierbaren Kern, an den wir noch nicht rangekommen waren. Bad Kleinen ist nur der bekannteste Auswuchs von diesen Vorgängen.«

Der junge Mann nickte.

»Abschottung ist wichtig. Aber es braucht nicht den Abstand der Jahre, um zu sehen, dass es in diesem Fall ein fataler Fehler war, Jäger im Unklaren zu lassen. Hätte er Redczyks Hintergrund gekannt, hätte es Handlungsalternativen gegeben.«

Die Augenfarbe des Alten änderte sich. Wurde dunkler.

»Sie sind doch jetzt nicht hergekommen, um operative Entscheidungen, die vor mehr als zwanzig Jahren getroffen wurden, zu hinterfragen, oder?«

Der junge Mann schüttelte langsam den Kopf.

»Nein. Mich beschäftigte einfach die Frage, wieso das das Ende von Jägers Laufbahn war und warum er so spurlos aus dem Dienst und eigentlich seiner gesamten Existenz verschwand.«

Der Alte hob das Kinn und sah den jungen Mann wie von oben herab an.

»Vorsicht jetzt.«

Der junge Mann blinzelte nicht, als er antwortete.

»Sie selbst haben mich auf die Spur gesetzt. Sie sind bewusst das Risiko eingegangen, dass ich nachhake. Und bei einem Mann wie Ihnen bedeutet das immer, dass Sie nicht nur einkalkulieren, dass es geschieht, sondern es eigentlich beabsichtigen. Warum auch immer. Vielleicht …«

Das Handy des jungen Mannes klingelte. Er holte es aus der Tasche.

»Ich habe eine Weiterleitung von meinem Dienstapparat geschaltet. Ich gehe lieber ran.«

Der Alte nickte.

»Ich lasse uns Kaffee bringen.«

Er stand auf, um seiner Sekretärin Bescheid zu sagen. Der junge Mann ging ans Telefon.

»Ja? Schwankwitz, was zur Hölle …«

Und dann sagte er eine ganze Weile nichts mehr.

Grewe und Drossel saßen bei Steffen Kindler. Der war erst vor vierzig Minuten vom Ort des Überfalls zurück, wo er eine improvisierte Pressekonferenz gegeben hatte. Mit einer ersten Beschreibung der Täter, soweit sie ihm zur Kenntnis gekommen war. Seit einer Stunde wurden diese Informationen in einem Fahndungsaufruf per Radio verbreitet. Das Regionalfernsehen würde gegen achtzehn Uhr damit auf Sendung gehen.

Kindler war sehr aufgeräumt.

»So, meine Herren. Na, da haben wir jetzt also Bewegung?«

Drossel wiegte den Kopf hin und her, wie es seine Art war. Grewe schaute nach rechts oben, was signalisieren sollte, dass er zwar überzeugt, aber nicht faktisch sicher war über die Bedeutung der neuen Erkenntnisse.

Ob Kindler solche Zeichen verstand, blieb natürlich abzuwarten …

»Na, erzählen Sie doch einfach, und dann sehen wir weiter. Kaffee?«

Beide schüttelten den Kopf, ihnen war noch leicht übel vom Kantinengebräu.

»Aber ich.« Kindler drückte den Knopf der Gegensprechanlage und orderte Kaffee.

»Übrigens, Herr Drossel. Diese schnellen Ergebnisse in der Bank. Also Respekt. Nein, nein, nicht abwinken. Sie haben die richtigen Dinge in der richtigen Reihenfolge getan und dann die richtigen Schlüsse daraus gezogen. Die Zeugenaussage bestätigt das und umgekehrt. Ich bin sicher, diese ersten Anhaltspunkte helfen uns weiter. So, da kommt der Kaffee.«

Kindlers Sekretärin trug ein Tablett mit Kaffee und einer Flasche Wasser. Gläser und Tassen gab es im Büro.

»Wir bedienen uns selbst, Frau Utz, vielen Dank.«

Kindler goss sich ein, blickte mit der Kanne in der Hand noch mal fragend Grewe und Drossel an, die wieder ablehnten. Dann rührte er etwas Milch in die Tasse und sah seine beiden Untergebenen aufmunternd an.

»Bitte.«

»Gerd, würdest du …?«

Drossel nickte, und dann berichtete er Kindler von der Telefonkarte und der Firma in Sankt Augustin.

Kindler trank nicht einen Schluck von seinem frischen Kaffee. Und von seiner gesunden und dezenten Bräune war auch nichts mehr zu sehen.

18

Schwankwitz beendete das Telefonat. Seine Hände zitterten, Schweiß lief in Strömen über sein Gesicht, immer wieder kam etwas Blut aus seiner Nase.

»Ich hab dir gesagt, du sollst kein Aspirin nehmen. Das verdünnt das Blut, und jetzt läuft die Suppe noch ewig.«

Gandalf goss sich Wasser ein und trank.

»Aber so ist das immer. Auf uns will keiner hören. Ihr Politklugscheißer wisst immer alles besser. Ich hab Leute verbluten sehen. Ich hab abgesprengte Gliedmaßen zur Seite gelegt und die Stümpfe versorgt, während das Blut nur so gespritzt ist.« Er schüttelte den Kopf. »Aber ein fettes Schreibtischschwein wie du wird immer denken, dass es mehr vom Leben versteht als ein stumpfer Soldat.«

Gandalfs Stimme war leise und ruhig. Und Schwankwitz hatte schon genug über den Mann in seinem Wohnzimmer gelernt, um zu wissen, dass das wirklich kein gutes Zeichen sein musste. Was ihn am meisten erschreckt hatte, war, dass Gandalfs Gesicht keinerlei Wut oder Aggression gezeigt hatte, während er ihn verprügelte. Es war einfach etwas gewesen, was zu erledigen war. Zweckgebunden, zielgerichtet. Es machte ihm nicht das Geringste aus, und mit demselben unbeteiligten Gesichtsausdruck würde dieser Mann ihn auch erschießen. Oder totprügeln. Oder ihm das Genick brechen.

Ihn foltern. Ihm die Eier abreißen mit einer Zange. Eine Stricknadel in sein Ohr bohren, bis ins Gehirn. Schwankwitz wäre noch vor ein paar Stunden gar nicht auf die Idee gekommen, dass man so etwas machte. Aber jetzt sah er andauernd solche Bilder.

Ihm war auf einmal die Partei egal. Die Bewegung. Die nationale Revolution. Seine Sammlung von Wehrmachtsdevotionalien und SS-Spielsachen. Dass seine erwachsenen Kinder nicht mehr mit ihm redeten und seine Frau abgehauen war. Das Scheißattentat. Die zwei Irren. Alles.

Er wollte das hier nur lebend überstehen.

»Ich nehme an, er hat gesagt, dass er zurückruft?«

Schwankwitz nickte. Und bekam sofort einen trockenen Hals vor Angst.

Gandalf lachte kurz und staubig.

»Klar. Der muss auch vor jedem Klogang den Papi fragen. Soll er mal.«

Gandalf trank den Rest Wasser aus der Flasche. Streckte seine Arme und Beine. Den Rücken.

»Wir werden kriegen, was du von ihm verlangt hast. Die werden das Ding bis zum Ende durchziehen wollen. Jetzt, wo sie so kurz vor einem Erfolg stehen.«

Gandalf ging ein paar Schritte, lockerte die Beine. Dann nahm er das Telefon vom Tisch und ging an die Basisstation. Drückte ein paar Tasten und rief dann ins Wohnzimmer.

»Wir fahren jetzt los.«

Schwankwitz unterdrückte ein Stöhnen und stand auf.

»Wohin?«

»Erst zu den beiden. Dann sehen wir mal, was Köln sagt. Und für danach hab ich so eine Idee.«

Schwankwitz stand mit hängenden Armen im Flur.

»Aber wenn die anrufen …?«

Gandalf nahm eine hässliche graue Jacke vom Haken und warf sie Schwankwitz zu.

»Ich habe eine Rufweiterleitung auf mein Handy eingerichtet. Mann, Schwankwitz. Ist das die neue Rechte? Na bravo.«

Gandalf öffnete die Haustür einen Spalt und schaute raus. Dann schloss er sie wieder.

»Wir gehen hinten raus, so wie ich hergekommen bin. Wir fahren mit meinem Auto.«

Schwankwitz stand da, als wäre er festgewachsen.

»Muss ich dich hinter mir herschleifen?«

Schwankwitz schüttelte den Kopf und riss sich los.

Zum ersten Mal in seinem Leben dachte er daran, einen Abschiedsbrief zu schreiben. Bloß: an wen?

Der junge Mann sah noch einen Augenblick auf das Handy, dann steckte er es wieder in die Tasche. Der Alte hatte ihnen beiden Kaffee eingegossen und blickte ihn ein wenig spöttisch an.

»Sind Sie aus dem Konzept?«

Der junge Mann schloss kurz die Augen. Dann lachte er klein und leise.

»Vielleicht sind wir alle aus dem Konzept.« Er nahm sich die Tasse und trank einen Schluck. »Das war Schwankwitz.«

Der Alte winkte ab.

»Hab ich mitbekommen. Was hat er für großartige Neuigkeiten?« Sein Ton ließ keinen Zweifel, dass er von Schwankwitz nichts hielt. Das taten beide Männer nicht, von V-Leuten konnte man nie etwas halten. Sie waren Verräter für Geld und Aufmerksamkeit. Es war nicht schwer, die Richtigen anzusprechen. Sie mussten an Stellen von Organisationen sitzen, die ihnen Zugang zu möglichst vielen Informationen garantierten, und die passende Persönlichkeitsstruktur haben. Geltungsdrang, Gier, Machtfantasien. Und in all diesen Bedürfnissen frustriert sein. Das Gefühl haben, nicht zu bekommen, was ihnen zustand. Dann hatte man sie im Handumdrehen am Haken. Oft kamen diese Figuren sogar von selbst an. Erstaunlich war nur, wie selten ihr Umfeld das alles sah.

Wobei man ehrlich zugeben musste, dass es schließlich auch in den Diensten immer wieder solche Typen gab. Und leider auch immer wieder zu spät entdeckt wurden.

»Die beiden haben in der Stadt eine Bank überfallen. Heute Morgen.«

Der Alte sog Luft zwischen den Zähnen ein.

»Ist es schiefgegangen?«

Der junge Mann schüttelte den Kopf.

»Sie haben über vierzigtausend erbeutet und sind ohne Opfer rausgekommen. Allerdings hat die Polizei jetzt wohl raus, dass einer der beiden eine Frau ist, das kam schon im Radio. Was ihnen die Information bringt, muss man sehen. Ich weiß nicht, ob es von Passau eine Beschreibung gab. Von der Sache mit den beiden Polizisten wohl nicht. Das konnten wir abklären durch eine interne Quelle in der Polizeidirektion.«

»Wir haben eine Quelle bei einer Provinzpolizei? Und ausgerechnet in dieser Stadt? Wie kommt das denn?«

»Unsere Dame. Sie hat wohl einen jungen Beamten geknackt.«

Der Alte war amüsiert.

»Ein Klassiker. Dass es so was noch gibt.«

»Das wird es immer geben. Gut für uns.«

»Das stimmt. O ja. Das stimmt.«

Sie schwiegen. Aber es war kein entspanntes Schweigen. Der Alte trank seinen Kaffee aus und goss sich noch einen ein.

»Wieso wussten wir vorher nichts von dem Überfall?«

»Es war … spontan.«

»Spontan? Soll das heißen, die gehen einfach in irgendeine Bank? Ohne Plan? Und warum überhaupt?«

»Weil dieser Waffenhändler so horrend mit dem Preis hochgegangen ist. Und der Kontakt mit dem Kommandoführer war abgerissen.«

Der Alte hatte gerade wieder nach seiner Tasse gegriffen, aber ließ sie sofort los und blitzte den jungen Mann an.

»Ich höre den Unterton.«

Der andere hielt den Blick. Sagte aber nichts. Wartete ab.

Der Alte keckerte leise.

»Sie haben wirklich das eine oder andere gelernt bei mir. Wirklich.«

Jetzt trank er wieder einen Schluck, stellte die Tasse ab und lehnte sich zurück.

»Wir waren vorhin bei Ihrem Aktenstudium. Ich kann mir nicht helfen, aber ich bin auf fast magische Weise sicher, dass Ihre nächtlichen Erkenntnisse und das, was gerade mit unserer Operation passiert, aus Ihrer Sicht eine Verbindung haben. Stimmt das?«

Der junge Mann schlug die Augen nieder. Es war eine bewusste, beinahe schon theatralische Art, Respekt und Ergebenheit zu demonstrieren.

Eine Schmierenkomödie.

»Ich denke schon, dass es so ist. Es bleibt kaum ein anderer Schluss. Jäger ist der Kommandoführer. Er musste nach seiner Entdeckung hier das Handy loswerden oder zumindest die SIM-Karte. Abtauchen.«

Der Alte schaute zur Decke.

»Liegt sehr nahe. Dafür ist er ausgebildet, das hat er jahrelang gemacht. Und er ist rechts, das war immer klar. Auch wenn er früher zumindest an die Verfassung geglaubt hat. Na ja, ich vermute, er hat sich in der Zeit, in der er verschwunden war, radikalisiert.«

»Schwankwitz hat Angst.«

»Aha? Und? Leute wie Schwankwitz haben immer Angst. Er ist ein ekliger Spießernazi.«

»Er fragt, ob wir unser Team nicht näher ranholen können. Sozusagen als Bewachung.«

Der Alte wiegte den Kopf hin und her.

»Natürlich muss die Observation wieder dichter gezurrt werden. Wir haben ja nun gesehen, was passiert, wenn wir Abstand halten.«

»Er meinte eher, ob wir das Team nicht mitten hinein platzieren könnten.«

»So? Wie kommt Herr Schwankwitz denn auf so gute Ideen?«

Der Alte lachte verächtlich.

»Wir hatten das doch von Anfang an in Betracht gezogen. Schwankwitz hat zwar ständig davon geredet, dass es noch mehr Leute in der Hinterhand gibt, die den Anschlag ausführen sollen, aber er hatte nie Namen, und wir fanden es doch immer zweifelhaft, ob die Rechte wirklich in der Lage wäre, ein komplettes Kommando in der erforderlichen Größe aufzustellen. Wo sollen die denn bitte alle ausgebildet werden?«

»Wäre unser Team dazu in der Lage? Haben sie Legenden?«

Der junge Mann nickte.

»Das ist kein Problem. Außerdem würde Schwankwitz ja für sie bürgen gegenüber dem Kommandoführer. Der hatte sich wohl von Anfang an darauf eingelassen, mit ihm Unbekannten zu planen und zu arbeiten.«

»Verdammt, das klingt ganz nach Jägers Überheblichkeit. Ja. Das passt zu ihm.«

Der junge Mann unterdrückte gerade noch ein Lächeln. Er hatte den Alten tatsächlich in die Ecke gedrückt. Er zeigte Herz.

»Schwankwitz sagte, der Kommandoführer sei auf dem Weg. Und das nächste Treffen mit Celik stünde auch an. Das soll dann schon der Waffendeal sein. Und wir könnten vorher unsere Leute reinbringen.«

Der Alte überlegte.

»Das gefällt mir nicht. Das ist überhastet und nicht sehr professionell.«

»Die gesamte Operation könnte jetzt leicht außer Kontrolle geraten, wenn wir uns nicht noch weiter reinsetzen. Und das wäre so kurz vor dem Erfolg wirklich dramatisch.«

»Hm.« Mehr sagte der Alte dazu nicht.

»Wenn es Jäger ist – und ich habe keinen vernünftigen Zweifel daran –, dann wird es ganz und gar unwägbar, wohin die ganze Aktion eigentlich zielt.« Er wartete auf eine Reaktion des Alten. Der hob nur den Zeigefinger seiner rechten Hand, die auf dem Schreibtisch lag, als Zeichen, dass er zuhörte. »Vielleicht geht es Jäger gar nicht um den Anschlag beziehungsweise nicht nur um den Anschlag.«

Jetzt gelang es dem Alten nicht mehr, die unbeteiligte Distanz des alten Profis zu demonstrieren. Der junge Mann hatte ganz sein Ohr.

»Wie schon gesagt. Ich habe viele Akten gelesen heute Nacht. Und eine davon trug den Namen Ihrer Frau.«

»Ach?«

Das klang nicht interessiert, sondern höchst alarmiert. Der Mann auf der anderen Seite des Tisches war am Rand der Klippe. Fast tat es dem jungen Mann leid. Es fühlte sich wie ein Vatermord an.

»Jäger hat sie umgebracht, sagt die Akte. In Ihrem Haus. Aber das ist nie bei der Polizei angekommen. Dort gilt der Fall als immer noch ungeklärte Tat der dritten Generation RAF. Die Frau eines der wichtigsten Terroristenjäger der Republik wird von Terroristen ermordet. Der Tatort ließ kaum einen anderen Schluss zu, weil Jäger ihn genau so hergerichtet hat.« Er beugte sich vor. »Und Jägers Verschwinden hat auch dabei geholfen, den Täter im Dunkeln zu lassen. In den Akten wird er als tot geführt. Irgendwo im Jemen soll er ums Leben gekommen sein.«

Der junge Mann nahm sich frischen Kaffee.

»Sie auch?« Das war geschmacklos, aber er konnte nicht widerstehen. Rührte etwas Zucker in den Kaffee, was er sonst strikt vermied. Er wollte ein wenig feiern. Der Alte war blass vor Wut. Aber er sagte nichts.

»Tja. Und jetzt ist Jäger wieder da. Da fragt man sich doch, warum? Ein erfolgreich abgetauchter Mörder kommt im Zuge einer komplexen geheimdienstlichen Operation wieder ans Tageslicht. Nun ist es ja kein Geheimnis, dass Sie das Referat Rechtsextremismus leiten. Das kann jeder auf der Website der Behörde nachlesen. Ein Anschlag dieser Größenordnung … das weiß Jäger nun besser als die meisten, dass die Rechte so was kaum hinkriegt, ohne dass wir davon Wind kriegen.«

»Kommen Sie zum Schluss. Ich fange doch an, mich zu langweilen.«

Der junge Mann lächelte.

»Er will Sie. Alles andere ist … kollateral, würde ich sagen. Natürlich folgt daraus dann sofort die Frage: Warum? Was ist das zwischen Ihnen und ihm? Warum hat er überhaupt Ihre Frau getötet?« Er rührte noch mal den Zucker um, der sich wieder unten abgesetzt hatte, und hob die Tasse. »Wenn er sie überhaupt getötet hat. Ich halte das nicht für sehr wahrscheinlich.« Er trank die Tasse genüsslich aus. Stellte sie wieder ab. Sah den Alten an. Der war jetzt grau. Eisgrau. Starrte sein Gegenüber an. Ein Schauer durchlief den Körper des jungen Mannes. So musste man sich bei der Jagd unmittelbar vorm Schuss fühlen.

»Man glaubt es ja kaum, aber es gibt einen Dienstreisebeleg. Am Ende des Tages sind wir eben nichts anderes als eine Behörde. Jäger ist vier Tage vor dem Mord an Ihrer Frau mit einer Maschine der Air France nach Riad geflogen. Den Antrag haben Sie genehmigt. Und seitdem hat der Dienst offiziell nie wieder etwas von Jäger gehört.«

Der Alte sah aus dem Fenster.

»Er kann doch einfach wieder zurückgeflogen sein.«

Der Junge schüttelte den Kopf.

»Kann er nicht. Weil das Auto, in das er am Flughafen gestiegen ist und von dem er annahm, dass es ein Fahrzeug unserer Botschaft sei, in Wirklichkeit ein Auto der CIA war. Und die US-Kollegen haben Ihnen persönlich einen ausführlichen Bericht geschickt. Es las sich ziemlich hässlich, was die mit Jäger veranstaltet haben, bevor er eine Woche später mit etwas Handgeld die Grenze zum Jemen überschreiten durfte. Man fragt sich, warum Sie ihn nicht einfach haben umlegen lassen.«

Der Alte lachte bitter.

»Weil es für Jäger kein Problem gewesen wäre zu sterben. Ganz einfach.«

Der junge Mann zuckte mit den Schultern. Er griff nach dem Telefon des Alten.

»Ich lasse die Observation ab sofort wieder eng laufen. Und in den nächsten Tagen bringe ich unsere Leute in die Gruppe. Es stört Sie doch nicht, wenn ich von Ihrem Apparat aus anrufe?«

Natürlich störte es den Alten. Das war ja das Schöne daran.

»Wir müssen eine offizielle Anfrage an den Verfassungsschutz stellen. So schnell wie möglich.«

Grewe spürte, dass er endlich Schwung bekam. Es gab einen Zipfel, den sie greifen konnten.

»Was auch immer diese Information bedeutet, aber die Mitarbeiterin eines Geheimdienstes fährt nicht ohne Grund in aller Herrgottsfrühe an einen Tatort und verlässt ihn nach einem Anruf sofort wieder. Wäre sie privat dort gewesen, hätte sie völlig problemlos Erste Hilfe leisten, anrufen und vor Ort bleiben können. Niemand hätte nachgefragt, wer, wie, was, warum.« Er ereiferte sich. »Aber dieses Getue und Verheimlichen, das stinkt doch. Sie war nicht zufällig da, jede Wette. Und wir brauchen sie zumindest als Zeugin unbedingt.«

Kindler hatte die Arme verschränkt und starrte auf seinen Schreibtisch.

»Ich war einige Jahre beim Staatsschutz in Baden-Württemberg, wie Sie vielleicht wissen.«

Grewe zuckte mit den Schultern, Drossel hüstelte.

»Dass diese Abteilung nicht die beliebteste ist, weiß ich selbst.« Kindler lächelte fast scheu. »Aber eines sollte jedem Kollegen klar sein: Es gibt einen eklatanten Unterschied zwischen dem polizeilichen Staatsschutz und den Diensten. Wir sind Polizeibeamte. Wir unterliegen dem Verfolgungsgebot. Wir dürfen keine Straftaten dulden oder übersehen. Und das wird im Allgemeinen sehr ernst genommen, meine Herren.«

Kindler schaute in seine Kaffeetasse. Das schwarze Gebräu war eiskalt, er trank es trotzdem.

»Und glauben Sie mir, wir haben die größten Probleme mit der Geheimniskrämerei der Dienste, weil wir ständig mit ihnen zu tun haben. Dennoch darf man dabei nicht vergessen, dass die klandestine Arbeitsweise der Dienste gerade im Bereich Extremismus oft vorteilhaft ist. Die kommen, wenn sie es gut machen, sehr viel tiefer rein als wir. Irgendwann kommt jeder Undercoverpolizist an juristische Grenzen. Das Problem haben die Dienste einfach nicht.«

»Ja. Und genau deswegen rutschen sie auch immer wieder viel *zu* tief rein.«

Drossel berührte mit seinem Fuß ganz leicht den von Grewe unterm Tisch. Brems dich, wollte das sagen.

»Ehemm. Ja, Herr Grewe. Natürlich besteht die Gefahr.«

Kindler wurde spitz.

»Haben Sie Kontakte nach Köln, Herr Kindler?«

»Natürlich habe ich die. Mit der Abteilung Extremismus hatte ich dienstlich häufig zu tun. Wobei die Dame natürlich auch aus einer anderen Abteilung stammen kann.«

»Dann würde ich vorschlagen, dass ich mal mit unserem Leiter Organisierte Kriminalität, Herrn Burckhardt, spreche. Er kann zumindest einschätzen, welches Feld den Verfassungsschutz hier bei uns interessieren könnte. Er hat wiederum Kontakt zum Staatsschutz beim LKA und könnte dort mal nachhaken.«

Kindler nickte.

»Gut. So machen wir es. Es ist nicht wahrscheinlich, aber es kann immer noch ein Zufall sein, das sollten wir nicht außer Acht lassen.«

Grewe machte eine unbestimmte Geste. Drossel hatte die Arme auf die Lehnen des Sessels gestützt, stand aber nicht auf. Es fehlte ein klares Signal von Kindler.

Aber der war weit weg. Spielte vermutlich vor allem die Konsequenzen durch, die das alles haben könnte. Und war sicher nicht erfreut über die Perspektiven.

Vielleicht konnten sie ja mit Humpert schon mal an der Pressemitteilung arbeiten.

Grewe musste lachen.

»Darf ich mitlachen, Herr Grewe?«

Grewe merkte, dass sein inneres System auf Kampf schaltete. Er sah Kindler direkt in die Augen. Der schaute nicht weg.

»Wissen Sie, Herr Grewe, beim Staatsschutz lernt man die Dienste wirklich gut kennen. Und ich habe mir gerade überlegt, was die können, können wir auch. Die schicken ihre Leute hierher und sagen uns nichts? Dann finden wir eben ihre Leute und sagen den Diensten davon nichts.«

Oho. Es wurde interessant. Gerd Drossel rutschte nervös auf seinem Stuhl hin und her.

»Ich werde einen Teufel tun und die anrufen. Wir haben eine Handynummer ermittelt. Ich rufe gleich Staatsanwalt Blum an, und wir führen ein dringliches Gespräch mit dem Richter. Ich denke, ich verspreche nicht zu viel, wenn ich sage, dass die SoKo ›Straßenrand‹ in spätestens einer Stunde eine Genehmigung zur technischen Überwachung dieses Handys hat. Und die TÜ beginnt in zehn Minuten, ich rufe die Abteilung sofort an.«

Grewe sah Kindler an. Dann Drossel. Kindler lachte laut.

»Was dachten Sie denn? Dass ich mir zwei Beamte totschießen lasse und dann abwarte, bis der Verfassungsschutz die Güte hat, uns mitzuteilen, worum es dabei geht?«

Er griff nach dem Hörer.

»Na dann. Auf geht's, die Herren.«

Auf dem Flur schlug Drossel Grewe auf den Arm.

»Der Sauhund.«

Grewe warf die Arme nach vorn und schloss dann sein Jackett.

»Ich rufe jetzt als Erstes Therese an. Ihr sagen, dass sie gebraucht wird. Die SoKo trifft sich, Moment …«, er sah auf die Uhr, »in einer Dreiviertelstunde. Passt dir das?«

Drossel nickte. Grewe drückte den Knopf am Lift. Als es »ping« machte, drehte er sich zu Drossel, fasste ihn um die Schulter und drückte zu.

»Verdammt, Gerd. Endlich geht es los.«

Gandalf fuhr langsam über den holprigen Waldweg. Schwankwitz hielt sich am Armaturenbrett und dem Haltegriff überm Fenster fest, als würde das Auto jeden Moment umkippen.

»Ich habe doch gesagt, es wäre besser gewesen, mit meinem Geländewagen zu fahren.«

Gandalf schwieg. Wenn der Fettsack noch ein bisschen jammerte, dann hätte er gleich wieder eine sitzen.

»Wie weit noch?«

Schwankwitz stemmte sich mühsam im Sitz hoch.

»Da vorne am Abzweig links. Dann sind es noch knapp fünfhundert Meter.«

Gandalf folgte den Ansagen. Als die Jagdhütte in Sicht kam, hielt er den Wagen an und holte sein Handy aus der Tasche.

Rief die beiden an. Endlich ein Freizeichen.

»Ja.« Er ging ran.

»Ich bin es.«

Schweigen. Dann erleichtertes Ausatmen.

»Gandalf.«

»Ja.«

»Was war los?«

»Musste überraschend weg. Wie steht es bei euch?«

»Alles gut. Äh. Ja. Kommst du her?«

»Ja.« Er konnte die Angst hören.

»Gut. Äh. Wann?«

Gandalf sagte nichts. Ließ die Angst am anderen Ende wachsen. Der Junge hustete. Im Hintergrund hörte Gandalf jetzt sie.

»Was ist mit ihm? Kommt er?«

Der Junge hielt kurz den Spracheingang seines Handys zu. Das nutzte Gandalf, um auszusteigen. Den Hörer behielt er am Ohr. Er hörte gedämpftes Reden, aufgeregt. Sie waren uneins. Das hatte er sich schon gedacht. Sie hätte niemals so eine blödsinnige Aktion gestartet. Sie war zu gut. Viel besser als er jedenfalls.

»Steig aus«, zischte er durch seine noch offene Tür Schwankwitz zu, »los, mach schon.«

Der Dicke schob sich ächzend aus dem Wagen. Die beiden diskutierten immer noch.

»Leg dich auf den Bauch. Hier.«

Schwankwitz gehorchte.

»Und schön still.«

Schwankwitz nickte und ging ächzend zu Boden.

Gandalf rannte in der Deckung der Bäume zum Haus. Es hatte zwei Stockwerke. Durch ein Fenster im Erdgeschoss sah er die beiden. Er blieb hinter einer dicken Buche stehen und lauschte ins Handy, während er sie weiter beobachtete.

Offensichtlich hatte der Junge die Diskussion für beendet erklärt, er nahm gerade das Telefon wieder ans Ohr.

»Äh. Entschuldige. Wir hatten hier gerade …«

»Schon gut. Alles gut. Ich komme morgen. Bleibt ruhig bis dahin.«

»Wir. Äh. Ja. Alles klar. Morgen. Bis morgen dann.«

Gandalf legte auf. Sah, dass der Junge das Handy anstarrte, etwas zu ihr sagte und das Gerät dann wegsteckte. Seine Schultern erschlafften.

Gandalf zog sich zurück. Nach zwanzig Metern drehte er sich um und lief zum Auto. Riss Schwankwitz hoch und schleppte ihn hinter sich her.

»Du klopfst. Ich stehe hinter dir.«

Schwankwitz nickte. Sie waren beim Haus. Gandalf gab dem Dicken einen Schubs in Richtung Tür.

Schwankwitz klopfte und rief gedämpft.

»Ich bin's. Hört ihr? Alles in Ordnung.«

Schritte. Der Schlüssel. Die Klinke.

Gandalf hatte Schwankwitz schon zur Seite gezogen und stand bereit.

Die Tür schwang auf, und das Gesicht des Jungen erschien.

Gandalf knallte ihm seine Pistole genau auf den Mund und trat die Tür ganz auf.

Sie stand mit der Waffe in der Hand da und starrte in die Mündung von Gandalfs Waffe.

»Ganz ruhig.«

Sie ließ die Arme sinken. Der Junge wand sich auf dem Boden, seine Lippe blutete. Gandalf beugte sich nach unten, packte ihn am Kragen und zog ihn ein Stück hoch.

»Wir beide haben jetzt eine Menge zu besprechen. Und überleg dir sehr gut, was du mir sagst.«

Der Junge nickte. Hielt dabei die Hand vor den Mund.

Seine Stirn war schweißnass.

19

Grewe wartete vor der Direktion. Ließ die Ströme von Fußgängern um sich fluten. Für die meisten ging der Arbeitstag zu Ende, begann das Einkaufen. Straßenbahnen spuckten Menschen aus und schluckten andere.

Für die Polizei stoppte die Arbeit nie. Schicht um Schicht löste sich gegenseitig ab und machte weiter. Zum Schutz und zum Wohle aller. So die Idee.

Was war Dienstag früh an dieser Landstraße passiert? Sie hatten tagelang keine Ahnung gehabt, keine Spur. Sie hatten sich im Grunde immer irgendwelche Irren vorgestellt, weil nichts anderes zu erklären schien, warum jemand zwei Polizisten bei einer Verkehrskontrolle erschoss.

Geheimdienste. In dieser Stadt? Grewes Blick hielt einzelne Gesichter aus der Menge für Augenblicke fest. Wer bist du? Wer bist du wirklich? Einfach nur ein Passant? Oder ein Verbrecher? Ein Terrorist? Ein Agent?

Was für ein Wahnsinn. So konnte man die Welt nicht ansehen. Schon gar nicht als Polizist. Das hatte sich Grewe immer verboten. Aber je mehr er über die neuesten Entwicklungen nachdachte, desto sicherer war er, dass Bernie und Kim genau einer solchen Weltsicht zum Opfer gefallen sein mussten. Paranoia.

»Hey.«

»Therese. Mensch.«

Er riss Therese in seine Arme und drückte sie.

»Hör auf, ich bin ein Mädchen.«

Aber tatsächlich schmiegte Therese sich sehr mädchenhaft in Grewes Umarmung.

»Man vergisst immer, dass du stark bist. Ganz schön stark, mein Lieber.«

Grewe seufzte.

»Therese. Gut, dich wieder da zu haben.«

Therese boxte ihm auf den Arm.

»Ich war ja kaum weg. Außerdem hab ich es gut brauchen können. Ehrlich.«

»Ja? Das sagst du nicht nur so?«

Therese schüttelte den Kopf.

»Ich hab die ganze Zeit mit Heiko verbracht. Das war wirklich gut. Wir … egal, das erzähle ich dir alles später. Wenn wir das hinter uns haben. Okay?«

Grewe nickte.

»Aber so was von okay.«

Ein Auto hupte lang und ausdauernd. Therese winkte. Es war Heiko Leptien in Thereses Geländeschlachtschiff. Er winkte aus dem Fenster.

Therese hakte Grewe unter und zog ihn Richtung Eingang.

»Lass uns arbeiten.«

»Ja. Endlich, Therese. Endlich.«

Merten Zingerle war todmüde. Seine Schicht ging dem Ende zu, er hatte Ole schon gesehen, der ihn ablösen würde, wenn er umgezogen war und einen Kaffee intus hatte.

Jana hatte sich nicht gemeldet, und er hatte sie auch nicht erreicht. Na ja. Sie war ja schließlich nicht seine Freundin. Oder Verlobte.

O Mann. Niederknien und sie um ihre Hand bitten. Dafür gäbe es ansatzlos einen Kick unters Kinn. Svenja war damals in Tränen geschwommen.

Das Telefon blinkte. Kein Notruf. Merten nahm den Anruf auf dem Headset entgegen und spulte seinen Spruch ab: »Polizeidirektion blabla was kann ich blabla …«

»Mein Name ist Stefanie Krumrey. Ich arbeite im Packers, das ist ein Hotel in der Greifenberger Straße. Ich bin an der Rezeption. Äh …«

Offensichtlich brauchte sie mal eine Rückmeldung, damit sie weitermachen konnte.

»Guten Tag, Frau Krumrey. Worum geht es denn?«

»Ja, also, vielleicht ist das alles auch totaler Schwachsinn. Aber … da war doch heute der Banküberfall.«

»Das ist richtig.«

»Ja, und im Radio kam, dass es ein Mann und eine Frau waren.«

»Es gibt Hinweise, die das wahrscheinlich sein lassen, Frau Krumrey.«

Schweigen am anderen Ende.

»Frau Krumrey?«

»Ich bin noch da. Entschuldigen Sie. Ich bin wirklich niemand, der andere einfach so verdächtigt. Ich habe auch noch nie bei der Polizei angerufen.«

So klang sie auch nicht. Sie hatte eine junge und irgendwie coole Stimme. Das Packers war auch ein eher cooles, junges Hotel.

»Dafür sind wir doch da, Frau Krumrey. Was liegt Ihnen denn auf der Seele?«

Ah. Jetzt mal als Pfarrer versuchen. Super Idee.

»Wir hatten hier ein Pärchen als Gäste. Seit Dienstag. Und, na ja, ich fand die beiden schon auffällig. Die hatten so was Aggressives. Irgendwie. Und waren auch oft getrennt unterwegs. Nachts vor allem. Haben das Zimmer auch von Tag zu Tag verlängert.«

Merten checkte, ob die Aufzeichnung lief. Das könnte interessant werden.

»Und vor einer Stunde kam er alleine und hat alles geräumt, für die schon gebuchte Nacht gezahlt und ist abgehauen. Alles sehr … na ja … hektisch. Sie hab ich gar nicht mehr gesehen. Und irgendwie hat es mir keine Ruhe gelassen.«

»Das ist völlig in Ordnung, Frau Krumrey. Können Sie mir eine Beschreibung der beiden geben?«

»Ja. Also zuerst mal sie. Sie ist auch echt auffällig. Ziemlich genau 1,75 groß, ich bin genauso groß, deswegen bin ich mir da sicher. Schwarze, halblange Haare, ganz strahlend blaue Augen. Sehr hübsch, aber ihre Nase war sicher mal gebrochen, die hat so einen kleinen Knick und ist ein ganz wenig schief. Großer Mund, volle Lippen. Äh, warten Sie …«

Merten wurde übel, aber er zwang sich weiterzumachen.

»Sie machen das sehr gut.«

»Sie ist schlank und wirkt sehr sportlich. Ging auch mehrmals laufen, und an einem Tag hab ich sie loslaufen gesehen und wie sie wiederkam. Also, sie ist sehr schnell gestartet und kam nach mehr als einer Stunde genauso schnell wieder an.«

Ole kam jetzt umgezogen in die Leitstelle, hob grüßend seinen frischen Kaffee. Merten winkte ihn hektisch ran.

»Frau Krumrey, das ist alles sehr gut, ich muss Sie trotzdem ganz rasch an einen Kollegen weitergeben. Die Aufzeichnung läuft weiter, also, fahren Sie einfach fort. Ja?«

»Ja, äh, natürlich.«

Ole musterte Mertens Gesicht genau und hob die Augenbrauen.

»Das wird ja echt zu Gewohnheit bei dir.« Ole nahm Mertens Platz ein und stülpte sich das Headset auf.

»Hier ist Polizeihauptmeister Gröbel, ich übernehme das Gespräch. Darf ich nach Ihrem Namen …«

Merten hörte nicht mehr zu. Er hielt sich den Mund zu und spurtete Richtung Klo.

»Hier?«

Gandalf zeigte auf den kleinen Weiher. Der Junge, die Frau und Schwankwitz standen einfach da und nickten. Alle drei.

»Super Idee. Der liegt in deinem Jagdrevier?«

»Ja«, krächzte Schwankwitz.

»Habt ihr euch irgendwas dabei gedacht, oder war es einfach nur am bequemsten, das Auto hier reinzuschmeißen?«

Er sah die drei an. Sie hatten alle die Hosen voll. Der Junge versuchte, trotzig zu gucken, aber es war nur peinlich.

»Für den Fall, dass die Kiste gefunden wird, hat die Polizei es dann auch nicht so schwer, mal einen Zusammenhang herzustellen. Ist ja auch nett. Oder? Haltet ihr die für bescheuert? Das sind Profis, im Gegensatz zu euch.«

Gandalf winkte ab.

»Drauf geschissen. Das ist natürlich nichts gegen die Superaktion von heute. Und damit kommen wir dann zu dir.« Er zeigte auf den Jungen.

»So. Wie bist du auf den Trichter gekommen, einfach eine Bank zu überfallen, wo schon das Ding in Passau nicht gut gelaufen ist?«

Der Junge zuckte zuerst mit den Schultern, dann schaute er ins Nichts. Ein Junge. Das war er, nicht mehr. Mit fast dreißig. Gandalf war in dem Alter beim MAD. Hatte schon eine Reihe von Leuten umgebracht und steckte bis zum Hals undercover in der linken Terrorszene.

Gandalf ging näher an ihn heran.

»Los. Versuch wenigstens, mir das Gefühl zu geben, dass du noch zwei Gramm funktionierende Hirnmasse hast. Du hattest keinen Kontakt zu mir. Das bedeutet: Füße stillhalten. Entweder bis ich mich melde, oder ihr sicher wisst, dass ich nicht mehr auftauchen kann, weil ich entweder festgenommen oder tot bin. Was daran war schwer zu verstehen?«

Der Junge schob sein Kinn vor und schnaubte. Gandalf starrte ihn einfach nur an, bis es dem Jungen unheimlich wurde.

»Ich wollte es wiedergutmachen. Passau. Dass es fast schiefgegangen wäre und dass wir nicht so viel erbeutet haben. Und dann kam der Scheißtürke mit seiner Preiserhöhung. Ich war total sauer. Weil er hier«, er zeigte auf Schwankwitz, »die ganze Zeit die Fresse aufreißt, aber die Hose voll Scheiße hat. Nichts macht der. Lässt uns hier rumsitzen und schwitzt. Der hätte dem verdammten Drecksanatolier mal zeigen sollen, was ein echter deutscher Patriot ist.«

Er wurde richtig laut. Knallrot. Ließ alles raus.

»Und die schnellen Nummern sind immer am besten gelaufen. Da hatten wir immer die meiste Beute. Is doch so.«

Gandalf nickte. Griff in seine Jackentasche. Holte die Pistole raus, die er der jungen Frau abgenommen hatte.

Und schoss ihm in die Stirn.

Schwankwitz kreischte. Die Frau riss bloß den Mund auf. Stumm.

Der Junge sackte einfach auf die Knie und knickte dann nach der Seite weg.

Gandalf schoss noch zweimal auf seinen Kopf, obwohl er wusste, dass er tot war. Dann richtete er die Waffe auf Schwankwitz, der noch lauter kreischte.

»Halt sofort die Fresse, Fettsack. Sofort.«

Schwankwitz hielt sich den Mund zu. Schwitzte wie ein Schwein.

Die Frau war leichenblass, und Tränen liefen ihr über die Wangen.

»Ich habe einen Befehl gegeben. Einen eindeutigen Befehl. Wir sind im Kampf. Da gibt es keine einsamen Entscheidungen. Ist das klar? Habt ihr das?«

Nur Schwankwitz' Schnaufen. Und Gandalfs Atem.

»Gut.«

Gandalf zog die Pistole des Jungen aus dessen Jackentasche,

ging in die Knie und verstaute sie im Hosenbund der Leiche. Dann schaute er die junge Frau an.

»Wir lassen ihn hier liegen, dann haben die Bullen zum Auto gleich auch noch einen der Täter. Vom Komplizen erschossen.« Er winkte mit der kleinen Pistole, mit der er sein Exempel statuiert hatte, dann steckte er sie wieder ein. »Damit haben die dann erst mal zu tun.«

Die Frau biss die Zähne zusammen. Gandalf sah ihr ins Gesicht.

»Du kapierst das, oder?«

Sie biss sich auf die Unterlippe, blinzelte Tränen weg. Nickte.

Schwankwitz keuchte, war käseweiß. Klar. Der hatte sich vermutlich nicht eine Sekunde Gedanken gemacht, wie es nach dem Anschlag aussehen würde, und jetzt hielt er einen einzigen Toten nicht aus.

Dass es zu dem Anschlag kommen würde, so wie er geplant war, glaubte Gandalf nicht mehr. Es gab jetzt schon zu viel Aufsehen. Und der Dienst konnte nicht mehr allzu lange warten, bis er die Polizei ins Boot holte. Vermutlich würden sie noch nicht mal mehr die Waffen bekommen.

Aber er verfolgte schließlich noch ein Sekundärziel. Und das konnte er auf jeden Fall noch erreichen. Und vielleicht …

»Pass auf.« Er drehte die Frau zu sich her.

»Ich mache hier alleine weiter. Mit freundlicher Hilfe unseres Großpolitikers natürlich.«

Schwankwitz wäre noch bleicher geworden, wenn es gegangen wäre.

»Ich gebe dir eine Adresse. Und Geld. Du fährst noch heute Nacht mit dem Zug hin. Verstanden?«

Sie nickte.

»Man wird dort Bescheid wissen. Und du wirst erfahren, wie es weitergeht. Hast du alle Sachen in der Hütte?«

Sie nickte wieder.

»Gut. Die Kleider, hattest du die beim Überfall an? Die müssen weg. Hast du noch Wechselkleidung? Schwankwitz? Du sorgst dafür, dass jemand sie mit dem Auto bis nach Frankfurt bringt. Zügig, klar?«

»Ja. Klar.« Schwankwitz war kaum zu verstehen.

»Okay. Dann Abmarsch.«

»Kolleginnen und Kollegen.« Grewe klatschte zweimal in die Hände. Es wurde ruhiger.

Sie waren alle da, praktisch die gesamte Kripo der Direktion, außer Gerd Drossel. Er wolle noch etwas überprüfen, hatte er gesagt. Alle sahen nach vorne. Die meisten hatten schon das eine oder andere aufgeschnappt, aber jetzt warteten sie auf klärende Worte.

»Wir haben einen Anknüpfungspunkt. Eigentlich ist es nur eine Handynummer. Die Nummer der Zeugin, die Bernie und Kim gefunden und uns alarmiert hat. Allerdings steckt hinter dieser Nummer keine gewöhnliche Bürgerin, sondern eine Mitarbeiterin des Bundesamts für Verfassungsschutz in Köln.«

Das verursachte gewaltige Unruhe unter den Beamten. Grewe hob beide Hände.

»Deswegen haben wir sie auch noch nicht einfach so kontaktiert. Ich denke, niemand hier im Raum hält es für unprofessionell, wenn wir davon ausgehen, dass jemand vom Verfassungsschutz nicht ohne dienstlichen Grund an einem solchen Tatort auftaucht und nach nur einem Anruf wieder verschwindet.« Einige Kollegen lachten bitter. Vor allem Noss' massige Schultern kamen gewaltig ins Zucken.

»Der Chef«, Grewe zeigte an die Decke, »hat eine TÜ für die Nummer beantragt und auch schon angeordnet. Wir sollten also in kürzester Zeit den Aufenthalt der Zeugin bestimmen können.

Wenn sie sich noch in dieser Gegend aufhält, können wir annehmen, dass der Verfassungsschutz eine Operation laufen hat, oder wie auch immer die das nennen. Dann werden wir unsererseits die Dame zunächst mal physisch finden und, wenn möglich, observieren. Das gesamte Verhalten der Frau in der Angelegenheit ist nicht dazu angetan, mit Kooperation seitens ihrer Dienststelle zu rechnen. Dann hätte sich nämlich fraglos schon jemand gerührt bei uns.«

Zustimmendes Nicken im Raum. Therese hob die Hand. Grewe gab ihr das Wort.

»Ich frag's mal geradeheraus: Betrachten wir die Frau ausschließlich als Zeugin? Oder kommt sie auch als Tatverdächtige infrage?«

Therese. Mal wieder auf den Punkt. Es war so gut, sie hier zu haben. Als wäre sie Monate weg gewesen.

»Dann antworte ich genauso geradeheraus. Nach der StPO darf ich sie natürlich nur als Zeugin betrachten, aber nach Berücksichtigung aller Zutaten«, Grewe zählte auf, »sie taucht am Tatort eines Doppelmordes auf, ruft uns an, bleibt aber nicht da, meldet sich nie wieder, arbeitet für einen Geheimdienst, der sich auch nie rührt bei uns«, vereinzeltes Lachen und Schnauben im Raum, »und wenn ich überlege, was wir in den letzten Jahren im Zusammenhang mit Rechtsradikalismus so alles mit Geheimdiensten – und leider auch uns selbst – haben erleben müssen ... also, da wäre ich schon eine richtige Paragraphenspuckmaschine, wenn ich da nicht in Betracht zöge, dass es auch eine indirekte oder direkte Verwicklung in die Tat geben könnte. Zumal wir bislang weder in Bernies noch Kims Privatleben auch nur die geringsten Anzeichen für so etwas wie ein Mordmotiv haben ausfindig machen können. Und wenn wir nichts Überzeugendes finden, dann bleibt nur das Offensichtliche. Bernie und Kim wurden erschossen, weil sie Polizisten waren. Jemand wollte nicht kontrolliert werden, um keinen Preis. Und wenn so etwas dann auch noch in Zusammenhang mit einem Geheimdienst gesehen werden kann oder muss – ich weiß nicht, wie es euch allen geht, aber mich macht das hochgradig nervös und sauer.«

Solche Töne hörte man von Grewe nicht oft. Es war jetzt mucksmäuschenstill. Perfekt für den Auftritt des reitenden Boten.

Gerd Drossel betrat ohne anzuklopfen den Raum, einen Ausdruck in der Hand. Er stand unter Hochspannung.

»Gerd, was gibt es?«

Drossel hob das Blatt in die Höhe.

»Ich habe mich mit den Banküberfällen der letzten Monate befasst, geschaut, ob es Gemeinsamkeiten mit dem gibt, was wir bisher über unseren Überfall wissen. Tja… Es gab am Montagnachmittag einen Überfall in Passau. Volksbankfiliale, zwei Täter, einer davon vermutlich eine Frau.« Raunen. »Da kam es allerdings zu einem Handgemenge, ein Kollege außer Dienst versuchte, eine gehbehinderte Frau zu schützen. Ein Schuss ist gefallen, und die Täter mussten mit geringer Beute fliehen, knapp viertausend Euro. Interessant für uns ist daran mehrerlei. Erstens ist das Kaliber der Waffe dort 7.62 mm und somit identisch mit dem Kaliber der Waffe, aus der auf Bernie geschossen wurde, was ja erst mal nicht allzu viel sagt. Aber nach erster Einschätzung haben wir auch bei der Munition, die bei unserem Überfall in der Decke gelandet ist, dasselbe Kaliber. Der Kollege aus Passau schwört Stein und Bein, dass es eine Tokarew war. Die ist bei halbwegs professionellen Tätern ziemlich beliebt, weil man bei der ohne Probleme den Lauf wechseln kann. Dadurch ändert sich das Beschussbild, und die Waffe kann durch uns nicht mehr eindeutig zugeordnet werden. Und sie ist vergleichsweise einfach und kostengünstig auch illegal zu besorgen.« Drossels Stimme war bei den letzten Worten nach oben gerutscht, er hatte etwas im Hals und musste sich erst mal freihusten.

»Uff. Ich habe einfach mal eine mögliche Fahrtroute von Passau hierher überprüft. Wenn man nicht über die direkte Abfahrt Stadtmitte zu uns reinwill, sondern über die Landstraße schleichen, dann böte sich, aus Passau kommend, genau der Weg an, der an Kim und Bernies Kontrollpunkt vorbeiführt.« Jetzt wurde die Atmosphäre im Raum schneidend.

»Das ist aber noch nicht alles. Es finden sich in den vergangenen sechs Monaten noch vier weitere Banküberfälle, die in einem oder mehreren Punkten Gemeinsamkeiten mit diesen beiden aufweisen. Vor allem die Vermutung, einer der beiden Täter könnte eine Frau sein, taucht zumindest in einzelnen Zeugenaussagen zu jedem der Überfälle auf. Auch der Passauer Kollege war dieser Meinung.«

Grewe sah Drossel an.

»Noch mehr, Gerd?«

»Nein.«

»Nicht dass es nicht ausreichte.« Grewe schüttelte fassungslos den Kopf. »Ich versuche mal zusammenzufassen. Also. Täter, die frisch von einem missglückten Überfall kommen, hochnervös. Sie haben eine mehrstündige Autofahrt hinter sich und vorher eine Flucht in der Innenstadt von Passau. Dann Polizeikontrolle, Nerven verloren. Sie haben Waffen, vielleicht auch noch Beute aus den anderen Überfällen oder sonst etwas Belastendes im Wagen. Das klingt richtig, oder?« Er wartete nicht auf Bestätigung. »Dann rauscht unmittelbar nach der Tat eine Dame vom Verfassungsschutz an den Tatort. Ruft uns an, leistet keine Hilfe und haut auch sofort wieder ab. Wir wissen, dass mindestens noch eine Person bei ihr war. Wenn man den Blick darauf verengt, müsste man sagen, die Bankräuber wurden vom Verfassungsschutz verfolgt. Was wiederum absolut absurd klingt, weil Bankräuber ja nun mal klar unser Job sind.«

Schweigen. Dann meldete sich Noss.

»Didi?«

»Es sei denn, die Überfälle sind zur Finanzierung von irgendwelchen Sauereien da, die den Geheimdienst interessieren. Wär ja auch nicht das erste Mal.«

»Exakt. Ich habe vorhin schon mit Fritz Burckhardt gesprochen, der leider nicht herkommen konnte, seine Frau ist krank. Nein, nichts Schlimmes, aber er musste einfach heim. Ihm ist derzeit hier bei uns nichts bekannt im Bereich Organisierte Kriminalität oder Extremismus, was den Verfassungsschutz interessieren könnte. Nichts brodelt. Alles wie gehabt.«

Alle warteten auf ein Signal, eine Entscheidung.

»Wir können nur eines tun jetzt. Warten, bis wir die Frau geortet haben, und sie dann schnappen. Wenn das nicht gelingt, wenn sie nicht mehr hier ist, dann müssen wir auf offiziellem Weg und mit aller zu Gebote stehenden Vehemenz beim Verfassungsschutz nachhaken. Wir lassen uns nicht auf der Nase herumtanzen.«

Es klopfte.

»Herein.«

Die Tür ging auf, und im Rahmen stand ein junger Uniformierter. Er sah völlig fertig aus.

»Herr … äh, Zingerle?«

»Ja, genau.«

»Was gibt es?«

»Ich … äh. Herr Grewe, ich muss dringend mit Ihnen sprechen. Persönlich. Geht das?«

20

Gandalf und Schwankwitz saßen im Wagen. Sie hatten sich bei einem Drive-in Burger mit Pommes und Cola gekauft (»Schwankwitz, halt dein Maul von wegen deutsche Bratwurst«) und waren damit auf einen einsamen Parkplatz gefahren. Die Dämmerung kündigte sich zart an.

»So. Was hat der Typ gesagt?«

Der Anruf aus Köln war gekommen, während sie auf die Bestellung warteten, und Schwankwitz hatte bis eben telefoniert. Gandalfs Handy war nach dem Anruf klatschnass gewesen von Schwankwitz' Pfoten.

»Sie setzen ihr Team zur Observation an. Zu … zu meinem Schutz.«

Gandalf lachte leise, während er von seinem Burger abbiss. Schwankwitz' Atem rasselte. »Und zum geeigneten Zeitpunkt …«, jetzt klang er wie ein kaputter Staubsauger, »soll ich Ihnen die beiden dann als Teil des Kommandos verkaufen.«

Gandalf schob sich den letzten Rest Burger in den Mund, kaute, schluckte und spülte mit Cola nach.

»Gut. Dann mal los.«

Schwankwitz sah Gandalf an.

»Los? Wohin los?«

»Erst mal raus aus dem Auto.«

Gandalf machte eine Kopfbewegung in Richtung Heck und stieg aus. Schwankwitz folgte. Was sollte er auch sonst tun?

Die Neonröhre flackerte. Das machte die ohnehin nicht angenehme Atmosphäre des Raums noch drückender. Grewe hatte sich genau deswegen mit Merten hierher zurückgezogen.

Es gab für ihn keinen Zweifel, dass der junge Kollege ihn belogen hatte und jetzt im vertraulichen Gespräch einen Weg suchte, den Fehler wieder gutzumachen.

Aber er sollte sich darüber klar werden, was auf dem Spiel stand. Dass es keine Kleinigkeit war.

Wobei man aus zweimaligem Erbrechen ins Waschbecken an der Wand in den letzten fünf Minuten durchaus schließen durfte, dass Zingerle die Situation mit gebotenem Ernst beurteilte.

»So, Merten. Geht es jetzt? Was wollen Sie mir erzählen?«

Zingerle krampfte die Hände ineinander. Starrte einen Punkt auf der Tischplatte, kurz vor Grewes linkem Arm, an. Mahlte mit den Kiefern.

»Wir hatten gerade einen Hinweis. Wegen dem Banküberfall.«

Grewe wartete ab. Merten atmete laut.

»Eine Frau aus einem Hotel. Das Packers in der Greifenberger. Ein Paar. Heute überraschend abgereist. Kamen ihr die ganze Zeit schon komisch vor.«

»Moment«, Grewe unterbrach ihn, »das sollte der Dauerdienst hören, die sind immer noch an dem Überfall dran.«

Merten sah endlich hoch.

»Die wissen schon Bescheid, das hab ich in die Wege geleitet.«

Grewe nickte.

»Gut. Also weiter.«

Merten trank einen Schluck Leitungswasser aus dem Glas, das Grewe ihm hingestellt hatte.

»Die Beschreibung. Also … ich glaube, ich kenne die Frau.«

»Aha. Und weiß das der Dauerdienst auch?«

Merten schüttelte den Kopf.

»Das wäre allerdings eine ziemlich hilfreiche Information, meinen Sie nicht auch?« Grewe unterdrückte seine Aggression nur mäßig. Er spürte, dass Merten Angst vor ihm hatte. Und das war auch gut so.

»Ich weiß nur ihren Vornamen. Wenn es überhaupt der richtige ist.«

»Und?«

»Jana. Sie heißt Jana.«

»Woher kennen Sie sie, und was wissen Sie noch über Jana?«

»Eigentlich gar nichts. Ich. Ich.«

Grewe sah Merten nur an. Der wurde immer blasser. Hoffentlich kotzte er nicht auf den Tisch. Aber eigentlich konnte sein Magen nichts mehr enthalten, was er noch kotzen könnte. Außer Galle. Es roch säuerlich im Raum.

»Ich hatte Sex mit ihr. Mehrmals. Auch letzte Nacht.«

Merten flüsterte fast.

»Aha. Und wo?«

»Bei uns. Äh. Bei mir.«

»Hören Sie, Merten. Mir ist Moral in diesem Fall wirklich völlig egal. Ob Sie verheiratet sind oder sonst was, interessiert mich einen feuchten Dreck. Aber wenn Sie irgendetwas wissen, das hilft, diese Frau zu finden, dann raus damit.«

Merten wand sich auf dem Stuhl.

»Es ist nicht das, Herr Grewe. Ich hab keine Ahnung, wo sie wohnt oder herkommt. Sie hat gesagt, dass sie nicht aus der Stadt ist. Auf Reisen. Computerzeug, Software, was auch immer.«

Er sah Grewe gequält an.

»Was? Merten.«

»Sie ist ...«, er schluckte mehrmals, versuchte, ruhig zu atmen, dann liefen Tränen, »sie ist die Anruferin. Kim. Bernie ...« Er schluchzte laut und schlug die Hände vors Gesicht.

Grewe griff nach seinen Unterarmen und zog die Hände von Mertens Gesicht. Hätte ihm am liebsten die Faust hineingerammt.

»Sind Sie sicher? Absolut sicher?«

Merten nickte, während er heulte.

»Ich kann Stimmen super gut erkennen. Ich … es tut mir so leid … ich … Kim …« Er heulte laut und hemmungslos. Rotz lief ihm aus der Nase, seine Augen schwammen. Grewe ließ ihn los. Griff in seine Tasche, zog eine Packung Tempos raus und warf sie im Aufstehen auf den Tisch.

»Darüber wird noch zu reden sein. Aber für jetzt erst mal danke. Danke, dass Sie immerhin noch die Eier hatten, es mir zu sagen.«

Als er die Tür hinter sich zuwarf, konnte Grewe hören, dass Merten seinen Kopf auf den Tisch schlug, wieder und wieder.

Schwankwitz' Herz schlug ihm bis zum Hals. Er spürte es genau an der Stelle unter dem Hemdkragen, an der Gandalf ihm den winzigen Sprengsatz mit etwas Tape auf die Haut geklebt hatte.

»Wenn du irgendeinen Mist baust, drück ich das Knöpfchen. Ist das klar?«

Gandalf zeigte ihm den kleinen Funkfernzünder und hob mit dem Daumen die durchsichtige Sicherheitsabdeckung über dem Knopf an, ließ sie wieder zuschnappen und steckte sie in die Hosentasche. Schwankwitz nickte, ganz vorsichtig. Und sah zu, wie Gandalf sich eine Weste mit vielen Taschen umlegte. Darin verstaute er eine Pistole mit Schalldämpfer, Taperollen, Ersatzmagazine. Irgendwelche kleinen Werkzeuge und Kram, den Schwankwitz nicht identifizieren konnte. Dann zog Gandalf seine Jacke wieder darüber. Griff sich dünne schwarze Handschuhe aus feuerfester Spezialfaser und eine ebensolche Sturmmaske aus dem Kasten im Kofferraum, verschloss dann den Kasten, schlug die Hecktür zu und sah Schwankwitz an.

»Einsteigen. Lots mich zu diesem Türken. Dem mach ich die Hölle heiß.« Er stieg wieder ein. Schwankwitz ächzte sich auf den Beifahrersitz.

»Was ist mit dem Verfassungsschutz?«

Gandalf zuckte mit den Schultern.

»Was schon? Die folgen deinem Handy, würde ich sagen. Und dabei wünsche ich ihnen viel Spaß.«

Er startete den Wagen und setzte mit aufheulendem Motor zurück.

Auf dem Weg zurück in den Besprechungsraum bemerkte Grewe Bewegung auf den Fluren. Hektik. Und dann donnerte er fast in Therese.

»Grewe. Ich wollte dich gerade holen. Sie haben ein Signal. Diese Frau.«

»Was?«

»Sie haben sie. Sie ist mit dem Auto unterwegs. Das MEK ist schon alarmiert. Derksen sagt, sie brauchen aus dem Stand vierzig Minuten, bis sie in Mindeststärke loskönnen.«

Grewe ballte die Faust.

»Okay. Wir fahren schon los. Tony, Claudi, Fuchs, du, ich. Ist Noss noch da? Wer von seinen Leuten?«

Therese nickte.

»Mindestens drei Fahrzeuge. Wir halten Funkkontakt, und die lotsen uns. Das MEK stößt nach, und wenn wir zugreifen können, machen die das. Los.«

Sie gingen schnell zum Besprechungsraum. Kurz vor der Tür machte Grewe plötzlich Halt.

»Was ist?«

»Mach du alles klar, Therese. Wir treffen uns auf dem Parkplatz. In unserm Fahrzeug bleibt mindestens ein Platz frei.«

»Für wen?«

»Für jemanden, der seine Schulden bezahlt.«

Gandalf steuerte den Wagen durch die Randbezirke. Schwankwitz war völlig zusammengesunken, aber er hielt seinen Kopf krampfhaft aufrecht. Fürchtete wohl, dass bei einer falschen Bewegung sein fetter Hals explodieren würde.

Sollte er mal ruhig. Sich fürchten. Aber gleich an Celiks Tür musste der Fettsack die Nerven behalten, das war wichtig.

»Sind wir noch richtig?«

Schwankwitz schreckte zusammen, riss die Augen auf und suchte die Straße vor ihnen ab, als suchte er verzweifelt irgendetwas, das er kannte.

»Konzentrier dich mal. Ich bin ein geduldiger Mensch, aber irgendwann ist Schluss.«

»Da links.« Schwankwitz krächzte.

Gandalf haute den Blinker rein und setzte zu einem flotten Abbiegen an, als Schwankwitz ihm plötzlich die schweißnasse Hand auf den Arm legte.

»Nein, nein, Entschuldigung, nicht hier. Da vorne. Da vorne.«

Gandalf zog den Wagen wieder etwas nach rechts und schaltete den Blinker aus. Er schüttelte den Kopf.

»Entschuldigung.« Schwankwitz flüsterte.

»Schon gut. Klapp nicht zusammen.«

Etwa dreißig Meter voraus sah Gandalf Parkbuchten. Er blinkte, verlangsamte und kam sanft in der Lücke zum Stehen. Er griff über Schwankwitz' Beine ins Handschuhfach und nahm den Stadtplan raus.

»Sag mir die Adresse von dem Türken, ich guck mir das jetzt mal selber an. Das hier ist die …«, er drehte den Kopf und kniff die Augen schmal zusammen, »Dreyser-Straße. Okay.«

Er suchte im Register, dann im Gitterkreuz.

»Also, ich höre.«

»Werner-von-Siemens-Ring. Die Nummer weiß ich nicht, aber ich kenne das Haus. Da stehen eh nur Villen.«

Gandalf nickte abwesend, suchte wieder erst im Register, dann im Gitterkreuz. Fuhr mit dem Finger mögliche Strecken nach. Murmelte Himmelsrichtungen und Entfernungen. Schloss die Augen für einen Moment.

»Okay. Ich fahre einmal den Ring ab. Du sagst mir, welches Haus. Klar?«

Schwankwitz nickte.

»Gut. Dann los.«

Gandalf setzte wieder aus der Parkbucht, und sie fuhren weiter.

Die drei zivilen Einsatzfahrzeuge näherten sich dem Stadtrand. Über Funk meldete die Direktion fortlaufend die Position und Fahrtrichtung der Frau. Sie hielten großen Abstand. Sie konnte ihnen nicht entwischen, falls sie es überhaupt versuchen würde.

»Sie fährt Richtung Breberbach.«

Tony Estanza fuhr den ersten Wagen, Therese auf dem Beifahrersitz, die Karte auf den Knien. Grewe saß hinten mit Merten Zingerle. Der junge Polizist war immer noch leichenblass. Grewe fragte sich die ganze Zeit, ob es Kotztüten im Wagen gab, wollte aber niemanden fragen, weil er fürchtete, Zingerle würde dann sofort loslegen.

»Therese, frag doch mal nach, ob die aktuell was über die Verkehrslage vorne haben.«

»Richard für Richard zwölf eins. Wie sieht es denn verkehrsmäßig um die Zielperson aus? Habt ihr da was Aktuelles?«

»Zwölf eins. Moment.«

Therese drehte sich zu Grewe.

»Wollen wir vielleicht wissen, wo die Dame hinfährt?«

Grewe lachte.

»Du hast es einfach drauf, Therese. Das ist die große Frage, würde ich sagen. Wenn …« Es knackte im Funk.

»Zwölf eins für Richard. Also. Ihr habt ja so ein Schwein. Vor zwei Minuten hat unser Heli die 343 überflogen. Ihr seid auf einer Länge von gut vier Kilometern praktisch allein mit der Dame. Erst hinter Breberbach läuft Verkehr zu in Richtung Autobahn.«

»Danke. Prima.«

Grewe sah auf die Uhr.

»Das MEK?«

Therese zuckte mit den Schultern.

»Gut. Tony, gib Gummi. Wir staffeln ran. Therese, gib den anderen Bescheid. Wir stoppen die Lady. Fuchs soll nah an uns bleiben. Wenn wir sie vor uns haben, überholt er und setzt sich vor sie. Noss kann, wenn wir keinen Gegenverkehr haben und es nötig ist, auf die andere Fahrbahn neben sie. Wir bleiben hinter ihr.«

Therese schnappte sich das Funkmikro. Estanza guckte in den Rückspiegel. Dann gab er Gas.

»Das da. Der Glaskasten.« Schwankwitz' fetter Zeigefinger war auf Odhan Celiks postmoderne Villa gerichtet.

Gandalf nickte. Etwa zwanzig Meter vor dem Haus des Türken ging eine schmale Straße rechts von dem Ring ab. Er bog ein. Fuhr bis zur zweiten Querstraße, nahm hier den Abzweig nach links und parkte nach einigen Metern. Es wurde jetzt rasch dunkel.

Er drehte sich zu Schwankwitz.

»Hör mir gut zu. Ich erklär es dir nur einmal. Und wenn du an irgendeinem Punkt Mist baust, drücke ich das Knöpfchen.«

Sie hatten die Scheinwerfer eingeschaltet. Estanza fuhr knapp über neunzig. Therese und Grewe starrten nach vorne. Merten Zingerle hielt sich an der Armlehne der Tür fest.

»Da.« Rote Lichter vor ihnen. Therese griff nach dem Funk.

»Langsam, Tony. Wir müssen erst sicher sein.«

Estanza nahm Fahrt raus, bremste leicht.

»Richard für zwölf eins. Habt ihr uns auf dem Schirm?«

»Hier Richard. Ja. Ihr seid hinter ihr.«

Therese sah nach hinten, zu Grewe. Er überlegte fieberhaft. Dann nickte er.

»Wir greifen zu.«

»Zwölf eins an alle. Zugriff wie besprochen. Sobald wir direkt an ihr sind, zieht Fuchs vorbei.«

»Verstanden.« Claudi aus Fuchs' Fahrzeug.

»Pogo, Freunde.« Unverkennbar Noss. Keiner sollte vergessen, dass er als Jugendlicher mal Sänger in einer Punkband war.

Tony beschleunigte etwas, aber nicht auffällig. Die anderen zogen nach. Grewe drehte sich zu Fuchs' Wagen um. Er sah das bleiche Gesicht des immer gut gelaunten Kollegen hinterm Steuer und hoffte inständig, dass er nüchtern war. Darüber mussten sie reden. Sie mussten über so viel reden.

Fuchs setzte den Blinker.

»Sie biegt ab, Chef. Sie blinkt.« Tony. Cool, aber bestimmt.

»Was?«

»In den Wald. Sie fährt in den Wald.«

Fuchs zog nach links, setzte zum Überholen an.

»Therese, stopp. Er soll abbrechen, sofort.« Grewe war laut geworden und winkte aus dem Heckfenster. Was vermutlich nicht zu sehen war, es war zu dunkel.

»Markus, Abbruch. Abbruch.« Therese rief in das Mikro.

Grewe winkte jetzt durch das Seitenfenster, Fuchs zog vorbei.

»Herrgott noch mal.«

»Markus. Abbruch.« Therese brüllte schon fast.

Endlich verlangsamte Fuchs. Blieb zurück. Setzte sich wieder hinter sie.

Tony blinkte. Sah in den Rückspiegel. Grewe schaute nach vorn. Der Wagen, den sie verfolgten, war gerade im Wald verschwunden.

»Fahr vorbei, Tony. Erst mal vorbei.«

Das Risiko war zu groß. Wenn sie direkt nach dem Einbiegen anhielt oder stark verlangsamte, dann sah sie drei Autos hinter sich. Zu auffällig.

Sie rollten an der Abzweigung vorbei.

Gandalf hatte sich in den Schatten einer Kastanie gedrückt. Von hier aus konnte er Celiks Grundstück gut überblicken. Besondere Sicherheitsvorkehrungen konnte er nicht erkennen. Erstaunlich. Schwankwitz hatte ihm erzählt, dass Celik im Vorjahr von Rockern angegriffen worden war.

Vermutlich derselbe Größenwahn wie der Alte in Köln. Zumindest hatte Celik gute Bodyguards, nach Schwankwitz' Beschreibungen. Also gut für anatolische Gangster. Sicher nicht gut nach Gandalfs Maßstäben. Aber trotzdem. Er würde sie nicht unterschätzen. Das hatte er schon früh gelernt.

Es gab eine schmale Passage zwischen Celik und seinem rechten Nachbargrundstück. Gandalf überprüfte noch mal, ob er Kameras entdecken konnte. Nichts. Das Viertel war nicht reich genug, dass solche Maßnahmen normal wären, und viele Leute fühlten sich von übertriebenen Vorkehrungen gestört. Gutbürgerliches Vertrauen. Und Celik war, so viel hatte Gandalf schon verstanden, ein Mann, der sich ein bisschen benahm wie Al Pacino als Michael Corleone. Er wollte Anerkennung, Legitimierung. Sich anpassen und nicht negativ auffallen.

Gandalf löste sich aus dem Dunkel, ging ein paar Schritte in die Richtung, aus der er gekommen war, dann überquerte er die Straße. Wechselte wieder die Richtung und huschte in die kleine Lücke. Schon nach fünf Metern war er von der Straße aus nicht mehr zu sehen. Die Mauer würde ihn nicht aufhalten.

Perfekt.

Von hier würde er einsteigen.

»An dem Parkplatz da vorne raus und wenden. Alle.«

Therese gab Grewes Anweisung an die Kollegen weiter. Einer nach dem anderen rollte von der Straße runter und dann in Gegenrichtung wieder darauf.

Fünf Minuten später waren sie auf dem Waldweg.

»Siehst du alle Wege auf der Karte?«

»Na ja. Den Hauptweg hier schon. Aber ob da jede Möglichkeit zu sehen ist, daran hab ich Zweifel.«

»Richard zwölf eins für Richard.«

»Hier zwölf eins.«

»Eure Freundin hat gestoppt. Ihr seid gerade in den Wald rein, richtig?«

»Exakt.«

»Ihr solltet in etwa eineinhalb Kilometern linker Hand einen Forstweg sehen. Den nehmt ihr. Dann sind es vielleicht sechshundert, achthundert Meter. Wenn ich das richtig sehe, ist da ein Gebäude im Wald. Ich sag euch Bescheid, falls die weiterfährt.«

»Sehr gut. Was ist mit dem MEK?«

»Unterwegs. Die finden euch schon. Ende.«

Therese legte das Mikro wieder zurück, drehte sich zu Grewe um.

»Tony, wenn wir an dieser Abzweigung sind, bleib bitte stehen.«

Estanza nickte. Grewe schaute zu Zingerle.

»Merten. Sie kennen die Frau. Nach allem, was wir wissen, arbeitet sie für den Verfassungsschutz. Bundesamt. Köln. Haben Sie mit ihr über Kim und Bernie gesprochen?«

Merten sah Grewe verwirrt an.

»Verfassungsschutz? Wie … ich … wie meinen Sie das?«

Grewe spürte Mitleid aufwallen. Aber das konnte er sich jetzt nicht leisten.

»Hat sie mit Ihnen über Kim und Bernie geredet?«

»Na ja. Ich hab von mir aus drüber gesprochen. Mich hat das sehr … beschäftigt.«

»Hat sie nachgefragt, gebohrt?«

Merten gab sich Mühe. Aber sah immer noch aus wie der Tod auf Urlaub. Sein Blick flackerte. Er flüsterte fast.

»Wir haben eigentlich nicht so viel geredet.«

Grewe sah an Merten vorbei aus dem Fenster, seufzte.

»Merten, ich denke, auch wenn Sie sie zufällig kennengelernt haben, ist sie nicht zufällig an Ihnen drangeblieben.«

Merten nickte, ganz klein, wie ein Teenager, der furchtbaren Mist gebaut hatte. Er hatte feuchte Augen. Grewe konnte die Fassade nicht mehr aufrechterhalten. Er sah plötzlich seinen eigenen Sohn Robert vor sich. Grewe legte dem jungen Polizisten die Hand auf den Unterarm.

»Wir werden Jana jetzt festsetzen, irgendwie. Im Grunde sollte sie freiwillig mit uns reden. Schließlich ist sie Beamtin, ganz wie wir.«

Grewe drückte Mertens Unterarm und zog dessen Blick auf sich.

»Merten. Überlegen Sie genau. Wenn diese Frau in einem Gebäude ist, und ich klopfe da. Jetzt. Wird sie die Tür öffnen? Und wenn sie sie öffnet, und ich sage ihr, dass ich Polizist bin und mit ihr reden will – redet sie dann einfach mit mir?«

Mertens Augen flatterten, aber er hielt Grewes Blick.

Thereses Blick ging von einem zum anderen. Der Wagen hatte gestoppt, und Tony schaute in den Rückspiegel.

»Merten. Kann ich einfach klopfen, oder muss ich mir Freunde mitnehmen?«

Merten schluckte. Seine Augen schwammen jetzt in Tränen. Er öffnete den Mund. Blinzelte. Dann sah er Grewe fest an.

»Nehmen Sie Freunde mit. Bei ihr ist alles möglich.«

Grewe nickte.

Gandalf sah um die Ecke. Schwankwitz stand völlig fertig vor Celiks Tor. Er drehte sich zu Gandalf um und hoffte vermutlich, dass der jetzt alles abbrechen würde und so was sagen wie: »Es war nur ein Test. Sie haben bestanden.«

Pustekuchen.

Oder Pfeifendeckel. Oder. Oder.

Gandalf ruckte mit dem Kinn. Mach endlich.

Schwankwitz schloss kurz die Augen, dann klingelte er.

Gandalf spurtete gut zwanzig Meter in die Tiefe und sprang. Er zog sich gerade so weit an der Mauer hoch, dass er das Gelände überblicken konnte. Er hörte Schwankwitz irgendetwas gepresst in die Sprechanlage jammern. Hoffentlich kriegte der das hin.

Gandalf hatte einen perfekten Punkt erwischt. Große Fenster nur im ersten Stock, und dort war niemand zu sehen. Im Erdgeschoss erst nach hinten raus Glas. Vermutlich schon das Wohnzimmer zur Veranda hin. Er schwang ein Bein auf die Mauerkrone und zog sich hoch. Rollte flach über den Stein und jumpte auf der anderen Seite runter.

Dann rannte er geduckt zur Hauswand. Im Laufen zog er die schallgedämpfte Pistole, dann schob er sich an der Wand entlang zur vorderen Hausecke.

Schwankwitz heulte immer noch verzweifelt in die Gegensprechanlage, gleichzeitig bemüht, dass niemand außer der Person am anderen Ende ihn hören konnte. Die Antworten aus der Villa konnte Gandalf jetzt hören, wenn auch nicht verstehen, dazu schepperte die Anlage zu sehr. Aber die Stimme klang herrisch, ungeduldig. Hundertpro Celik.

Gandalf überblickte die Vorderfront des Hauses jetzt gut. Zumindest bis zur Tür. Wenn er sich weiterbewegte, hatte er noch ein paar Meter Beton, dann kam Glas. Er glitt um die Ecke, ging langsam vor.

Linste durchs Glas. Ein Büro. Leer.

Gandalf kreuzte das bis zum Boden reichende Fenster und schob sich weiter bis unmittelbar zur Tür.

Schwankwitz konnte das Gelände vom Tor aus nicht einsehen. Er redete beschwörend auf Celik ein.

»Aber wir müssen das Geschäft so schnell wie möglich abwickeln. Die Leute sind jetzt da, und wir haben das Geld. Herr Celik.«

Celik schepperte wieder höhnisch aus dem Lautsprecher. Aber unverständlich. Dann ein Summen. Ein Klicken. Das Tor schwang auf, und Gandalf sah, wie Schwankwitz das Grundstück betrat. Er starrte Gandalf panisch an.

Dann öffnete sich die Tür. Ein großer Türke schob seinen Schädel nach draußen, und noch bevor er ihn drehen konnte, hatte Gandalf ihm schon in die Schläfe geschossen. Der Riese sackte zusammen, während Gandalf blitzschnell um die Ecke sprang. Ein kleiner, stämmiger Mann. Celik. Kein Zweifel.

Gandalf hielt ihm die Pistole an die Stirn und sah ihn einfach nur an. Celik hob beide Hände.

»Los, Schwankwitz, komm her.«

Der Dicke winselte. Es klang, als würde er es gar nicht bemerken.

»Der Typ hat sicher eine Waffe, nimm sie.«

Nichts passierte.

»Bück dich runter und. Nimm. Ihm. Die Waffe. Ab.«

Schwankwitz löste sich zumindest aus der körperlichen Starre und kniete sich neben den Leichnam. Fand schnell das Holster am Gürtel und zog eine Neunmillimeter raus. Wenigstens war der Sack Jäger und konnte mit Waffen umgehen.

»Du hältst die auf jeden, der uns blöd kommt. Ist das klar?«

Schwankwitz ächzte etwas, das wie »Ja« klang.

Gandalf hatte währenddessen nicht einmal den Blick von Celiks Augen genommen. Der Kerl war auf jeden Fall kein Weichei. Starrte ungerührt zurück, trotz der Waffe an seiner Stirn, trotz des toten Bodyguards. Dass Celik unbewaffnet war, konnte Gandalf sehen. Er trug eine teuer aussehende Jeans und ein Hemd. Slipper.

»Wer ist noch im Haus?«

Celik starrte immer noch. Doch sein Blick veränderte sich. Gandalf konnte etwas darin sehen. Sorge. Aber nicht um sich.

»Odhan? Was ist los? Wer ist das?«

Aha. Gandalf lächelte Celik an. Das war ja perfekt.

»Willst du uns deiner Frau nicht vorstellen?«

Celik mahlte mit den Kiefern.

»Wenn ihr etwas geschieht, bist du tot.«

O ja. Der hatte Eier. Umso besser. Gandalf mochte echte Gegner. Sie machten alles so viel interessanter.

Sie standen um die Motorhaube von Grewes Einsatzfahrzeug. Darauf ausgebreitet die Karte.

»Da ist ein Gebäude. Mittlerweile wissen wir, dass es die Jagdhütte des Revierpächters hier ist. Und das ist niemand anderes als Hans-Peter Schwankwitz, der dicke Rechtsaußen, der mal beinahe Stadtrat geworden wäre.«

Kopfschütteln war die mindeste Reaktion auf diese Info.

»Genau, Leute. Wir haben hier also Verfassungsschützer, einen rechten Politiker mit Kontakten in die militante Szene, zwei tote Kollegen und einen Banküberfall. Das ist eine so dermaßen stinkende Mischung, dass ich am liebsten da reinmarschieren und nach guter Sheriffmanier fünfmal in die Decke schießen würde.«

»Dann nix wie los, Sheriff.« Noss schlug seine Jacke zurück und legte schon die Hand um seine Pistole. Grewe wiegte den Kopf.

»In spätestens zehn Minuten dürfte das MEK hier sein. Und wir haben keine Ahnung, was uns dort erwartet. Ich halte es für vernünftiger, wenn wir warten.«

Die Blicke schossen hin und her. Fühlbare, greifbare Erregung. Endlich hatten sie etwas. Und es war groß und böse, und es roch mies.

Sie hatten Kim und Bernie verloren, und jetzt war Zeit für die Rechnung. Und es hing nur an Grewe, ob sie die Bösen kassieren würden oder die Kollegen. Grewe atmete tief ein, blies die Luft hörbar aus und ließ den Kopf kurz ergeben auf die Brust sinken.

»Okay. Passt auf. Wir nähern uns vorsichtig an und checken die Lage. Dann können wir dem MEK zumindest vernünftige Infos geben.«

Noss machte die Säge. Die anderen lachten leise und ein bisschen nervös. Grewe beugte sich über die Karte, suchte etwas, dann zeigte er auf eine schmale Linie.

»Dieser Weg verläuft nordwestlich der Jagdhütte, und man kann sich ihr hier von hinten nähern. Wir teilen uns auf in zwei Gruppen. Folgendes …«

»Aydan, tu, was er sagt.« Celik sah Gandalf unverwandt in die Augen, während der ihm die Pistole gegen die Stirn drückte.

Seine Frau stand im ersten Stock, am Geländer einer Galerie und schaute in das riesige Wohnzimmer runter. Auf die Entfernung ließ sich keine Regung in ihrem Gesicht erkennen. Sie war sehr schön. Sehr elegant. Aber sie wirkte auch sehr stark.

Gandalfs Hirn ratterte. Was konnte er noch erreichen? Was wollte er erreichen? Mit Celik konnte man verhandeln. Er war vernünftig und kalt. Aber wenn er seine Frau und die Kinder bedrohen würde, war nicht absehbar, wie er reagieren würde. Entweder war es das ultimative Druckmittel, oder es brachte den Mann dazu, sich über jede Vernunft hinwegzusetzen. Und dann war er mit Sicherheit gefährlich. Selbst nach Gandalfs Maßstäben.

Aydan Celik hob widerwillig die Hände.

»Kommen Sie runter, Frau Celik. Schwankwitz, du passt auf die Dame auf.«

Schwankwitz gab einen Ton irgendwo zwischen Quieken und Ächzen von sich.

»Wo sind die Kinder?«

Celiks Blick wurde verächtlich.

»Du vergreifst dich an Kindern?«

Gandalf sah Celik ausdruckslos an.

»Wenn es sein muss.«

Celiks Augen wurden noch ein bisschen dunkler. Gandalf löste seinen Blick nicht.

»Muss es sein, Celik?«

Celiks Brust hob und senkte sich wie die Flanken eines Rennpferdes.

»Sie sind nicht hier. Sie sind auf dem Weg zu den Großeltern.«

»Und wo wäre das?«

Celik lächelte. Aber nur mit dem Mund.

»Sie dürften jetzt schon vierhundert Kilometer entfernt sein. Auf der Autobahn.«

Gandalf nickte.

»Ist mir nicht unlieb. Wie gesagt. Nur, wenn es sein muss.«

Aydan Celik war jetzt unten angekommen und stand am Fuß der Treppe, die Hände auf Höhe ihrer Schultern gehoben.

»Setzen Sie sich dort aufs Sofa. Schwankwitz, du hockst dich daneben und passt auf sie auf.«

Nichts rührte sich. Schwankwitz war nur noch eine schwitzende Masse, und Aydan Celik sah Gandalf voller Verachtung an.

Celik selbst nahm seinen Blick nicht von Gandalfs Augen.

»Aydan.«

Nur ihren Namen sagte er. In seiner Stimme lag alles. Bitte. Befehl. Beruhigung. Und Liebe. Unendliche Liebe.

Gandalf dachte an Brigitte. Es war ihm, als könnte er das Foto in seiner Jackentasche rascheln hören. Er und Brigitte im Sonnenschein. Auf der Terrasse der Villa in Köln. Fotografiert von Brigittes Mann. Vom Alten. Gandalf war damals völlig im Arsch gewesen. Gut zehn Jahre hatte er unter linken Terroristen gelebt. War einer von ihnen geworden und hatte es gerade so geschafft, nicht völlig zu vergessen, wer er eigentlich war und für wen er arbeitete. Dass er sie alle kriegen wollte. Zur Strecke bringen für den Staat. Und dann hatte der Staat einfach alles abgeblasen. Weil kein Schwein mehr wusste, wer eigentlich noch wirklich die Flamme der Weltrevolution am Brennen hielt und wer nur vom Dienst dafür bezahlt wurde, in die Asche zu blasen. Gandalf war zusammengeklappt. Zum ersten Mal in seinem Leben. Und der Alte und Brigitte hatten ihn bei sich aufgenommen. Das hatten sie schon seit ein paar Jahren hin und wieder getan, wenn er für eine Weile aus dem Spiel genommen wurde.

»Jetzt seid doch nicht schüchtern. Näher zusammen ihr beiden, wie sieht das Foto denn sonst aus? Na also, geht doch. Käsekuchen.«

Und dann hatte der Alte den Auslöser gedrückt, die Kamera noch einen Moment vor dem Auge behalten und dann langsam sinken lassen und sie beide fassungslos angestarrt.

Eine Woche später hatte Gandalf seine Sachen gepackt und war in ein billiges Hotel gezogen. Es hatte keinen Streit gegeben, es war einfach klar gewesen. Zum Abschied gab der Alte ihm das Foto und zischte: »Lass dich nie wieder in ihrer Nähe blicken.«

Gandalf hatte das Bild eingesteckt und es erst im Taxi angeschaut.

Ja. Sie hatten es nach all den Jahren nicht mehr verbergen können, er und Brigitte. Obwohl sie sich nicht ansahen, sondern beide schüchtern ins Objektiv blickten, konnte jeder Trottel erkennen, dass sie sich liebten. Der Alte war kein Trottel.

Zwei Monate später krachte in einem Keller in Riad die Faust des Kaugummi kauenden CIA-Mannes in Gandalfs Gesicht. Als er sich eine Woche danach mit brüllenden Schmerzen über die Grenze zum Jemen schleppte, war Brigitte schon tot.

Gandalfs Arm wurde schwer. Er hielt noch immer die Waffe gegen Celiks Stirn, und er verkrampfte, weil er sich nicht konzentrierte. Entweder hatte Celik es nicht bemerkt oder seine Chancen trotz allem als noch nicht hoch genug eingeschätzt.

Verdammt.

So etwas durfte ihm nicht passieren. Er war einfach müde. Er war eine lange Strecke gelaufen. Elend lang. Er musste von der Strecke. Ausruhen. Es war nie klar gewesen, wo und wann der Lauf enden sollte, wo das Ziel war. Man musste immer mehrere Ziele haben. Eines von Gandalfs Zielen war nah. Er konnte heute noch ankommen. Und dann …

Malaga. Und später vielleicht …

Santiago. Oder Buenos Aires. Das hatte er vor dem Dienst immer verborgen, dass er Spanisch lernte. Verrückt. Das wollte er für sich alleine haben. Wie seinen Namen. Gandalf.

»Schwankwitz, fessel sie, aber gründlich.« Gandalf zog mit der Linken eine Rolle festes grünes Tape aus einer der Taschen seiner Weste und hielt sie Schwankwitz hin.

»Dort auf den Sessel. Tape die Hände auf den Armlehnen fest und die Beine unten. Los.«

Aydan Celik setzte sich. Schwankwitz ging auf die Knie, mit weit offenem Mund, und machte sich keuchend an die Arbeit.

Fuchs und Claudi hatten hinter der Jagdhütte Position bezogen. Wetschinsky und Bogdan waren noch weiter gelaufen und sicherten rechts des Gebäudes. Wetschinsky hinten, Bogdan fast schon vorne.

Noss hockte links hinten im Unterholz, Therese mittig und Grewe mit Estanza und Merten so, dass sie den Vordereingang voll im Blick hatten. Vor der Hütte stand ein Audi A1, silbermetallic mit Hochsauerlandkreis-Kennzeichen; das konnte man im Schein des Lichts im Erdgeschoss gut sehen.

Grewe hob das Walkie, um leise Kellermann Bescheid zu geben, der am Funk in Noss' Fahrzeug geblieben war. Da wurde die Tür des Gebäudes geöffnet, und eine Frau und ein Mann kamen heraus.

Sie blieben stehen und redeten, aber Grewe und seine Kollegen waren zu weit weg, um etwas zu verstehen.

Grewe ließ in rasender Geschwindigkeit die Möglichkeiten vor seinem geistigen Auge ablaufen. Wenn die beiden jetzt losfahren würden, würden sie sie wahrscheinlich verlieren. Wo das MEK jetzt war, wusste er nicht. Sie jetzt sofort festzunehmen konnte riskant sein. Der einzig mögliche Moment war, wenn sie gerade eingestiegen waren. Dann aber musste es sehr schnell gehen. Grewe beugte sich zu Estanza, um ihm schnell seinen Entschluss mitzuteilen. Tony war der Fitteste von ihnen, Grewe würde, so schnell er konnte, folgen, und die anderen würden alles absichern.

Die beiden vor der Jagdhütte bewegten sich jetzt tatsächlich Richtung Auto. Estanza lehnte sich Grewe entgegen, damit der möglichst leise sprechen konnte.

Die Frau und der Mann waren jetzt fast beim Fahrzeug angekommen. Er ging hintenherum, sie griff nach der Tür. Grewe zischte gepresst.

»Tony, Zugriff, sobald die sitzen, ich folge, der Rest ...«

Der Rest sichert, wollte Grewe sagen, aber er kam nicht dazu.

Merten war aufgesprungen, losgelaufen, hatte im Laufen seine Waffe gezogen und brüllte.

»Jana. Hände hoch!«

Nachdem Aydan Celik gefesselt war, schob Gandalf Odhan Celik mit der Waffe auf einen zweiten Sessel zu.

»Hinsetzen.«

Celik führte die Anordnung ganz ruhig aus, ohne seinen Blick je von Gandalf zu wenden. Er saß ruhig, fast entspannt da.

Gandalf trat einen Schritt zurück, hielt die Waffe aber immer noch auf Celik gerichtet.

»Celik. Rein geschäftlich kann ich verstehen, dass du den Preis für die Waffen erhöht hast. Aber es war trotzdem dumm von dir. Es hat bei meinen Leuten zu Kurzschlusshandlungen geführt, und das hat zur Folge, dass ich die ganze Aktion abblasen muss. Zu viele Unwägbarkeiten. Ich wollte dir eigentlich heute die Waffen mit Gewalt abpressen, aber das ist jetzt nicht mehr nötig.«

Celik sah Gandalf interessiert an. Allerdings eher wie ein Psychiater als wie ein Mann, der mit einer Waffe bedroht wurde.

»Was willst du? Warum bist du hier? Und was muss passieren, damit du wieder abhaust?«

Gandalf nickte.

»Du hast recht. Was wäre und was sein könnte, interessiert weder dich noch mich. Gut. Es ist ganz einfach. Ich brauche dich und deine Frau nur für eine Botschaft. Ich werde diese Botschaft hinterlassen, und dann bin ich weg. Wenn du stillhältst, ist hier in zehn Minuten alles vorbei. Verstanden?«

Celik sah Gandalf weiter mit seinem Psychiaterblick an, dann nickte er langsam.

»Schwankwitz, die Beine von unserem türkischen Freund.«

Schwankwitz ging wieder ächzend in die Knie und wickelte Tape um Celiks Unterschenkel und die Stahlfüße des Sessels.

Gandalf sah zu, währenddessen kramte er in einer der Taschen seiner Weste. Er zog ein Stück Kreide hervor.

»Der Boden hier ist perfekt. Dunkles Holz. Schwankwitz, pass auf ihn auf. Halt Abstand mit der Waffe.«

Schwankwitz befolgte die Anweisung, und Gandalf ging auf die Knie.

Er begann, mit der Kreide auf den Boden zu malen. Den Umriss eines Menschen, der auf dem Rücken lag. Der rechte Arm zur Seite ausgestreckt, der linke angewinkelt nach oben. Die Beine über Kreuz. Ein wenig verdreht musste der Mensch liegen, damit der Umriss so aussehen konnte.

Dann stand Gandalf auf. Betrachtete sein Werk. Dann zielte er mit der Pistole und schoss dreimal auf den Umriss. Zwei Schüsse in die Brust, einen in den Kopf. Mitten in die Stirn. Trotz Schalldämpfer waren die Schüsse recht laut, aber der Sound war irgendwie unwirklich. Schwankwitz zuckte. Aydan Celik behielt die Fassung, obwohl es ihr sichtlich schwerfiel. Celik war ganz ruhig.

Gandalf hob die Waffe, schraubte den Schalldämpfer ab und verstaute ihn in seiner Weste. Dann nahm er das Magazin aus der Waffe, klickte die restliche Munition mit dem Daumen Stück für Stück in die Tasche, in die er den Schalldämpfer gestopft hatte. Zog den Schlitten zurück, ließ die Patrone aus der Kammer in seine hohle Hand fallen und tat sie zu den übrigen. Er checkte, ob die Kammer wirklich leer war, dann hakte er den Fanghebel aus, ließ den Schlitten wieder nach vorne gleiten. Schob das Magazin wieder zurück in die Waffe, entspannte den Hahn.

Celik schaute jetzt wie ein Psychiater, der den Patienten aufgegeben hatte. Aber er blieb wachsam.

Gandalf drehte die Waffe um und hielt sie Celik hin.

»Nimm sie in beide Hände.«

Celik streckte die Hände vor, Handgelenk an Handgelenk, und Gandalf gab ihm die ungeladene Waffe.

»Gib das Tape her.«

Schwankwitz gab es Gandalf. Der fing an, Celiks Hände, die Pistole darin, mit dem Tape zusammenzubinden. Schicht um Schicht.

»Jetzt leg die Hände auf deinen Oberschenkel.«

Nachdem Celik das getan hatte, wickelte Gandalf noch einige Bahnen Tape um den Schenkel und die Hände.

»Ich denke, die Unbequemlichkeit hält sich in erträglichen Grenzen. Oder?«

Celik zog eine Augenbraue hoch und schnaubte.

Gandalf öffnete den Reißverschluss der Weste und zog einen Umschlag aus der Innentasche. Darauf war das Emblem der RAF zu sehen. Die Maschinenpistole und der Stern. Darunter stand in aufgeklebten Buchstaben »Fake«.

Gandalf legte den Umschlag neben den Kreideumriss.

Schwankwitz' Kopf war hochrot und glänzte. Er schnaufte und keuchte. Gandalf sah ihn an, zog den Auslöser aus der Tasche und hielt ihn direkt vor das fette Gesicht. Sein Daumen lag an der kleinen Abdeckung, bereit, sie hochzuklappen.

»Gib mir die Waffe, Schwankwitz.«

Schwankwitz ließ sie beinahe zu Boden fallen, so schnell folgte er dem Befehl.

Gandalf nahm sie entgegen, sicherte sie und steckte sie hinten in den Hosenbund.

Dann drückte er den Knopf.

Schwankwitz schrie und sackte zu Boden. Gandalf lachte kurz, beugte sich nach unten, dann zog er das Stück Isolierband und die kleine Kapsel von Schwankwitz' Hals. Sie war nicht explodiert. Der Politiker zitterte am ganzen Leib. Uringeruch machte sich breit. Gandalf packte den Fettsack am Oberarm und schleifte ihn zur Wand. Dort brachte er ihn in eine sitzende Position und fesselte ihm mit Tape die Hände hinter dem Rücken. Anschließend umwickelte er die angezogenen Beine mit dem Rest von der Taperolle.

Er stand auf und wandte sich zu Celik. Griff wieder in die Innentasche der Weste und zog eine DIN-A5-Karte aus weißem Karton heraus. Kramte in einer anderen Tasche und förderte eine kleine Sicherheitsnadel hervor. Er sah Celik an.

»Schön ruhig bleiben.«

Celik nickte.

Gandalf befestigte die Karte an Celiks Hemd. Auf der Karte stand, wieder in geklebten Buchstaben: »Arwed Schuster Abtlgs-Leiter Polit Extremismus VerfSchutz Köln«.

Gandalf sah Celik an.

»Wo wird die Alarmanlage eingeschaltet?«

Celik machte eine Bewegung mit dem Kinn.

»Im Flur, der schwarze Kasten.«

Gandalf nickte und ging. Er schaltete die Anlage ein, stieg über den toten Leibwächter und trat in den Garten. Er sah sich um, entdeckte einen großen Stein. Gandalf hob ihn auf und warf ihn gegen das Bürofenster. Die Scheibe bekam lediglich einen Kratzer, aber an einem roten Blinklicht konnte man sehen, dass der stumme Alarm ausgelöst war.

Gandalf trat an und sprang über das Eingangstor. Leise schnelle Schritte entfernten sich in die Dunkelheit.

Grewe sah Merten fassungslos nach. Der lief mit gezogener Waffe auf die beiden am Auto zu.

»Hände hoch, Jana.« Es war mehr ein Kreischen als ein Befehl.

Der Mann am Auto ging federnd in die Knie und griff an seine Hüfte. Jana warf sich herum und hatte schon eine Waffe in der Hand.

Der Schuss war ohrenbetäubend.

Merten stürzte. Dann brach ein zweiter Schuss direkt neben Grewe. Tony Estanza hatte gefeuert. Jana flog nach hinten. Tony stand auf. Grewe brüllte.

»Polizei. Waffen runter, sofort.«

Der Mann kniete hinter dem Auto in Deckung, seine Waffe in der Hand. Jana wälzte sich stöhnend auf dem Boden. Tony ging mit vorgehaltener Waffe auf das Auto zu.

Jetzt riefen auch die Kollegen aus dem Dunkel.

»Polizei. Waffen runter.« Und dann kamen sie alle aus ihrer Deckung. Tony war jetzt bei Jana. Er schob mit dem Fuß ihre Waffe zur Seite und kniete sich neben sie. Der Mann kam mit erhobenen Händen langsam hinter dem Fahrzeug zum Vorschein, legte die Waffe aufs Autodach und trat einen Schritt zurück. Grewe stemmte sich mit knackenden Knien auf und ging los. Er sah den verdrehten Körper von Merten Zingerle im Gras.

»Steh auf«, dachte Grewe, »steh doch auf, Junge.«

Aber Merten blieb liegen.

Epilog

Am Montag beerdigten sie Bernie. Evelyn und die erwachsenen Kinder waren gefasst. Wobei Stina aussprach, was Grewe dachte. »Das kann man doch auf einmal gar nicht begreifen. Das kommt bestimmt in Wellen, Stück für Stück, bis man wirklich verstanden hat, dass er nie, nie wiederkommt.«

Dabei klammerte sie sich an Grewes Arm. Ihr Zittern zu spüren machte Grewe einerseits noch trauriger, andererseits durchströmte seine Seele heilsam, wie sehr Stina ihn liebte.

Fünf Kollegen von der Bereitschaftspolizei brachen noch während des Kaffeetrinkens nach Thüringen auf. Kims Bestattung fand am nächsten Tag statt. Das ganze Dorf war auf dem kleinen Friedhof versammelt, erzählten sie später.

Merten war am Freitag dran. Seine Verlobte Svenja und ihre Mutter wollten keine Kollegen und keine Vorgesetzten dabeihaben. »Engster Familienkreis« wurde gesagt. Merten hatte sonst keine Verwandten mehr. Ob es nun das Trauma von der Beerdigung des Vaters und Ehemanns mit einem Friedhof voller Feuerwehruniformen war oder die Scham über Mertens Verstrickung, darüber wollte niemand ernsthaft spekulieren.

Bleierne Schwere lag über der Direktion in diesen Tagen.

Sie hatten bei dem Weiher direkt bei der Hütte die Leiche eines der Täter gefunden. Klar identifiziert.

Der Junge hieß Udo Pramm, war neunundzwanzig Jahre alt, hatte eine langjährige Geschichte in Neonazikreisen und war offensichtlich vor etwa drei Jahren abgetaucht. Erschossen wurde er mit derselben Waffe, mit der auch Bernie getötet worden war, und in der Hütte fanden sie die Waffe, aus der auf Kim geschossen worden war. Sowie bei den beiden Banküberfällen. Von der Frau – dass es eine Frau war, daran zweifelte niemand mehr – fehlte bislang jede Spur. Sie hatten an Pramms Leiche weibliche DNS gefunden, aber kein Match in irgendeiner Datenbank dazu. Die Frau war bislang nicht aufgefallen.

Auf dem Tisch in der Hütte lag das Handy von Hans-Peter Schwankwitz, Mitglied der NPD, und dem waren die beiden Verfassungsschützer offensichtlich gefolgt. Schwankwitz selbst fanden Kollegen der Bereitschaftspolizei in derselben Nacht gefesselt bei Odhan Celik, nebst Celiks Frau und Celik selbst. Celik schwieg eisern. Schwankwitz hätte offensichtlich gerne geredet, weil er völlig mit den Nerven runter war, aber sein Anwalt hatte ihm einen Maulkorb verpasst. Janas Kollege Jörg Peltschik sagte ebenfalls nur das Allernötigste und verwies immer wieder auf seine Dienststelle.

Nur Jana redete.

Das überraschte sie alle. Sie war eigentlich sehr tough und würde angesichts der Dunkelheit am Tatort und Mertens völlig unprofessionellen Vorgehens mit hoher Wahrscheinlichkeit mit Notwehr davonkommen. Aber ihre Dienststelle war sehr zugeknöpft gewesen, und das hatte Jana offensichtlich sauer gemacht. Sie und ihr Kollege, den sie in Vernehmungen öfter »verdammter Neandertaler« nannte, waren an einer Operation beteiligt, die den Polizeibeamten immer wieder Schwindel verursachte, so absurd kam sie ihnen vor.

Der Verfassungsschutz hatte mit Schwankwitz als V-Mann ein rechtes Terrorkommando observiert, das einen verheerenden Anschlag auf das jüdische Gemeindezentrum in München plante. Jana bestätigte den Namen Udo Pramm und gab ihnen den Namen der flüchtigen Frau: Sandy Löbkow. Über Celik sollten Waffen besorgt werden. Der Verfassungsschutz hatte sogar die Einkaufsliste. Fünf

MP 7, eine Granatpistole, Handgranaten. Jede Menge Munition. Es sollte ein regelrechtes Massaker werden.

»Und wann gedachte Ihre Dienststelle, uns zu informieren, damit die bayerischen Kollegen diese Irren festnehmen können? Wenn das Kommando in München auf den Jakobsplatz läuft?« Grewe wurde laut, und Jana schaute ihn fast mitleidig an.

Es war wie ein schlechter Film.

Kim und Bernie tot, weil ein deutscher Geheimdienst durchgeknallten Neonazis freie Bahn ließ. Und letzten Endes war auch Merten deswegen gestorben.

»Drei tote Polizisten, ein toter Nazi, eine flüchtige Mörderin«, zählte Kindler auf. Sie saßen in seinem Büro. Grewe, Therese und Kertsch. Kertsch sollte heute offiziell verabschiedet werden.

»Und wir müssen den Kölnern immer noch alles aus der Nase ziehen. Wenigstens redet diese Jana Schobesberg.«

Es klopfte. Kindlers Sekretärin.

»Herr Drossel.«

»Soll reinkommen.«

Gerd sah gut aus. Sehr gut. Endlich wieder. Niklas hatte sich aus Afghanistan gemeldet. Es ginge ihm gut. So weit. Er passe auf. Sie sollten sich nicht sorgen. Und dass seine Kompanie jetzt nur noch kurze Patrouillen fahre, er sich viel öfter melden könne.

Gerd hatte einen Packen Unterlagen in der Hand und hektische Flecken im Gesicht.

»Nehmen Sie doch Platz, Herr Drossel. Kaffee?«

Drossel schüttelte den Kopf.

»Danke, ich bleibe lieber stehen. Ich habe … Ich fange einfach mal an, okay?«

»Wir könnten gespannter nicht sein, Herr Drossel.« Kindler beugte sich nach vorn und demonstrierte größte Aufmerksamkeit.

Gerd Drossel legte die Unterlagen auf den Tisch.

»Ich lasse jetzt mal Flipchart und ähnliche Scherze weg. Es lässt sich alles aus Fotos und Unterlagen belegen, ich will Sie alle einfach nur unterrichten.«

Drossel legte die Handflächen zusammen, hielt für einen Moment die Luft an, dann begann er.

»Wir haben am Tatort Celik diese seltsame RAF-Botschaft gefunden und den Hinweis auf einen Abteilungsleiter Extremismus beim Verfassungsschutz. Arwed Schuster leitet genau die Abteilung, die Jana Schobesberg und ihren Kollegen Jörg Peltschik führt. Überhaupt die ganze irre Operation hier. Wir oder Kollegen aus NRW werden ihn früher oder später sicher befragen, die zögern das in Köln jetzt noch mit Formalien raus, aber es ist unausweichlich.«

Drossels Stimme wurde flach, er räusperte sich. Grewe goss ihm einen Schluck Wasser ein und reichte Gerd das Glas. Er trank, räusperte sich wieder.

»Danke. Gut. Dass dieser Tatort mit der Kreidezeichnung und allem eine Inszenierung ist, das haben wir ja schnell vermutet. Ich hatte auch sofort das Gefühl, als hätte ich diesen Tatort schon mal gesehen. So wie ein Déjà-vu.«

Die Kollegen wurden unruhig. Drossel fuhr schnell fort.

»Das hat mir keine Ruhe gelassen. Und jetzt weiß ich auch endlich, was da inszeniert, richtiger re-inszeniert wurde. Und zwar der Mord an Brigitte Schuster aus dem Jahr 1992.«

Die anderen sahen ihn fragend an, offensichtlich konnte keiner etwas mit dem Namen anfangen.

»Brigitte Schuster war die Ehefrau von Arwed Schuster. Der Täter wurde nie gefasst, aber es fand sich am Tatort ein Bekennerschreiben der RAF.«

»Jetzt erinnere ich mich«, sagte Kindler. »Ich vermute, die Kollegen auch?«

Die anderen drei nickten. Drossel fuhr fort.

»Schuster war einer der führenden RAF-Jäger der achtziger Jahre. Der Tatort ließ keinen Widerspruch zu der Vermutung erkennen. Schuster sollte an dem Tag eigentlich dienstfrei haben und musste überraschend nach Brüssel reisen. Die Terroristen«, Drossel setzte »Terroristen« akustisch in Gänsefüßchen, »könnten also einfach spontan beschlossen haben, dass es auch die erwünschte Wirkung hat, die Ehefrau zu töten statt des Vertreters des Systems. Bei dieser zwoten und dritten Generation RAF kannte sich doch auch keiner mehr aus.«

Drossel trank wieder. Die Kollegen waren aufs Äußerste gespannt.

»Der Kreideumriss und die Schüsse darauf entsprechen exakt dem Tatort in Köln damals. Wir haben den Fall mal bei einem Seminar besprochen, und ich hatte davon noch Unterlagen. So. Die Waffe in Celiks Hand hat Celik nicht abgefeuert. Die wurde ihm entladen in die Hände gedrückt und diese dann so mit Tape umwickelt, dass er sie auf keinen Fall loslassen konnte. Dazu das Namensschild. Das alles zusammen lässt für mich nur einen Schluss zu: Der Täter hier will uns mitteilen, dass er Schuster für den Mörder seiner Frau hält.«

Kindler, Grewe, Therese und Kertsch waren mucksmäuschenstill.

»Bei diesem Seminar hat der damalige Leiter der Kölner Spurensicherung die Geschichte vorgestellt. Er hat abends beim Bier durchblicken lassen, dass er nie ernsthaft an die RAF-Lösung geglaubt hat. Die ganzen Geheimdienstler seien hochnervös und absolut unkooperativ gewesen. Die Ermittlung sei binnen Stunden beim BKA gelandet, und sie hätten noch nicht mal einen Abschlussbericht von denen gesehen. ›RAF‹, hatte der immer so hämisch gesagt, ›die gab es doch damals gar nicht mehr‹.«

Sie schwiegen eine Weile. Kindler zog Drossels Unterlagen zu sich und blätterte darin. Dann legte er sie wieder zurück auf den Tisch.

»Was bleibt uns? Wir haben vorerst nichts, was uns zu dem Täter im Haus Celik führt, oder?«

Drossel schüttelte den Kopf.

»Sie bereiten das«, Kindler zeigte auf die Akte, »für einen Bericht auf, wir gehen es alle gemeinsam durch und übergeben an die Kollegen vom LKA Düsseldorf. Die müssen sich damit befassen. Wir haben eine bundesweite dringende Fahndung nach Sandy Löbkow laufen.« Kindler sah alle anderen an.

»Sonst etwas?«

Sie schüttelten die Köpfe.

Regen schlug gegen die Fenster von Kindlers Büro.

Es war einer von diesen Tagen.

Am Freitag ging ein Gewitter über dem Rheinland nieder. Köln ertrank unter schwarzen Wolken.

Arwed Schuster saß an seinem Schreibtisch und starrte in die Düsternis draußen. Grüner Tee dampfte in einer gusseisernen japanischen Schale.

Es klopfte.

»Herein.«

Natürlich er. Wer sonst? Dass er überhaupt noch klopfte, war fast schon eine Provokation.

Der junge Mann, den er so geschätzt, aber auch unterschätzt hatte, schloss die Tür hinter sich. Setzte sich Schuster gegenüber. Legte einen dünnen Aktendeckel vor sich auf den Schreibtisch und schlug dann die Beine übereinander.

»Da bin ich, Herr Schuster.«

Schuster nickte.

»Ohne Umschweife. Das LKA Düsseldorf hat mich angerufen. Man will mich vernehmen.«

»Ach. Nicht die … Kollegen aus der Provinz?«

»O doch, die auch, das wissen Sie genau. Die möchten auch gerne wissen, warum wir hinter den Mördern ihrer Kollegen herfahren, ohne etwas zu unternehmen, und warum eine unserer Beamtinnen dann auch noch selbst einen Polizisten erschießt und auf ihrem Dienst-Laptop Sexfotos von sich und dem Beamten speichert, die ihr Teamkollege gemacht hat. Doch. Das interessiert die schon.«

Schuster trank in kleinen Schlucken von seinem Tee.

»Das LKA untersucht den Mord an meiner Frau neu. ›Neue Erkenntnisse‹ hieß es nur.«

Der junge Mann lächelte fein, dann setzte er eine übertrieben feierliche Miene auf.

»Aber das ist doch großartig. Vielleicht gelingt es der Polizei nach all den Jahren doch noch, den oder die Täter zu ermitteln. Nicht wahr?«

»Ja. Großartig. In der Tat.« Schuster goss sich neuen Tee ein, er bot seinem Gegenüber keinen an. Der junge Mann grinste breit.

»Jetzt stellt sich natürlich die spannende Frage, ob die Kollegen vom LKA Zugang zu Dienstreiseanträgen des Verfassungsschutzes haben. Anträge von 1992. Und ob sie innerbehördliche Zusammenhänge von damals so gut interpretieren können, dass sie aus diesen Anträgen zu lesen fähig sind, ob eine Dienstfahrt nach – sagen wir mal Brüssel – stattgefunden hat oder nicht.« Er beugte sich vor. »Ich denke, dafür bräuchten sie schon einen deutlichen Hinweis und direkte Unterstützung aus unserem Haus. Was glauben Sie?«

Schuster sah ihn an. Lachte bitter.

»Sie haben einen Preis, denke ich. Nennen Sie ihn doch einfach.«

Der junge Mann zeigte auf die schwarze Eisenkanne.

»Eine Schale Tee würde ich gerne nehmen.«

Schuster schüttelte den Kopf.

»Ihren Preis will ich wissen, keine Höflichkeiten mehr.«

Der junge Mann nickte.

»Das Foto, das Ihnen Jäger gegeben hat. Ich möchte es sehen.« Er lächelte. »Als erste Rate, sozusagen.«

Schuster zog eine Schublade auf und schob das Foto rüber. Der junge Mann nahm es.

»Ah. Jäger. Und links daneben, das ist eindeutig Ihre Frau.«

Schuster schaute wieder in das Unwetter.

»Christine.«

Schusters Kopf fuhr herum.

»Was ist mit meiner Tochter?«

»Wir sehen uns seit einer Weile. Hat sie Ihnen nichts davon erzählt?«

Auf Schusters Hals zeigten sich rote Flecken. Der junge Mann betrachtete weiter das Foto.

»Von strafrechtlichen Konsequenzen mal ganz abgesehen – wie würde Christine die Wahrheit verkraften? Was denken Sie?«

Schuster zog laut Luft durch die zusammengepressten Zähne. Atmete zwei-, dreimal tief ein.

»Wenn Sie meiner Tochter …«

Der junge Mann hob die Hände.

»Seien Sie da unbesorgt. Ich liebe Christine. Wie Sie ihre Mutter auch geliebt haben.«

Schuster spürte Stiche in der Herzgegend. Sein Puls raste. Er war erst vor zwei Wochen beim Check-up gewesen. Es war alles in Ordnung. Er musste ruhig bleiben.

»Was ist der Plan?«

»Sie gehen doch bald in den Ruhestand. Ich will nicht sofort

Ihren Sessel, das würde zu Unmut führen. Der eigene Schwiegersohn als Nachfolger. Aber eine strategisch günstige Position für den nächsten Wechsel … Sie wissen schon.«

Schuster nickte.

»Und was geben wir der Polizei?«

»Sie hören sich erst mal an, was die sagen. Dann bleiben Sie bei der Version von damals. Dass wir hier noch Belege haben, auf die Idee kommt doch keiner, wenn man sie nicht drauf bringt. Und wir machen den Kollegen noch eine große Freude.«

Schuster hob eine Augenbraue.

»Die Löbkow. Wir haben Fühlung. Die können sie haben.«

»Gut. So machen wir es.«

Schuster streckte die Hand aus.

»Das Foto.«

Der junge Mann schüttelte den Kopf.

»Ich denke, das behalte ich. Das kommt in meine private Akte.« Er zeigte auf die Unterlagen, die auf dem Schreibtisch lagen. Dann betrachtete er noch mal eingehend das Bild.

»Christine sieht ihrer Mutter wirklich sehr ähnlich. Und ihrem Vater auch.«

Schuster merkte, wie sich seine Kehle zuschnürte. Der junge Mann schob das Bild in den Ordner und stand auf.

»Aber Ihnen ähnelt sie wirklich überhaupt gar nicht, Herr Schuster. Denken Sie immer daran, wenn Sie sie nicht ganz verlieren wollen.«

Am nächsten Mittwoch gegen vier Uhr morgens stand die ehemalige Altenpflegerin Sandy Löbkow im Zimmer 312 eines billigen Hotels im Duisburger Bahnhofsviertel.

Sie hatte eine selbstgenähte Stoffweste mit vielen Taschen umgelegt. Darin steckte C4-Sprengstoff. Auf dem kleinen Nachttisch stand ein Foto von Udo Pramm, ihrem toten Kameraden und Liebhaber. Auf dem Bett lagen ein weiter Mantel sowie zwei Tücher, beides hatte sie aus einem türkischen Kleidergeschäft. Daneben eine aus dem Internet ausgedruckte Beschreibung, wie eine Muslima ihr Kopftuch korrekt bindet. Auf dem kleinen Schreibtisch ein Stadtplan von Duisburg, auf dem die größte Moschee Deutschlands markiert war.

Sie dachte an Udo. Und wie Gandalf ihn erschossen hatte. An den verdammten Türken, dessen Habgier an allem schuld war. Und der jetzt mal sehen würde …

Sie war erschöpft. Aber beseelt von ihrem Entschluss. Sie war bereit. Am Freitag wäre es so weit. Nur noch ein paar kleine Korrekturen an der Weste. Devid hatte ihr gezeigt, wie sie die Zündvorrichtung montieren musste.

Als sie aus dem Fenster sah, dachte sie noch: »Wie friedlich der Blick über die nächtlichen Dächer.« Dann splitterte Glas, und etwas flog ins Zimmer. Es knallte und wurde gleißend hell, dann hörte sie Holz splittern und Gebrüll. Sie sah nichts mehr, war geblendet.

Dass einer »Waffe« schrie, registrierte sie nicht.

Die erste Kugel drang in ihren Kopf, ohne dass sie den Schuss hätte hören können.

In Malaga schien die Sonne, so wie es sich für Spanien gehörte.

Gandalf saß in einem Café an der Strandpromenade und betrachtete den strahlend weißen Leuchtturm.

Am Vortag hatte er bei Rodriguez den Schließfachschlüssel geholt. Im Schließfach lagen zehn Umschläge mit Unterlagen und eine externe Festplatte, auf der noch viel mehr gespeichert war. Nur auf der Festplatte war die ganze Geschichte, in den Umschlägen befand sich zwar eine Unmenge Material, und dennoch war es gerade genug, um zu erkennen, worum es hier ging.

Es war die Geschichte von Gandalfs Krieg. Vom geheimen Krieg der Dienste in der BRD. Dem alten Krieg und dem neuen. Belege, soweit er welche hatte. Und die Geschichte von Schuster. Die Unterlagen gingen an das BKA und mehrere Tageszeitungen und politische Magazine. Ein Umschlag ging an eine unbedeutende Polizeidirektion in der deutschen Provinz, die drei Beamte in diesem Spiel verloren hatte. Als Referenz hatte Gandalf eine Mailadresse angegeben, von der sich Interessenten das ganze Material schicken lassen konnten.

Er würde dann schon weit fort sein.

Gandalf trank seinen Kaffee.

Er tat das Richtige. Ein einziges Mal. Gandalf redete sich nicht ein, dass er ein guter Mensch war. Er war ein Soldat. Er hatte vielleicht für das Richtige gekämpft, aber ganz sicher mit den völlig falschen Mitteln.

Damit musste er leben.

Leben.

Endlich.

Drei Tage später fand Kurt Grewe auf seinem Schreibtisch einen dick gepolsterten DIN-A4-Umschlag ohne Absender mit spanischen Briefmarken und Stempeln. Er öffnete ihn und entnahm einen Berg Papiere.

Warum er auf die Uhr schaute, als er zu lesen begann, konnte er nicht sagen, aber es war genau neun Uhr siebenunddreißig.

Irgendwann brachte Therese Svoboda ihm eine Portion Leberkäse mit Kartoffelsalat, um die er sie offensichtlich gebeten hatte, ohne es wirklich zu bemerken. Und später einen Becher Kaffee und ein Stück Mohnkuchen.

Dass Therese nach Hause gegangen war, bemerkte Grewe erst, als er Licht anschalten musste und dabei sah, dass ihre Jacke nicht mehr am Garderobenständer hing.

Und als Stina besorgt anrief, stellte er erschrocken fest, dass es schon fast elf Uhr nachts war. Er las die letzten Seiten, löschte die Schreibtischlampe und saß danach noch eine ganze Weile stumm im Dunkeln.

Dann verstaute er die Unterlagen in seinem Schreibtisch, streckte den schmerzenden Rücken durch und verließ die Polizeidirektion.

Er fröstelte auf dem ganzen Weg nach Hause, obwohl es ein lauer Frühsommerabend war.

Dank

Mein Dank für fachliche Beratung geht an Gerhard Vogelgesang und Eduard Schmitt vom LKA Saarland. Alles, was in diesem Roman aus polizeilicher Sicht richtig beschrieben ist, verdankt sich ihnen und weiteren Beamten, die mir über die Jahre von ihrer Arbeit erzählt haben.

Alles, was falsch beschrieben ist, habe ich selbst zu verantworten.

Ein Riesendank geht an meine Agentin Rebekka Göpfert, deren Rundum-sorglos-Paket für wirre Schreiber in puncto literarischer Beratung und Vertragsangelegenheiten nur noch übertroffen wird von ihrer allgemein menschlichen Großartigkeit.

Und zum Schluss die stets gültige Wahrheit: Nichts, aber auch wirklich gar nichts würde ich auf die Reihe kriegen, wenn es nicht meine Familie gäbe.

Danke!